时代记忆
文　丛

种谷记&狠透铁

柳青　著

青海人民出版社

图书在版编目（CIP）数据

种谷记·狠透铁 / 柳青著 . -- 西宁 : 青海人民出
版社 , 2021.2
（时代记忆文丛）
ISBN 978-7-225-05978-5

Ⅰ . ①种… Ⅱ . ①柳… Ⅲ . ①长篇小说—中国—当代
②中篇小说—中国—当代 Ⅳ . ① I247.5

中国版本图书馆 CIP 数据核字 (2020) 第 251961 号

时代记忆文丛

种谷记·狠透铁

柳青　　著

出 版 人	樊原成	
出版发行	青海人民出版社有限责任公司	
	西宁市五四西路 71 号　邮政编码：810023　电话：（0971）6143426（总编室）	
发行热线	（0971）6143516 / 6137730	
网　　址	http://www.qhrmcbs.com	
印　　刷	陕西龙山海天艺术印务有限公司	
经　　销	新华书店	
开　　本	890 mm × 1240 mm　1/32	
印　　张	9.5	
字　　数	300 千	
版　　次	2021 年 2 月第 1 版　2021 年 2 月第 1 次印刷	
书　　号	ISBN 978-7-225-05978-5	
定　　价	62.00 元	

总　序

"人民文学"的传统在当代

李云雷

　　20世纪中国最重要的事件是中国革命和改革开放，中国革命的胜利使中国彻底摆脱了半殖民地半封建社会，获得了民族独立，"中国人民从此站起来了"；改革开放的成功则让中国走出了一穷二白的状态，奠定了民族复兴的基础。在21世纪的今天，我们正走在中华民族伟大复兴的征程上，当回望20世纪的时候，我们应该感激与铭记中国革命与改革开放，或许我们身在其中并不觉得有什么特别，但是放眼世界我们就会发现，并不是所有国家的革命都能够获得胜利，在20世纪末仍大体保持着19世纪末古老帝国版图的，只有中国；也并不是所有国家都能够进行改革开放，都能够取得改革开放的成功，或者说能够顺利推进改革开放并使国势国运日趋向上的，也只有中国。中国革命和改革开放是20世纪中国最重要的遗产，也是我们在21世纪不断开拓进取、实现民族复兴最重要的根基。

"人民文学"是在中国革命的进程中产生，并对中国革命、建设、改革产生重要影响的文学。在这里，我们所说的"人民文学"是一种泛指，在不同的历史时期曾被称为"革命文学""解放区文学""十七年文学"等，又在不同的理论视域中被命名为"左翼文学""社会主义文学""红色文学"等，"人民文学"的概念既是对上述各种称谓的通约性表达，也是在新的历史语境中的一种通俗性表达。"人民文学"与20世纪中国革命紧紧联系在一起，既是20世纪中国革命组织、动员的一种方式，也是其在文化上的一种表达。"人民文学"的重要性体现在它在转变观念、凝聚情感、社会动员与组织，以及寓教于乐等方面所发挥的作用。在1940—1970年代，中国内忧外患不断，生产力低下，群众的识字率较低、知识文化水平贫乏、娱乐方式简单，"人民文学"在那时起到了独特而重要的作用。作为一种文化政治传统，"人民文学"伴随20世纪中国革命以及建国后的社会主义建设实践而逐渐生成，并以不同方式在改革开放的历史语境中延续和变迁，它直接参与和内在于现代中国的进程，发挥着独特的革命文化能量，进而建构了新的社会主义文化经验和价值传统。

"人民文学"在1940—1970年代的中国文学界曾占据主流，但在改革开放的历史新时期，对"人民文学"的评价却发生了分歧与分裂，其中既有20世纪80年代、90年代和21世纪初等不同时期的差异，也有国家、文学界、知识界等不同层面的差异，以下我们对这些分歧简单做一下勾勒，并对"人民文学"在新时代的状况做出分析。

在20世纪80年代，伴随着对"文革文学"的批判与反思，中国文学进入了一个繁荣发展的新时期，文学思潮层出不穷，从"伤痕文学""反思文学"到"改革文学""知青文学"，再到"寻根文学""先锋文学"，获得解放的文学释放出无穷的活力。在政治层面，中国进入了一个思想解放的时期，文艺政策也从"为政治服务"调整为"为人民服务，为社会主义服务"。在知识界，则发生了一场声势浩大的新启蒙运动。文学上的种种变化，被后来的文学史家概括为从"一体化到多元化"的转变，所谓"一体化"是指"人民文学"从1940年代到1970年代逐渐占据主流、成为主体，并趋于激进化的过程，而"多元化"则是指"一体化"因"文革文艺"的泡沫化而终止，逐渐走向开放、多元的过程。在这一历史时期，曾被激进的"文革文艺"压抑的其他文艺派别获得了重新评价，这些文艺派别既包括左翼文学内部的周扬、冯雪峰、胡风等人的文艺理论，丁玲、赵树理、孙犁、路翎等人的小说，也包括左翼文学之外的其他派别，比如自由主义文学、新月派、京派文学，等等，但在80年代，所谓"多元化"仍有其边界，大致限于"新文学"的范围之内，但这要到时代的进一步发展之后才能为我们知悉。1980年代的文学大致以1985年为界，呈现出迥然不同的样貌，在1985年之前，左翼文学与现实主义仍然占据主流，而在1985年之后，先锋文学与现代主义蔚然成风，逐渐占据了文学界的主流，而这则伴随着文学评价标准的重大变化，那就是从革命化到现代化、从人民文学到精英文学的转变。在这一过程中，以"重写文学史"的兴起为标志，对"人民文学"的评价逐渐走低，以"写什么和怎么写"的讨论为中心，对现实主义作品的评价也逐渐走低，或许在一个渴望转变与新异的时代，这样的变化也是难免的，要等到一个新的时代，我们才能对之进行客观冷静的评价。

在1990年代，市场化大潮席卷而来，文学界与知识界也产生了分化与争论。1993年、1994年发生的"人文精神大讨论"突显了作家与知识分子面对市场大潮的分歧，一些作家与知识分子热烈拥抱市场化与世俗化大潮，而另一些作家与知识分子则在市场大潮中坚守道德理想，或者坚守个人的岗位意识。与此同时，大众文化迅速崛起，影视与流行音乐逐渐占据了文化领域的中心位置，文学的位置开始边缘化。在文学界内部，伴随着金庸、琼瑶等通俗小说的流行，以前备受"新文学"压抑的通俗文学获得了重新评价的机会，从鸳鸯蝴蝶派到张恨水，从还珠楼主到港台新武侠，都获得了前所未有的关注。"多元化"的发展突破了"新文学"的界限，而逐渐开始向通俗文学、流行文学开放，文学评价的标准也逐渐向是否能够畅销，是否能够获得市场与读者的认可转移。在这样的潮流中，"新文学"的传统趋于边缘化，"人民文学"则处于边缘的边缘。但是在知识界，也出现了重新评价左翼文学的"再解读"思潮，他们从现代化、现代性的视角重新审视左翼文学的经典作品，对之做出了与革命史视野不同的阐释，不过这种解读更多借助于西方的"市民社会""公共空间"等理论资源，其中不乏深刻的洞见，但也有凿枘不合之处。发生在1997年、1998年的"新左派与自由主义论争"，显示了80年代新启蒙知识分子的分裂，他们在如何认识中国、如何评价中国革命、如何看待中国与世界等诸多问题上产生了深刻分歧，自由主义者更认可西方的普世价值与世界体系，但是新左派借助于新的理论资源，更认可中国道路的主体性与独特性。这一论争是20世纪最后一场思想论争，也是迄今为止影响最大的思想争鸣，这一论争主要发生于人文领域，其中很少看到文学知识分子的身影。但这一论争涉及对中国革命与红色经典的评价问题，也为人们重新认识红色文学打开了新的视野。

在21世纪最初10年，市场化大潮与大众文化的深刻影响仍在持续，但是在文学界内部，又出现了新的因素，那就是网络文学的迅速崛起，网络文学借助新的媒体形式，形成了一种新的文学生产、传播与接受方式，也形成了一种新的文学观念与文学模式。在观念上，网络文学打破了"新文学"以来的文学内涵，"新文学"将文学视为一种严肃的精神或艺术上的事业，无论是左翼文学、自由主义文学、"为艺术而艺术"，还是"改革文学""先锋文学""寻根文学"，中国现当代文学史上彼此相异与争论的诸多文学思潮，其实都分享着这样共同的文学观念，但是网络文学的出现却改变了这一共识，网络文学重视的是文学的消遣、娱乐、游戏功能，并将之推向了极致，而不再注重文学的教化、启迪、审美等功能，这极大地改变了文学的定位与整体格局。网络文学的盛行催生了穿越、玄幻、盗墓等不同的类型文学，并逐渐形成了一整套成熟的商业模式。与此同时，在更加市场化的环境中，通俗文学占据了越来越多的市场份额，"新文学"与"人民文学"的传统被进一步边缘化，主流文学界只有依靠体制的力量——作协、期刊、出版社——才能够生存下来。在这种情形之下，"底层文学"作为一种新的文艺思潮兴起，对80年代以来日趋僵化的"纯文学"及其体制进行了批判与超越，在文学界与社会各界引起了广泛关注。有论者将"底层文学"与"人民文学"的传统联系起来，但围绕这一议题也发生了分歧与争论，纯文学论者竭力贬低底层文学与"人民文学"的传统，但更年轻的一代研究者对之则持更为积极的态度。在文学研究界同样如此，新世纪以来，"左翼文学""延安文艺""十七年文学"逐渐成为文学界关注与阐释的热点问题，更年轻的学者倾向于从肯定的视角重新阐释"人民文学"及其经典作家作品，但他们的努力常被主流文学界视为异端与另类。

在21世纪第二个10年之初，市场化与大众文化进一步发展，网络文学及其商业模式则更趋于成熟，逐渐形成了"三分天下"的整体文学格局，即纯文学（严肃文学）、畅销书、网络文学三者各据一隅，纯文学（严肃文学）以期刊、作协、评奖为中心，畅销书以出版社与经济效益为中心，网络文学以点击率与 IP 改编为中心，各自形成了一套相对独立的文学运转与评价体系。但在 2014 年，这一整体格局开始发生转变。2014 年及其之后，习近平总书记发表《在文艺座谈会上的讲话》等一系列关于文艺问题的重要论述，这是继毛泽东《在延安文艺座谈会上的讲话》之后，我党最高领导人首次系统阐释对文艺问题的观点，讲话所提出的"坚持以人民为中心的创作导向""文艺不要做市场的奴隶""创作是自己的中心任务，作品是自己的立身之本"等观点，继承了我党"文艺为人民服务，为社会主义服务"的优秀传统，又对文艺界出现的新问题、新现象、新经验做出了分析与判断，为新时代文艺的发展指明了方向，已经改变了并将继续改变文学界的整体格局。

改变之一，是"人民文学"的传统得到弘扬。自 20 世纪 80 年代中期以来，"人民文学"传统先后遭遇"先锋文学"、通俗文学、网络文学等巨大变革的挑战，日渐趋于边缘化，虽曾以"底层文学"的名义短暂复兴，而并没有得到主流文学界的认可，但"以人民为中心的创作导向"提出之后，极大地扭转了文学界的整体状况，"人民文学"传统受到重视，红色文学的经典作品也得到重新阐释与更大范围的认可。

改变之二，是"新文学"的观念得以传承。中国的"新文学"虽然有内部不同派别的论争以及不同历史时期的巨大断裂，但却都将文学视为一种精神或艺术上的事业，这一点与通俗文学、类型文学注重消遣娱乐有着本质的不同，习近平总书记系列讲话中将作家艺术家视为"灵魂的工程师"，将文艺视为中华民族伟大复兴进程中的重要力量，指出"文艺是时代前进的号角，最能代表一个时代的风貌，最能引领一个时代的风气"，在这一基点上鼓励探索与创新，这是对新文学观念与传统的认可、尊重与倡导。

改变之三，是"三分天下"的格局得以改观。"三分天下"是各自形成了一套相对独立的文学运转与评价系统，但习近平总书记系列讲话是对文艺界整体讲的，也是对文学界整体讲的，不仅包括纯文学（严肃文学）界，也包括通俗文学、网络文学等领域，目前通俗文学、网络文学领域已经发生了巨大的变化，比如官场小说的转型、科幻小说的兴起，以及网络小说更加关注现实题材，更加注重现实主义等，"三分天下"的格局有望在相互竞争与争鸣中形成一种新的、开放而又统一的评价体系。

但是从另一个角度来说，现在的改变仍然只是初步的，一个突出的表现是《创业史》等人民文学的经典作品虽然得到了国家与政治层面的推崇，也得到了知识界愈发深入的研究，但是在主流文学界并没有内化为重要的写作资源与参照，很多作家心目中的理想作品仍然是中国古典、俄苏19世纪批判现实主义以及欧美20世纪现代派作品，并未真正将"人民文学"作为自己可资借鉴的重要传统；另一个突出表现是习近平总书记《在文艺座谈会上的讲话》发表已经5年，但并没有真正出现"以人民为中心的创作导向"的经典作品，现有的艺术性较高的优秀作品并没有坚持以人民为中心的创作导向，而有些试图坚持以人民为中心的创作导向的作品则在思想性、艺术性上存在不少缺憾，并没有达到更高层次上的融合与统一。这似乎也很难归咎于作家努力得不够，一个人思想观念的转变是艰难的，而新时期以来"人民文学"及其传统的不断边缘化，红色文学被贬低几乎成为文学界的集体无意识，要转变这样的观念，需要我们做出更加艰苦的努力。

在今天，我们需要在新的时代背景下重新认识"人民文学"的合理性与历史经验，重新梳理新中国前三十年与后四十年文学的关系，重新理解文学与人民、时代、生活的关系，面对 21 世纪正在渐次展开的历史，我们应该从"人民文学"中汲取理想主义等稀缺性精神资源，从而创造中国文学新的未来。

在这种情况下，青海人民出版社编辑出版的《时代记忆文丛》显示了历史性与前瞻性的眼光，将对重新认识和发掘"人民文学"的精神资源，传承"人民文学"的优秀传统产生重要影响。此套丛书邀请前沿学者或熟谙作品的作者子女选编人民文学代表作家的代表作品，选编丁玲、贺敬之、郭小川、李季、艾青、臧克家、赵树理、孙犁、田间、李若冰等经典作家。每种选编作品前置有一篇序言，系统介绍作家生平、创作，梳理关于他们的研究史与评价史，既有历史与文学价值，也具有新时代的眼光与视野，可以让我们看到这些文学前辈是如何在与时代、人民、生活的融合中进行艺术创作的，他们的经验值得我们借鉴，他们的作品值得我们学习。新时代的中国作家只有自觉地继承"人民文学"的传统，才能在"坚持以人民为中心的创作导向"中大有作为，我们期待这套丛书能够为新时代作家的艺术创作提供可资借鉴的资源，也期待这套丛书能受到广大读者的喜爱与欢迎。

2019 年 10 月 28 日

序

《创业史》之前的柳青

李云雷

柳青的《创业史》已经成为当代文学的经典,但是在《创业史》之前,柳青的创作是怎样的,柳青走过了怎样的创作道路？很多读者却并不了解。现在摆在大家面前的《土地的儿子——柳青作品选》《种谷记·狠透铁》便向读者展示了柳青在《创业史》之前的主要作品。在这些作品中,我们可以看到柳青是怎么成为柳青的,柳青为什么能写出《创业史》,以及柳青的生活和创作道路。

《土地的儿子——柳青作品选》收入的是柳青的散文和短篇小说,时间跨度很大,既包括柳青1935年发表的处女作《待车》,也包括他在1972年所写的《建议改变陕北的土地经营方针》,但主要是柳青在抗战时期所写的短篇小说,以及他在解放后合作化时期在皇甫村所写的散文（或特写）,前者主要收录于柳青的小说集《地雷》（光华书店

1947 年 2 月初版），后者主要收录于柳青的散文特写集《皇甫村的三年》（作家出版社 1956 年 11 月初版），此次汇集在一起，可以让我们更清晰地看到柳青创作的整体面貌。

《种谷记·狠透铁》收入的是柳青的长篇小说《种谷记》和中篇小说《狠透铁》。《种谷记》是柳青的第一部长篇小说，取材于柳青在陕西米脂县当乡文书的生活，抗日战争结束后，柳青带着《种谷记》的手稿，跟随部队奔赴东北，开辟新的解放区。1947 年 7 月，《种谷记》由东北光华书店出版，后于 1951 年 10 月由人民文学出版社正式出版，先后 7 次印刷，发行达 70 万册。《狠透铁》原名《咬透铁锨》，副标题"1957 年纪事"，写作于 1958 年，是柳青在创作《创业史》（第一部）间隙所写的一部中篇小说，最初发表于《延河》1958 年 4 月号，后经三次修改，由陕西东风文艺出版社于 1959 年 11 月出版单行本。

以上是对这两部作品集内容和版本情况的简略介绍，下面我们结合柳青的人生和创作经历，对这些作品做出一些分析。

柳青，1916 年生，原名刘蕴华，陕西省吴堡县人。八岁进入本村私塾接受启蒙教育，后在佳县螅镇小学、米脂县东街小学读书。1928 年济南惨案发生后，他参加了米脂的示威游行，开始参加革命活动，1928 年 5 月加入中国共产主义青年团。1930 年下半年考入绥德省立第四师范学校。入学刚半年，学校被陕北军阀井岳秀下令关闭，遂考入陕北联合县立榆林中学。在这里，他更多地接触了鲁迅、郭沫若、茅盾、丁玲和沙汀等人的作品，并自修大学课程。由于过度用功和生活上的清苦，他染上了严重的肺结核病。1934 年夏初中毕业，柳青投奔在西安高中当教员的长兄，以第一名的成绩考进西安高中。从塞上来到省城，柳青的视野大为开阔，如饥似渴地博览中外名著，开始作诗、写散文，还学习翻译外国文学作品。1935 年冬，上海《中学生》季刊第二卷第二号上发表了他署名柳青的处女作《待车》，这是他在全国性杂志上发表的第一篇作品。《待车》全文不足两千字，描写一群在反共内战中负伤的国民党士兵（大概是东北军），在西安车站等待被转到别处去的情景。"从这极小的一角，可以使人联想到很多，想到这一群伤兵的悲惨命运，想到他们对于被迫打内战的无言的憎恨，想到他们对于失去家乡的怀恋，……柳青一开始写作就表现出他的摹写生活的现实主义手法，同时也表明他具有摄取一点反映更多东西的本领。"（林默涵《涧水尘不染，山花意自娇》）

"一二·九"运动爆发后，西安学生罢课、游行，并成立西安学生抗日救国联合会。正在高中二年级读书的柳青，积极投身爱国运动，曾在西安高中学生救国会会刊创刊号上发表翻译诗歌《村里的铁匠》。1936年冬，悼念鲁迅大会、纪念"一二·九"运动一周年和西安事变的爆发，使西安地区的学生爱国运动空前高涨。柳青担任西安学生抗日救国联合会会刊《学生呼声》的主编，还为学联拟写传单，每日显得特别忙禄。就在这时，他加入了中国共产党。抗日战争爆发后，1937年8月，柳青到《西北文化日报》副刊《战鼓》当编辑。不久，考入刚成立的西安临时大学俄文先修班。翌年4月，日机轰炸西安，临时大学搬到陕南南郑、城固，柳青没有随校南迁，而奔赴陕甘宁边区。他于1938年5月初到延安，在边区文化协会任海燕诗歌社秘书、民众娱乐改进会秘书。1939年到1940年，他以随军记者和文化教员的身份，随八路军东渡黄河到华北，转战于山西抗日前线。抗日队伍的生活激发了他的创作激情，写出多篇反映中国共产党领导抗日军民英勇打击日本侵略者的短篇小说，这些小说主要包括《地雷》《误会》《牺牲者》《废物》《一天的伙伴》等。1940年10月，柳青返回延安，担任文学月刊《谷雨》编辑，并和林默涵一起负责延安向重庆传送消息的文化站。

这一时期他写出了多篇反映边区生活的短篇小说，如《在故乡》《喜事》《土地的儿子》等，是他短篇小说创作的高潮期。在此前后，柳青还写有散文特写《萧克将军会见记》《一个女英雄》等。

这些作品初步展现了柳青的创作才华和艺术风格。《地雷》重点描写的是李树元老汉对儿子银宝抬地雷支援前线并加入八路军的心理反应过程，李树元老汉身上有小生产者的狭隘意识，但面对日寇的进攻和逐渐高涨的抗日意识，他也经历了新旧的思想矛盾和斗争过程，"作品对李老汉爱儿子与爱革命、顾自家与顾国家的思想矛盾和转化过程，展现得十分真实、细腻。"（屈桂云：《论柳青的早期短篇小说创作》）在小说中的李树元、银宝身上，我们可以看到《创业史》中梁三老汉和梁生宝的影子，柳青在这里表现了他对思想矛盾的"旧人物"和走在时代前列的"新人物"的特殊关注。《误会》写的是一个休养的伤员将"我"误认为汉奸而造成的一场小风波；《牺牲者》以战斗结束后风雪扑面的窑洞为场景，描写了七八个战士对牺牲的战友马银贵的怀念；《一天的伙伴》中的吴安明，是帮"我"们运送行李的伙伴，作者以先抑后扬的方式讲述了他悲惨的童年和参加革命的过程；《废物》中的王得中是一个五十多岁的老光棍，是八路军营部的一个马夫，作者通过对他执拗性格的描写展现了他凄苦的过去以及对八路军的忠诚。"这些战士都是穿上军衣的农民，他们带着浓厚的农民气质：质朴、固执、惊人的耐苦力，还有一些落后意识。这说明柳青是很了解农民的，他确实是农民的儿子。"（林默涵：《涧水尘不染，山花意自娇》）《土地的儿子》描写了一个农民李老三在新旧社会的命运转换，在旧社会他依靠"偷"和"骗"维持一家人的生活，而在新社会，他终于置办了三垧土地，小说的字里行间充溢着这个翻身农民对新政府的热爱和对土地的痴迷。《在故乡》《喜事》则主要通过作者回乡的过程，描绘作为家乡作为边区在党领导下的新变化，这两篇小说在结构与写法上类似于鲁迅的《故乡》，但其间所展现的新旧风俗、新旧人物的此消彼长，也让我们看到了时代进步的足迹，以及作者心目中的远景。

1942—1945年，柳青在米脂县民丰区任乡文书，和当地干部一起开展减租减息、反霸反奸斗争和大生产运动。根据这个时期丰富的生活积累，他写成了第一部长篇小说《种谷记》。《种谷记》围绕互助帮工、集体种谷这一核心事件，描述了农村中不同阶层、不同性格的农民的心理、打算和他们之间的关系，小说对乡村中复杂的政治、伦理、人际关系有着精准的把握，刻画出王加扶、王克俭、王存起、赵德铭、福子、维宝、存恩老汉、王老雄、王相仙等一系列人物形象。这部小说无论在题材还是主题上，都与后来的《创业史》相似，虽然与《创业史》相比，小说的主题不够宏大开阔，叙事节奏较为缓慢，人物塑造也不够鲜明，但这部小说却更贴近生活的原生态，从《种谷记》到《创业史》，我们可以看到作者不断进行思想与艺术升华的过程。

新中国成立之初，柳青参加了《中国青年报》的创刊工作，任编委和文艺副刊主编；还参加中国青年作家代表团访问了苏联。此后任中国作协西安分会副主席、中国作协第二届理事等。1952年，柳青到长安县皇甫村落户，兼任中共长安县委副书记，他参加了农业合作化各阶段的实际工作，熟悉和了解农村各阶层群众的生活和语言。1956年，柳青出版散文集《皇甫村三年》，其中包括《新事物的诞生》《灯塔，照耀着我们吧！》《第一个秋天》《王家斌》《一九五五年秋天在皇甫村》《王家父子》等作品，在这些作品中，我们可以看到柳青满怀热情地投入生活，和农村一代新人共同前进的足迹，也可以看到《创业史》中梁生宝的原型和蛤蟆滩翻天覆地的时代背景。1958年，柳青发表中篇小说《狠透铁》，这篇小说正视生活矛盾，真实反映了农村自发势力和一些腐化堕落的干部勾结，破坏集体经济的发展，小说主人公"狠透铁"不畏诬陷、不畏孤立、不畏病痛，与腐化干部坚持斗争的故事。"狠透铁"敢于斗争的性格与品质，不仅反映了他对事业的忠诚，也显示了现实的复杂严峻。这部作品不仅表现了作者的敏锐眼光，而且展现出了艺术家的勇气。据柳青说，"《狠透铁》所反映的，是他亲自参加处理过的一个真实事件，故事本身很完整，他没有进行更多概括与加工，就写成了。"（转引自王鹏程《〈创业史〉的文学谱系考论》）而在同时写作的《创业史》中，主要人物之一高增福也具有这样的品质。《狠透铁》显示了柳青对合作化事业的隐忧，也显示了他较为复杂的态度。

1960 年，柳青的代表作《创业史》（第一部）问世，这是描绘中国农村社会主义革命的一部史诗性作品。《创业史》原计划写作四部，1964 年基本完成了第二部初稿。然而不久，"文化大革命"开始了。十年"文化大革命"，柳青的身心受到严重摧残，创作被迫中断。在非常困难的情况下，坚持修改第二部书稿，但他的创作宏愿终于未能实现。不过即使在困难时期，柳青仍不顾个人安危，关心着时代与国家大事，撰写了《建议改变陕北的土地经营方针》等文章。

通过以上梳理我们可以看到，柳青的人生与创作历程是与时代、人民血肉相连的，同时这也是一个在艺术上不断进步、不断超越自我的过程。柳青正是深刻认识到中国处于一个伟大的变革时代，而变革的动力则来源于人民群众，才会真心诚意地走入人民之中，亲身经历人民创造历史的伟大过程，并将之容纳到自己的作品之中。柳青参与土改与合作化，扎根长安县皇甫村 14 年，他的着眼点虽然只是蛤蟆滩上几户农民的生活及其变化，但他参与的是数千年中国历史变化的一个重要节点，这是中国农民改变自身命运、重塑新的形象的历史性时刻。他所深入的生活，是人民创造历史的生活，也是一个时代变化的核心。在他的作品中，我们可以看到时代最真切的变化和最深层的奥秘，正是在《创业史》中的梁三老汉和梁生宝身上，最为深刻地呈现了中国农民在历史变革中的生活变迁及其深刻的内心变化。柳青深入生活的动力，不是来自于外部，而是来自于内在的召唤和艺术创造的冲动。他的艺术雄心不在于表现个人，而在于将个人融入到时代与人民之中，并刻画出一个时代的风貌与核心，在这个意义上，柳青的追求既是一个人民作家的追求，也是一个大作家的追求。

在《创业史》刚刚出版时，敏锐的评论家就注意到了其整体感与创造性，同样是写合作化题材，但是柳青的《创业史》与赵树理的《三里湾》、周立波的《山乡巨变》不同，如果说《山乡巨变》更注重地方性特色，《三里湾》更注重碎片式的复杂经验，那么《创业史》则提供了一种整体性，这种整体性来自于作家对时代的理解，也来自于其世界观与创作方法，作者以现实主义精神观察与描摹生活，但又不拘泥于现实，而是将对过去、将来的理解融入当下的现实之中，让我们在当前现实的脉动中，可以感受到历史的脉络和未来的趋向，在这个意义上，柳青《创业史》所讲述的中国故事，既是现实主义的典范，又充满着理想的光辉。新时期之后，伴随着对"合作化"评价的变化、现实主义的边缘化、"宏大叙事"的消解等社会文艺思潮，对柳青与《创业史》的评价一度走低，但时过境迁，在经历过个人写作、日常生活、私人写作等文艺潮流的洗礼之后，柳青与《创业史》的价值更加突显出来。

柳青在艺术创作上严谨细致与精益求精的精神，他不断超越自我，锲而不舍，勇攀艺术高峰的精神，值得我们敬重与学习。通读这两本作品集，我们可以发现，柳青在创作上是不断进步的，在《创业史》之前，柳青已经写出了《种谷记》《狠透铁》等优秀作品，但柳青并不满足于所取得的成就，勇于超越自我，勇于攀登高峰。《创业史》是柳青创作的一个飞跃，正是生活、艺术、思想的积累达到了一定程度，柳青才能够创作出《创业史》，才能真正成为"柳青"。柳青的文学来源于生活与实际工作，但又超越了一时一地具体工作的限制，而蕴含着他对中国整体发展的深刻思考，也蕴含着他对社会主义美学的探索与创新。在《柳青传》中，我们可以看到柳青对很多艺术问题的思考以及他个人的创造。新时期以来，柳青已经成为当代中国文学的一种传统，不仅直接影响了陈忠实、路遥等作家的创作，更是在广大作家、读者之间有着深远的影响。柳青在病床上仍在精心修改《创业史》第二部的场景，让几代作家铭记于心，激励着他们执着创作，不断超越自我。今天我们重读柳青的这些作品，不仅将会更加深刻地理解柳青和《创业史》，而且将会更加深刻地理解当代文学与当代中国。

2020 年 11 月

目录

种谷记

一

晌午一过，受苦人放下饭碗，松一松腰带，不管变工的不变工的，吃上一两锅烟，都上地去了；婆姨们洗完家匙，有的到纺织组长那里去比赛，别的便在自己窑里坐下来纺线子。无论谁都似乎无牵无挂，一心一意做着自己的活。王家沟村里一片嗡嗡的纺车声，布架吱吱呀呀地叫唤，再加上小学校的学生娃们尽嗓子高声念书，把一个偏僻的山村喧嚷得生气勃勃。但从外表看来却依然寂寞，耕了一上午地的毛驴吃过草料，精疲力竭地在拴它的阳场子里丢盹儿，狗伸展了脖子和四条腿，在暖烘烘的太阳底下睡觉，老母猪则率领着一群猪娃子在村道上漫游。此外，你在外面几乎见不到甚么人影，只有这村里的行政主任王克俭的老婆，每天一到这个时候，便在她窑里坐不稳了。

这老婆隔不一会便甩着胳膊，颠着一双古时小脚，用细碎而迅速的步子，到大门外来望一回。随着时间的愈来愈晚，她出来的次数也就愈多了。要是夏天，人们很容易了解，那是因为她们住宅下边那块土坪上的两卜苹果快要红了，她时刻提防着甚么不三不四的过路人或者村内嘴馋的顽童"糟踏"，甚至有时把那只凶恶的黑狗拴在树根上，她也是放不下心。但现在距那个时节还早，这才阴历三月中旬，果树刚准备开花，大部分人家的谷地都翻过了，却还没有开始安种，受苦人正耕着高粱。老婆每回出来都焦急地看看愈来愈偏向西边的太阳，转回去的时候沉着脸，皱着眉头，唉声叹气地唠叨个不休。

不知是她第几回走出大门的时候，拿着儿童团的木刀的两个学生娃又来了。看见她出来，他们在半坡上停住了。

"大婶子，"其中的一个彬彬有礼地说，"我大叔还没回来吗？"

"回来了！"她说着反话，气愤地拐过头去，不知是讨厌他们，还是有意不给他们听见，背转脸恨恨地说："三回九转！又不是个甚么东西，回来我还把他藏了！?"

"先生说他们等不上，他和农会头前走了，叫他回来赶紧到乡政府开会去哩。"两个学生娃背诵一样完成了任务，便蹦蹦跳跳地跑回学校去了。

她朝前沟里的大路上望了一阵，又长长地叹了口气，转了回去。

"就像是地里钉了橛子，把他们拴住了。"她回到窑里对正在纺线子的媳妇愁苦地说，"父子两个都不是娃娃，又不是不晓得迟早。村里不管谁家，都吃了饭，快半后晌了，咱还等受苦人回来，真像是同人家不是一个黄历过日子……"

"嗡嗡嗡……"媳妇无精打采地摇着纺车，很守本分地不加评论，也不附和。

媳妇在初过门的一二年，为了表示对婆婆的尊敬，曾像应付生客一样应付过她；随后她摸清了她的脾气，经常发现她一个人的时候也在说话——批评老汉和儿子们，咒骂鸡和狗，抱怨衣裳和家具……当感到应付不暇的时候，在得到娘家妈妈的同意之后，她才对她改变了这种态度。改变以后，婆媳间像现在一样，仍然和谐。现在，媳妇摇她的纺车，婆婆坐在炕沿上，用木拐子缠线子。她不时冷然哼一声，停一会儿又叹一口气，显示她脑子里不停地在发愁。忽然，外边又有了响动，她一溜下地，便匆匆忙忙出去了。

"甚时光了，这才回来……"她说，出了门限又掉转头朝媳妇叮咛："看饭！"

但她出得大门一看，几个在桃花镇卖罢炭的赶驴汉从大路上有说有笑地过去了，她的老汉和小子上地去的那条路上，仍是空寂无人。她转回来的时候，媳妇已在烧火热饭。

"怎么？不是他们？"看见婆婆灰心丧气的样子，媳妇奇怪地问。

"他们大概在地里刨金子哩，"她近乎愤怒地说，坐在炕沿上，拿起木拐子，"街上集都散了，他们还不回来。灶火压了等着吧！……"

媳妇用炭面子重新压了火，两个人又恢复了一霎时前的原状。

"真是，"媳妇见婆婆愤得厉害，颇表同情地说，"人家叫开会，叫得也有回数了。"

"那倒是小事！"她顺口接上说，正想痛快淋漓地数说一阵，"你说老这个样儿，老这个样儿，要多烧多少炭哇？你说！要是沟滩里拣些石头就能烧，那好了！一驮炭边区票也快上三百了，你看怕人不怕人，就和烧钱一样嘛……"

媳妇摇了一会纺车，刚抽了一条线，又停下来。

"饿……"她颓唐地歪起头，惨然一笑说。

"我不是？"婆婆赞同道，放下木拐子，两人开始坐着等受苦人回来吃饭了。

照陕北乡村的老习惯，受苦人没有吃饭以前，婆姨们不能先吃；这一方面也许是重男轻女的古规程，再一方面还有先尽劳动的人肚饱的意思。根据她们婆媳两人苦恼的经验，今年春耕以来，她们能和村里大多数人家一齐吃晌午饭，倒是很偶然的事情。其所以如此，只有两个原因：一是因为她老汉的手法过分细致，这在政府号召精耕细作以后，他不仅毫无转变的意思，并且以他是行政主任的资格，一有机会便在干部会和村民会上强调。三四年以前区上给他发过一张奖状，他把它用劈开的高粱秆和枣刺钉在墙上，苍蝇在上面落屎已经落得不像话了，她提议了多少回要把它去掉，他都不让动，像符咒一样长年挂在那里。再是他们那条黑燕皮大驴每年春天都要给他们生一个骡驹子，它已经生过四个了，再过两月，第五个便怀够了月份；驴吊着大肚子耕地，怎么能走快呢？正是这两个原因给了老汉不参加任何变工队的借口。本来他们可以少耕一些早点回来，但老汉又是个强性子人，赌气要和变工队比，每天也耕一垧，借以说明他们虽然不参加变工队，也并不比旁人少耕！因此上他们随常是过了晌午好久，才能回来。虽然如此，家里又不能索性晚一点做饭，因为二小子在本村的小学里念书，他一放学回家便要吃现成的，否则不等吃饭便走了；他也和他老子的脾气一样，说他宁肯不吃饭，也不愿去晚了受教员的批评。受苦的和念书的各有各的理由，看起来只有她们婆媳两人贱了……

　　这一天他们在名叫小庙疙瘩的山里耕高粱，却比哪一天都回来得晚。婆媳两人等待着等待着，焦躁起来了，不由得开始怀疑他们遭了甚么不测。媳妇提出驴是不是出了岔子，婆婆立刻愤怒地制止了她；因为不吉利的事总是只能会意，而忌讳明言的。虽然她的提示恰恰投合了婆婆的心思，并且经这一提更使她焦躁，她却提出相反的可能：他们也许从地下耕出了甚么贵重的古器，因为贪心不足继续挖掘去了，她知道老汉的脾性就是那样……当她们忘记了肚子饿，提心吊胆推测着一切可能时，那黑燕皮大驴突然冲进大门，直端飞奔进驴圈里去，疯狂地用嘴急忙掀着槽里早已筛好的碎干草。随后捎着农具的老汉和小子进了大门，他们的脸上照例蒙了厚厚的一层尘土。

老婆立刻像脱了险一样轻松了，欢天喜地迎出去。

"不长心，你们！"她喜形于色地走到老汉跟前，说，"你看日头到哪里了？你们不饿，我们也不饿？炭仓又快空了，你晓得不？……"

"……"老汉没吭声，厌恶地瞅了她一眼，便不再理她了。看出老汉饿得正想发火，又见小子赌气一样把镢头使劲扔到地下，她便一声不响回窑里去了。

王克俭插住了驴圈门子的栅子，好像不信任他老婆似的，用手搅了搅槽里的干草，看它是不是筛得干净，里边夹杂了鸡毛之类的东西没有。虽然他又饿又累，但他对驴的关心比对自己还周到。仔细翻检过一道以后，他才卸去套在驴头上罩嘴的"抽子"，然后站在槽前，还要看看它是否照平常一样吃草，这才安心地抓下头巾，抖擞一下，擦着脸上的尘土，走进窑里去了。媳妇已经在炕边上摆好了饭，小子已经端着一大碗，蹲在脚地的一条板凳上吃起来了。

老汉进来威严地蹲在当炕，拿起碗筷，盛了一碗干稠稻黍饭（高粱饭）。也许因为在锅里闷的时间太久吧，饭显得特别稠，可以栽得起筷子。他一吃起来，胡子上便粘了许多黍粒，因为众人都急于吃饭，一时无话，只听见咀嚼声。吃过几碗之后，王克俭才似乎有力气说话了。

"你们也真是好烧手，这一驮炭才几集？"他开始咕噜，嘴里没有停止咀嚼。

"你看？"老婆奇怪地叫起来，想起老汉适才在院子里给她的不愉快，感到更加冤枉地说："是咬得烂的东西，哪是我们偷吃了！……"

她回了嘴，很满意她这话报复的分量，然后轻蔑地抿起嘴来，越想心里越是不平。凭良心，她这个"小脚婆婆"算够把家了，一双小脚差不多每天都要踩遍大门以内的每个角落。媳妇捞柴在院子里掉下一根，她都要拣起送到灶火跟前。水是石缝里淌出来的，但它不能直淌在水瓮里，需要受苦人一身汗一身汗地去担；为了在农忙时期节省他们的精力多做地里的活，她都谆谆告诫媳妇节用。而她的苦心竟得到这样的报答，老汉也真够得上一个名副其实的"大脚婆婆"了。

"要不炭也你管起来，"她瞟了他一眼，更加露骨地讽刺，"我们朝你称斤领得烧吧？……"

王克俭忍不住，变了脸。在小子和媳妇面前，他的尊严被触犯了。

"你不要寻气！"他警告道，"我是说你们应该节省些烧，这才是耕稻黍的时光，眨眼就要安种谷。一种起谷，谁顾得驮炭？耕种停当，驴肚大得又不能使唤了。村里朝贩炭户买得烧，也要等四月半炭贱下来吧？叽叽咕咕，叽叽咕咕，你晓得甚？你？……"

"只要生端上来能吃，咱等五月六月也……"

"烧柴！"老汉断然地截住她，愤愤地问："我不信柴也烧完了？"

"有是还有些哩，只怕烧完了，你有炭也笼不着火……"

"啊呀！"王克俭愤慨地叹了口气，鄙薄地耸了耸鼻子，说："这不就要饿死吗？种这么大的庄稼，养这么好的驴！"说着，转脸向老婆质问道："你做你的，往后不要多管闲事能不能？啊？……"

"我原来也不多管！……"老婆最后白了他一眼，转身朝向媳妇。

关于烧炭的事，便这样不愉快地终止了。小两口听着他们斗嘴，却不感到一点严重，因为他们早已在这种气氛中过惯了。而老两口也的确不记，随争吵随便忘了，有时简直仿佛没有争吵的一样。

但这回却不同，它又惹起王克俭最近始终缠绕在心的一些念头。他爸在世时，他们少一半种着自己的祖产，多一半则种本村四福堂财主的租地，由于和四福堂情厚，在秋收以后的农闲时期，又要他们包揽着讨租粟；老人死后，他和小子继续了这份职务，一直到新社会有了减租法令，四福堂财主拿门外的远地同别处的地主兑换成本村和邻村的近地以后，合不着另用讨租粟的人，他才失去了这一笔收入。但他们已经和老人在世时大不相同了，多一半种着自田自地，少一半租种财主的地。这几年驴下骡子，加上新社会一切捐税负担都顶轻，他又添置了一些，统共已有二十六垧；而四福堂财主的地，他是只种五垧半了。他越来腰里感到越有劲，今年正月里公家开始普遍订"农户计划"时，区乡干部竟把他当作富裕中农的典型，订得特别仔细。他们过细地、一项也不遗漏地计算他一年的生产和消费。虽然他时时刻刻没有忘记尽可能低估进项，和他们争执着，一再要求他们稍等一等，以便使他有时间想起一切最微少的支费，但他终归没有对工作人员掩盖了他的富裕。当核算完毕的时候，他们竟宣布他可以做到"耕二余一"。他奇怪了：既是这样，他家里却为甚么很少积存呢？他的"农户计划"和节令牌以及落满了蝇子屎的精耕细作的奖状并排钉在墙上，他自己用算盘打过不止一次：不错。唯恐自己又看又打有误，念书的从学校回来的时候，他说："二楞，你念我打！"结果还是不错。那么他的粮食一驮一驮到桃花镇卖了，除过买炭、棉花和其他少数日用品以外，还有甚么用项呢？在这家里，他可以武断说，没有一颗粮食或者一张小票不经过他的手出入。老婆的确够节省，给她一盒洋火，她几乎会用到一年，恨不得一根一根抽给媳妇，两个小子赶庙会要几个零钱，都得换了衣裳要走时才向他伸手讨。眼下只有一个媳妇，那是外人的老婆养的，更沾不到边儿。他没有理由怀疑家里有甚么秘密的漏洞，也不可能伸进来第三只手，但他却无论如何想不透这个奥妙。王克俭在小年冬学里便熟读了"朱子格言"，他差不多可以说完全跟着那格言治家的。但自从订过"农户计划"以后，他对家道的一切用度，便瞅得更紧，并且开始记账，建议教员在学校的课程里增加珠算，以便二楞能够在这一方面帮助他，把他家里的私账弄得像他当行政主任的村内公账一样，一分一厘都不差。正因为这一点，他十分赞成区长的一句话："庄户人糊糊涂涂过日子……"而他的老婆却是那样，你看谁能和她谈论甚么计划呢？……想到这里，他又恶狠狠地瞅了她一眼。

放下碗饭，他靠炕壁蹲起来，打着火链，吃着一锅烟，小子随后刚一放饭碗，他便分派后晌的营生。

"楞子，"他噙着烟锅说，"到野狐洼拆畔，明早去好耕。"

"我一个去？"楞子问。

"我也去嘛……"老汉说，在炕栏上磕了烟灰，便准备起身。

"唉噫！"老婆突然转过身来，惊惶失措地叫了一声，她这才想起教员和农会主任叫他到乡政府去开会的事了。她不知道这回开会是办的甚么工作，也不敢断定对老汉是否要紧，加上两人又刚刚失过和气，因此她自觉无理地吞吞吐吐告诉了他。

"他们打发学生娃叫了几回。"她最后惭愧地说，脸通红看着老汉。

出她意料之外，她没有受到指摘或叱骂。行政主任听了，沉重地叹息了一声，倒回原位去了。他在头一天晚上已经得到通知，乡政府的信虽在学校里，但农会主任当面告诉过他，二楞放学回来，又带了教员的口信，而他睡过一夜，便同他的疲劳一块儿从他身上消失光了。到地里一捉住耧把，他不会想起任何事情，眼盯着铧边上无定河水一样翻滚的湿土，差不多全世界在他的脑子里都不存在了。

通知是吃过晌午饭便开会，而现在，他爬到窗口朝天一看，半个后晌快过去了。他脑里立刻浮现出乡政府正在开会的场面——窑里聚集了全乡所有的村干部，有的在说话，另外的噙着烟锅倾听。他走进去委实有点脸红得坐不下去；无数眼睛会像针刺一般向他脸上扎来，一定会有人恶作剧地开他的玩笑，乡长或者乡文书会固执地追究他迟到的原因，他会结结巴巴说不出话来，感到手脚都不能自如了。这种味道，王克俭已经尝过不止一回，现在即使回味起来，脸上也禁不住有点发烧。……

旧社会他是个老甲长，只管得十来户人家；保长要粮他收粮，要款他收款。新社会第一次乡选时，四福堂的二财主王相仙竟提议他当本村的行政主任。"对！"众人都说，"他念过两冬书，会写会算；又是从小给四福堂讨租粜的，办事有经验。"于是全举了胳膊。他还以身忙再三推诿，王相仙说："我闲，我帮助你。"他这才难意地接了事，不管公粮公草、后方勤务、调查统计、民事调解……点点不敢漏空子。只要上面来一封公事，他马上拿到四福堂去了，转出来便风行雷厉地执行。三十一年第二次乡选，他给王相仙说了多少好话，要求不要再提他；"你怕毬？"二财主粗鲁地说，"背后有我，你怕毬？"结果他重选连任了。但刚过了一年，情形突然大变了：公家发动了减租算账的斗争，众人把四福堂斗倒了，他自己也没有靠了，再不敢到二财主那里去请教，有事只好去和农会主任商量。村里整个翻了个过，从前不问一点村事的受苦人握了大权，农会主任、副主任、自卫军排班长……都变成"急紧分子"了，一有点事竭力往人前边挤。又是生产，又是文教，弄得神人不安——不是订农户计划，便是组织变工队；不是动员合作社股金，便是组织妇纺小组、识字班、读报会、黑板报……弄得他昏头晕脑。他自认他不仅不足以领头，便是跟他们也跟不上了。去年以来，他经常想起那句"白地的税，红地的会"的口头话来，觉得还是保甲时代无事，税多是多，但要了便不管你了；而现在，三天两头开会，倘若上边下来工作人员，那便连隔日子的时候也没有了。他这个行政主任的头衔早已变成他的一顶"愁帽"，他是无时不在盼望着下一次乡选快到，好把它揭到旁人头上去。现在，当他耽误了开会而苦恼的时候，他的思想自然又转到这个念头上来了。

"楞子，"他向等待他吩咐的小子提议，"你再替我开上一回？……"

"我啊？"楞子头一拐，努起嘴说，"你今儿就是杀了我，我也不替你了！"

楞子替过他一回，已经是后悔莫及了。乡长要他立刻退出会场，说他没有资格出席，因为没有人选举他。他本可以马上退出，乡文书说已经来了，他听一听也可以，回去传达一下，但下不为例。这便使他吃了苦头，有人取笑他说："王家沟倒特样啊！"谁在假装奇怪地问："你们甚时改选的？"最难堪的是白家沟那个滑稽行政主任，他诡谲地眨着眼皮，问他光是白日替他爸呢，还是黑夜也替？开会中，没有人征求他的意见，表决的时候特意告诉他不要举手。他变成一个多余的人，坐蜡一直坐到散会……

回忆起来，他深为不满地瞅了他爸一眼，出院里去了。

"你真是！"老婆又转入攻势，"你当了多少年，楞子晓得甚？要去，你快起身；不去，你也干干脆脆！……"

"对，"他听这一提示，嘴软地说，"我不去了。"掉头一看，媳妇正出了院子往水道里倒洗家匙水去了，便急忙加上一句，说："有人问起，就说我老肚疼病又犯了。"

二

教员和农会主任在乡政府开罢会回到王家沟，日头已经落了。三月天一过晌午，春风便一阵大一阵小地刮起来，到傍晚才渐渐住了。但风从耕翻过的山岗上吹起的尘土，依然混合着暮霭，薄雾一样笼罩在山沟里。村里晚饭的炊烟也已一柱一柱从节节排排的窑顶上竖起，然后汇合起来覆盖在村子上空，拦羊的和受苦的开始从山里回家了，学生娃还没放学，正在场里嘻嘻哗哗游戏，而这里那里，到处是从缝隙里钻出来的蝙蝠，在空中兜着圈子，报告着黑夜便要降临的消息。但教员和农会主任对这一切似乎毫无知觉，他们的全部精神已经被会上布置的工作占据了，从乡政府出来，一路拉谈着对这工作应该采取的步骤，回到村里。

照区上派下来的张助理员传达，县政府教育科和建设科联合指示说：根据历年的经验，种谷的时期总是拖得太长，这在生产上来说，很多农户种得不合时宜，以致常有不足苗的现象，减低了应有的收获；而在教育方面，每天都有一些学生娃请假去点籽，影响得这个时期学校的课程也无形中停顿了。今年要在变工队的基础上实行定期的集体安种，选择最适当的时间，几天种完；在种谷期间，各小学一律都放忙假，以便使学生娃能有组织地点谷籽；而在忙假以前和以后，便要尽量做到没有甚么请假的了。至于这忙假的长短和迟早，则可以根据各村的具体情况自行决定……

"这是一个突击工作，"指示信写道，"既要有计划地完成任务，又不能依靠强迫命令，这就要看变工队组织得怎样了……"

张助理员传达罢指示，便号召所有到会的村干部和教员确实领导，争取成为这回集体种谷的模范村。说罢，众人便纷纷议论着哪一村能得模范。有人竟然制止道：

"你们不要瞎嚷，这回的模范一准是王家沟的！人家村里变工队办得不错，农会是王加扶，领导变工队没说头，大约全区全县都晓得，登报也不是登了一回……"

"就是！"有人赞成说，"有那么个好领导还愁办不好？"

于是全看着王加扶，眼里有映着几分敬意的，也有羡慕的，也有不服气的。王加扶自己却很有些局促不安；因为他听起来，话音里似乎略带着讥讽的味道。这工作一宣布便好像抛来一块千斤石，落在他的心上，顿然感到了它沉重的分量。当发动村与村之间挑战竞赛时，他竟红着脸，一次又一次地看看教员，不敢应战。他说他们村里直到现在"顽固"还是不少，何况行政主任又太差池，他不仅不变工，不领导，甚至连会也不来开。当他声言他不能在这一样上和旁的村比赛的时候，众人都哗然了。

"你拿板弄势做甚么哩嘛！？"有人竟说，"谁不晓得你是王家沟的首领？一庙一个神，一村一个人！……"

说得下不了场，王加扶才和教员商量了一下，和邻村白家沟竞赛了，目标是组织全村主要种谷的农户全部集体安种，方式还要好。教员也不满意他扭捏，因为他懂得挑战竞赛，目的原是为了刺激大家工作的热情，并不像赌钱那样严重，你输了，钱便跑到人家腰里去了。但王加扶不然，他赶集腰里没钱，宁肯饿着肚子回家也不拉账；在工作上，自己估计没有充分把握，他便不愿在会上出风头，只图一时痛快，而在检讨工作的时候丢人。他希望的是答应五分，完成十分的那种作风。因此，只要他一承应下来，他便要卖他所有的力了。

他和教员一路拉谈着，他的拘谨的细心有时引起教员的不满，有时又很使他感动。他们回到王家沟，两人站在分路的地方又说了一阵，村里的甚么动静也不能吸引他们，仿佛他们是在空旷的野外一样；并且似乎说不完，刚要分开，随即又扯起新的话头。

"怎么样？"教员等也等不得回去放学，总是找求结束的话，最后问道，"决定明黑夜开群众会？"

"对嘛！"王加扶确定地说，"咱照乡政府说的步子走，今黑夜先把村干部叫到学堂里商量一下。……"

说着，两个人便分路走了。但走不几步，王加扶又转回来。

"哎，赵同志，"他突然想起来说，"农户计划的存底在哪里？咱今黑夜试算试算全村种多少坰谷，得多少天。……"

赵同志已经上了一段坡，又转向他，用手梳着蓬松的分头。想了一想才抬起头来。

"行政拿走了。"他说。（"行政"就是王克俭，众人叫他"行政"像叫王加扶"农会"一样。）

"那你快给二楞说，教老汉黑夜来时拿上吧……"

"对。"教员说着，一转身便用轻捷的脚步，一口气跑上斜坡，回学校去了，唯恐学生娃们自动放了学，他不能给村干部的子弟或者他们邻家的子弟捎话，要他们吃过夜饭来开会。

王加扶等教员上坡之后，他才拖着他那双钉了两块厚猪皮的、足足有半斤重的鞋，顺着河沟里的大路走出去了。当走到家去的岔路口时，他又站住了，朝全村四顾了一阵，犹豫了一会，然后没有回家，坚决地顺着大路照直走出去了。

从四处山野里回来的受苦人渐渐多起来，迎面碰见他的人，都奇怪地问：

"天黑了你还到哪里去哩？农会？"

"看见存起儿回来了没？……"他以反问回答说。

全愣一愣，说没看见，但他还是固执地走去了。王存起是前沟里那个居民小组的参议员，人虽才二十五六，办事却顶能干；因为近两年来所表现的对工作的积极和能力，他被选为王家沟的模范工作者，因此上他已经不是只管他那个居民小组的事，而是全村一切工作的主要推动者之一了。一年前入了党以后，更是积极：你半夜里有事去拍他的大门，他立刻应声，甚至来不及结裤带和穿鞋，手提着裤腰，赤脚片跑出来给你开门。任何一件工作布置下来，王加扶想起行政便灰了心，好像已经宣告了失败；但当他一想起存起儿，便立刻有了生气。虽说还有几个村干部是他的帮手，农会副主任残福子嘴巴太厉害，在斗争会上算得上一个好人手，但做起旁的工作，却嫌嘴残刻了一点；自卫军排长是维宝，三句话拉不对头，便和人家变脸，众人叫他"火药匠"，实际也的确是个"军事"人才。因此，王加扶和教员说完，等不得黑夜，便想和存起儿拉一拉。……

从山崖上吃饱了草的羊群，互相摩擦着鼓鼓的肚皮，堵塞了村道。王加扶用烟锅在羊群中给自己拨着路，挤过了两三群羊之后，才到了存起家的大门外头。因为他来的次数太多，那小白狗已经不咬他了，像对主人一样跟在他后边摇头摆尾地表示亲热。他进了院子，那个双目失明的老寡妇还在山药窖旁边的一堆山药中间摸芽子。

"你老还在摸？"王加扶笑说，"天黑了，你看不见，觉不着吗？我的劳动英雄怕当不长了，嘿嘿……"

"玉成儿？"瞎老婆叫着他的小名，仰起头要看的样子，随即不等回答便叹了口气，说："完了，没用了，眼也不长了还？①儿忙着当模范，媳妇还是猪任狗任，我老婆子不摸，再过几天出芽出得不说吃吧，怕连种的籽儿也没了……"

这时，存起媳妇从窑里出来了，挖灰笼火使她脸上涂了不少的黑。她一边忙用衣襟擦着额颅、脸蛋和鼻尖，一边以满脸的笑容迎向客人。

"存起哪里受苦去了？还没回来……"王加扶从瞎老婆转向妇女主任问。

---

①陕北口语，意即：眼也不长了，还能做甚呢？

"受苦去了？"婆姨说，"见你今年要种狼尾巴谷，我娘家有籽，抽空儿就寻去了。"

"哎噫！"客人立刻大不以为然地头一扭说，"想种朝我分上几颗种嘛！虽是县里发给我一升，叫我种的明年给全村传种子，咱两家分开种还不是一样？"

"那还能哩？"对方眉毛一提，眼合了一下，娇嗔地说，"公家给谁是谁的！照你说全想种，都分一点，不统成了劳动英雄了？……"

说得全笑起来，王加扶装起一锅烟，用胳膊骱挟着，揭开火链包准备打火，忽然发现他的艾絮在乡政府开会的时候，不知甚么时光已被众人挖光了。

"叫我婶子，我给你点火。"婆姨打趣着，转身便向窑里走去。

"那我自己会点。"王加扶笑着说，几步抢在前边，走进窑里。

当他在锅台前面蹲下来的时候，他看见灶火门口的那块被烟熏得黑板一样的石板上，用石笔歪歪斜斜地写满了字。他翘起屁股，低下头去看了一阵，然后才把烟锅伸进灶火里去。

"你识会多少字了？"王加扶站起来，一边啵啵地吃着烟，用一个老拇指头压着烟锅里燃着的烟，一边笑眯眯地问。

"今儿学会明儿忘，你不要笑话。"她红着脸说，两手局促地弄着锅台上的一块拭布，随即丢开它，想起来了："拴儿娘的哩？一回也没见来！亏你还是个英雄，自家的婆姨搁在家里，宣传人家……"

"你看出得了台吗？"他从嘴里抽开烟锅，颓唐地说，"三四十了，娃娃吊一身，还落后得不成话，……"说着，出得院子便要走了。

婆媳两人都留他，说存起快回来了，要他等着，在他们家里吃饭一块拉谈。媳妇扯着他的夹袄肘子，瞎眼婆婆也拉起她的拐棍站起来了；但他只说叫存起吃过夜饭到学校里去，便出了大门走了。婆婆一直瞎摸到大门口，叫道：

"玉成，你来我给你说个话。"

"说甚哩？"农会掉转身问。

"你来嘛，你一定要走，我又不拴你！"

农会走到她跟前来，疑惑地问："你又说甚哩？"

"我说，"瞎眼婆婆用一只手又朝前摸了一步，才说："你大爷早年死后，撇下我们两个寡母幼子，我又急瞎了眼，存起儿是人家欺负大的。而今世道变了，他扑在人前办工作，众人又选他当模范，他越是上劲。我可是不放心，他从小没人好好调教，话言话语有些不三不四，你可是要招呼着些啊……"

"放心！"王加扶忍不住笑了，"你老儿说了多少遍了？"

说着便折转走了，他怕让她说时长了，又会从瞎眼缝里挤出泪珠来。存起是她的独生子，拿句俗话说，便是"一条根蔓菁"，只因在王家沟扎下了这一条根，可怜的寡妇才没有"另找主儿"。其实她生养的不止一个，只是全没养活；因为太穷，有一个甚至是她上山去掏野菜的时候，娃娃留在家里没人照管，被从天窗飞进去的乌鸦啄死了，而另一个还是怕他爬到炕沿掉下脚地跌死，用一条绳子齐腰拴着，当她从山里回来时，他却被勒坏了。存起生下来还不满周岁，他爸在给四福堂拦羊的时候，在一次大雷雨中，因为顾羊，人倒被山水冲走了。她怕这一个娃娃还养不活，才给他起了个名字叫"存起"，并且不顾一切地带大了他。老汉的尸体，在小河下游二十里处找到，四福堂只给了一套粗蓝布寿衣，一具几块八分木板拼凑的棺材埋了，便不管了。寡妇和他们到县里打官司，要求抚恤，官司输了，才气瞎了眼睛。虽然如此，她还是瞎摸到四福堂去，一再宣布官司是张口的，只要她不死，这案子永不能那样了结，因此听到换一个县长，她便去催一次案，官司也便又输一次。二十年以后，新社会第一个县长开始办公，她便又去催案，这一回她赢了：公家判定四福堂给她拨抚恤地十垧，永归她家所有。经过五年的光景，存起抛弃了长工生活，在自己的土地上劳动着，已经迅速向中农发展了。倔强的老寡妇每一提起，便由不得挤出泪珠，是因为她想起她的老汉，他没有赶上这个新社会！……

"模范！"农会下了坡的时候，自言自语说，"娘也模范，婆姨也模范，全照他们的样，王家沟甚么工作不好办哩？"

于是，他的心思又回到村里的工作上来了。他对存起一家有一种深厚的感情，看见他们不管哪一个，心里都是喜欢的。去年冬天，他在全县的劳动英雄大会上，曾经聚精会神地听过模范村郭家湾的报告；不知道是那劳动英雄口才好，还是真做得好，人家村里似乎人人都是模范，家家都是模范，变工生产、妇女纺织、识字读报……样样都是全县第一。他听着，一样一样比起王家沟的工作来，带着红花坐在那里都觉着害羞，感到他这个劳动英雄很没意思。会后回来，他差不多挨门逐户地宣传了多少时，但成绩很不能使他满意。像存起家这样的能有几家呢？连他自己的婆姨他也"克服"不了。每一样新的工作布置下来，他便痛感到村里不能全都齐心一致。……

他在河沟里走着，夜幕已经从山头上低垂下来，由远而近地向村里合拢。村道上回家的受苦人络绎不绝，走到行政家下边的路口时，他又站住了，考虑他是否应该上去看看他回来了没有，为甚么没去开会；愣了一阵，他对自己说："不去了。"心里想：去了行政又要解释半天，几句话说不清楚，而吃过夜饭便要到学校里开会去，假若行政硬留他吃饭，那老婆又会疑心他是赶饭时去的。

想着，和路上的几个人走在一道，接应了几句闲话，他便回到自己院子里来了。

院子很窄小，又加上翻身以后买了条驴，盖起一个简陋的驴圈，更是只剩了一条窄巷。王加扶的"穷根"是很深的，从哪一辈穷起，怎么穷的，都早已变成失传的事情了。以前他没有地，全是伙种四福堂的，收割回来自然都背到四福堂的场里打了，当场分了粮，除去地主的一半，牛料、籽种和借粮，剩不几颗，一背便背了回来，所以院子是只要走得开人便行了。而现在却不同，减租算账以后，他赎回了三垧，新买了两垧，去年秋收时，院里填了些许庄稼，他便必须顾前又顾后地小心谨慎，才能把一担满桶的水担进窑里。正月里乡政府领导的秧歌队到王家沟来，要给劳动英雄拜年，领头的进来一看，走不开场子，便退出去，只好在墙外的一个枣树坡上扭了一阵拉倒了。王加扶脸好红，这也使他兴家立业的计划中，新开一院土窑的事不能长久拖延了。去冬新买的两垧地里，有一段崖势适合于修造，在学校后边的一拐弯便是，离村也不远，他准备今冬不买地，用那个力量雇人打土窑，加上他父子几个的劳力，先打三孔再说。但他不敢断定这个计划是否能够做到，因为他自己办工作忙，到那时又有那时的工作，而维宝和福子还坚决反对，"何必哩，"他们说。"四福堂前前后后空着几十眼窑，等往后分得住吧。总有那么一天……"他又有点犹豫。现在，王加扶进了院子，家里已在准备吃饭，虽说只六七口子，看起来却满院都是人了。

七十几岁的老人用扫帚在院里扫净一块，便坐下等着端出饭来。他已经聋得十叫九不应，默然做着自己看见应做和能做的事，一年也和人说不上几句话。那一年四福堂出殡老财主，铁炮响了三整天，他还奇怪地问："办了这么大的事，可没甚么响动？"其聋的程度便可想而知了。他纯粹变成王加扶的负担已有十几年。拴儿是他的大儿，今年十六了，在变工队里受苦能顶半工，大大地分担了王加扶的劳苦；

他从地里回来，已经把驴从阳场子调回圈里，和聋爷铡了草，又从外边担了一担干土，正在很起劲地垫圈。因为自从他们出生以来没有看见自己养过牲口，所以这驴一从桃花镇买回来，娃娃们便对它有一种特别亲热的感情，饮它的时候，二拴和女娃都抢着牵它到河沟里去；现在，他两个还站在低矮的木板槽外面，兴致勃勃地盯着它吃草，女娃甚至时常由不得伸手去摸摸驴头，引起在里面垫圈的拴儿严厉斥责，他嫌她打搅了驴吃草。只有婆姨和公公坐在院里扫净的地方，她已经在窑里收拾好夜饭和家匙，那个尚在襁褓中的三拴天一黑便不离她的身，死劲噙着她的奶头，呷得她不时疼得咬牙闭眼，因为这奶头仿佛只剩一层皮了。王加扶进来的时候，三拴正在婆姨怀里尖着细嗓子哭叫，原因是她把他从奶头上掀开了。

"不要逗！"王加扶心烦地劝告，"好听吗？"

"谁逗？"她说，愤恨地头一拐："给！"三拴噙住奶头便不哭了，她随即转头向着驴圈那边说："你们只顾那个老家亲，还是吃饭哩？啊？撩不下，黑夜到驴圈去睡！"二拴和女娃听见立刻跑了过来，拴儿还在圈里撒土。

王加扶站在跟前，想到存起的媳妇，深为不满地盯着他的婆姨，问："你又是有甚么不好活？你？"

"我太好活了！"她说，把后脑根转给他，嘀咕说："我问二拴，说先生早回来了，有人碰见你到前沟里去了。你开罢会，还满村摇摇摆摆串门子，驴吃的没一点草，拴儿回来和爸爸现铡。……"

"唉！……"王加扶听了，无可奈何地叹了气，回窑里端饭去了，心里想："你看能和她论成甚么是非哩？"

他曾经和她论过是非，但都和她说不清楚，她是只看见这两孔破土窑和这个窄狭的院子里的事情。要是早年里，他早已经拿起棍子或者脱下鞋来，抨抨拍拍解决问题了；但现在不行了，一来是公家不许打婆姨，他在村里的地位不同，更应该遵守；再者他也心疼她——一家七口吃饭穿衣的担子，整个压在她一个人身上，使她喘不过气来。她已经多少次提议要给拴儿提早娶媳妇，他不能满足她的要求。因此，有时他甚至觉得她挖苦他几句，他不作声，似乎倒可以减轻她的操劳之苦……

他把饭盆和家匙端出来，全家就围坐在院子里吃夜饭了。蓝天上愈来愈加稠密起来的星星，给他们照着亮。为了节省灯油，天一暖和起来，王家沟除两三家富户和学校的教员之外，大多数都借着天光吃夜饭，只有在洗家匙和脱衣裳睡觉的时候，他们的窗子上才可以看见一霎时麻油灯光的闪亮。现在是全村吃夜饭的时光，每个院子里都围坐着一两簇人，从那里发出咀嚼声和拉话声，农会的院子里自然也沉默不住。

"你们后晌把阳山的土疙瘩打完了？"王加扶吃了头一碗饭后，问拴儿。

"打完了！"拴儿从嘴边拿开碗，说，"榆卜梁的畔也拆了，明儿就去耕！"

"到底还是先给你三叔耕？"

"可不是！"拴儿报告说，"众人商量，榆卜梁一耕完，转过来就是岔子峁，再就是葫芦塔，全说应了。"

"对！"王加扶兴奋地说，"对！"

听了拴儿的话，他心里一下子畅快了。他很满意他们做了那么多的活，还解决了一个前晌他在时没有解决的纷争，两个组员为了高粱地耕种的先后次序而争吵所造成的不愉快，自然也扫除了。

"王加贵和毛蛋儿两个，"他高兴地问，"和蜜了吧？"

"毬！"拴儿粗鲁地说，"后晌在一块还不是有说有笑？"

"好！"农会喜欢的咧开嘴说，"从后山一气转到前山，全组都耕完了，好准备种谷。"

"不，"拴儿用筷子夹起一块咸萝卜菜，更正说，"光商量到葫芦塌，为了咱的全在前山，说要问你。"

"咱的还用问？"王加扶痛快地说，没有降低他的兴奋，"迟种三天五天有甚？"

他们正说着，隔墙王加贵家的狗咬起来了，过了一会，一个头上笼着羊肚子手巾的年轻人进了大门。他在大门口放下一张铁锹，走向他们的饭场中来，喜眉笑眼地在人缝中间蹲下去。聋老汉眯起眼睛，探头问："谁？"

这人便是存起儿，众人看见他都眼明，齐声让他吃饭。

"稀汤汤！"农会的婆姨也凑嘴，把勺把推过去，说，"不嫌的话吃上一碗，模范！"

"我家里顿顿摆酒席！"模范说着反话，然后向王加扶，说，"回来听说你来了一回，想必有要紧事，我吃了两碗饭就走。怎么？会开得怎着哩？"

王加扶因为模范一来，更加兴奋，一时竟不知从何说起。他一只手端着碗，一只手将筷子插在咸菜里，发了一阵呆，然后才一边吃饭，一边将定期集体种谷的指示约略说了一遍，最后，他扫兴地放下碗筷，两手一拍，伸展出来，说：

"这么要紧的事，行政连会也没来开！……"

"哼，靠他自然全凉了！"存起冷漠地说，"你吃饭吧，吃完咱到学校里商量。"

"就这碗了，"王加扶重新端起饭碗，开始一满口一满口地吃起来。

在等他吃饭的时候，存起儿说，他丈母家的那个区里，也正吵嚷着这件事。有的说是顶好的办法，有的说，不一定。自然少不了一听就努嘴的人。他看，他们这一区就算动手迟了。

"怎么？你慢慢吃嘛！"

"饱了！"王加扶碗筷一放，用手揩了一把嘴巴，嘴里还咀嚼着东西，便提起烟锅说："走吧！"

"回来又是半夜！"婆姨朝他的背影烦恼地说，"三拴这几天泻肚，你是一点也不忌讳？"

"……"好像没有听见，走了。

三

在本县中学里还没有毕业，赵德铭便被调出来当了小学教员。开始是在城关小学里，下学期便调到乡下，到王家沟，这已经是第三学期了。这种违反他个人志愿的分配，曾经激起他尖锐的不满。开始的一个时期情绪简直低落得可怕，好像魂灵已经从他身上跑了一样，他总是直不起头来，对甚么都没有兴趣。在学校里时，他和许多同学赌神发咒不当"娃娃头儿"，相约要争取到延安去学习；谁知还差一学期，他们那一班便提前结束了，原因是全边区展开了一个紧张的农村建设运动，需要干部，不说他没有去延安的可能，便是原来在那里学习的大知识分子，也都被号召下了乡。在他个人方面，家庭有问题，他母亲和婆姨千方百计阻挠他的愿望实现——母亲甚至主张他打起赤脚，种他父亲死后撇下的二十多垧山地，也少得雇人花钱，因为在减租增资的声浪中，长工伙子总是嫌挣得少；何况她看见学生和当先生的也都要劳动生产，觉得念书人也不像早年一样体面了，很没意思。

对母亲的这种观点，赵德铭自然是一笑置之，你给她解释不清，只在心里自拿着主意。他同教育科长要求了多少回，才同意他暂留在城关小学里；于是他认为还有一线希望。这学校有大几百学生，教员十几位，都分科任课，他还有时间死啃一些硬崩崩的理论书籍，桌旁的墙上贴着列宁的名言："学习，学习，再学习！"做着到延安去的准备，等待着适当的时机。不料第二学期教育科突然宣布他得下乡，给了他一个很大的打击，他几乎是一路叹着气去开学的。开了学当然更不安心工作，在教学的业务方面可以说既无心得，又没困难，生活则异常乏味——学生娃一来，嘈杂的念书声会把你聒得变成聋子，放了学却又孤单得可怕。因此上他一有借口便进城，一进城便在朋友的床上挤一夜，第二天才游魂一样回来。突然，在学期终了，全县的小学教员统统被集中到县里去了——要整风！这一回他一看毁了，知道去了没有好事，但却没有理由不去；于是他像一个病人进手术室一样，战战兢兢地进了城。两个月以后他从教员整风班出来，如梦初醒，如病痊愈，彻底放弃了住延大的念头，像丢掉了一个大包袱一样，又轻松又愉快地来到这个新被分配的地点——王家沟了。

　　一到王家沟，他便变成一个忙人，再不无聊，也没工夫进城了，边区政府号召"学校与生产教育两大运动结合"以后，简直等于宣布他是这村里的村文书，学校也随着变成了全村的议事厅，经常有人出入，俨然是王家沟的中心了。村里的样样工作他都要插手，而社会教育则需要他一手去做；做了不算，他还得按期向区公署的教育助理员交出工作日记，以便考核他的工作情形。说句老实话，从整风班出来以后，他已经是时时刻刻警惕着自己："文教英雄"或者"模范教员"的光荣称号虽争取不到，也千万不能重蹈覆辙，在检讨工作的会议上红着脸，被当作坏的例子供大家研究了……

从乡政府带回来组织种谷的任务，赵德铭心里又不能平静了。想起春耕开始时他初到王家沟的情况，和现在一比较，他由不得连连摇着头，惋惜地咂着嘴。那时候在到处都是"组织起来"的大浪潮中，他们使全村百分之九十五以上的人家，都参加了变工队，吃了"齐心猪"，通过了变工公约，他把它在村里的泥墙上写得到处都是；并且为了各家上地行动一致，由他提议，经过了一番激烈的争论，终于还是决议把行将坍毁的灵官庙那个钟移架到村当中，建立起打钟制度来了。当时，谁要是找不到变工的对象，谁便像带着狐臭找不到婚嫁的对象一样不光彩。可惜没有几天，行政竟首先退了堂，村里有些人纷纷议论起来，跟着接二连三垮台的便很有几组；他们今天变工，明天又不变，成了自流现象，但却仍然应着名。而有两组吵嚷过一回，甚至索性宣布拆散了。他曾经几次向农会提议，要采取积极的手段，使他们恢复起来；而王加扶却要坚持着用好话宣传，结果他说得口干舌焦，还是白磨了唇舌，现在是只有村干部和积极分子参加领导的几组，还像个变工队的样子。想起毛主席"组织起来，坚持下去"的话，赵德铭便深为这种虎头蛇尾的现象感到羞耻。这一回，他是下了决心了，不管王加扶如何拘谨放不开手，他都要彻底整顿一番；否则再弄不好，不能像指示信说的一样完成任务，学校的忙假便无法放起，他自己也不好交代工作了。他回来放了学，给村干部捎了话，自己做得吃了饭，又洗了家匙，现在是只等着他们来开会，他要提出他的意见……

这一夜旁的工作没有：读报会才开过几天，识字班也没有轮到教字的，所以到点灯以后，窑里还是他一个人。在等待他们的时候，他把当天从乡政府带回来的两张《边区群众报》又从抽屉里抽了出来。这报上第三次登载了他的一篇稿子，写的是关于王家沟建立打钟报时制度的经过。他写得本来很是详尽：灵官庙怎么快坍毁了，巫神王存贵怎么已经转变了，跳神的三山刀怎么改成种地的镢头，变工队怎么感到起身上地和家里做饭时间不一致的不便，他怎么提出意见，顽固老汉们怎么反对，众人却怎么拥护，以至打钟以后大家的种种良好反映，他都一眼一板写到了。但登载出来的时候，却被删掉了一大半，把一篇通讯几乎变成一条简单的消息。虽然如此，能登出来，便足见它是有相当价值的。他开会以后的兴奋和整顿变工队的决心之坚定，恐怕与这篇稿子的发表也不无关系。在乡政府开会的当儿，他已经把登载着他稿子的那张报纸看了好几遍，希望能引起旁人的注意，因为看样子，张助理员也好，乡长和文书也好，其他几个教员也好，都还没有发现这件事情；他们把报纸折起来，装在口袋里只顾说话或听旁人说话，直到散会。他想，他们回去以后总会看见的；现在，他又一字一句读了一遍，心下计划着要是这回种谷的工作做好了，他还投一篇去！

正想着，院里响起两个受苦人的脚步声，一个说："窑里静悄悄的。"另一个说："他们还没来哩。"他一听口音，便知道是维宝和福子两个人了。学校是一进三开的三孔石窑，靠西是学生娃的自习室，中间做教室，赵德铭住在东边的窑里。那两人由漆黑的中窑拐进耳门，便喜眉笑眼地站在脚地了。福子是一个三十多岁苦壮汉子，站在脚地像牛一样呼吸着；维宝年轻得多，一身农民穿戴，赤脚片子打着绑腿，破夹袄的腰里结着皮带，又留着文明头。

"静悄悄的，"维宝东看西看说，"你不骇怕？"

"怕甚么？"福子直撞地说，"他不信神不信鬼，怕甚么？"

"我看就是太孤了，"维宝点头缩脑说，随即挤眉弄眼问："你不把婆姨接过来，怕王家沟没你小两口住的窑吗？……"

两人一递一句说笑着，在麻油灯上吃着烟，把鞋脱在脚地，好像回了家一样随便，带着泥土的赤脚上了炕。福子肥大的赤脚片蹲在炕沿上，维宝则亲热地蹲在教员的炕桌跟前，一般受苦人身上挥发的汗水臭，直向赵德铭鼻里扑去，从维宝嘴里喷出来的浓重的旱烟，一堆一堆滚向赵德铭脸上去，使他不得不一次又一次地把脸抹开，微笑地挥着手扇烟。福子看见大不满意……

"看你！"他说，"那是咱的先生啊！"

"甚么先生后生？"排长反问着，手一挥，好像让福子出去的样子，宣布道："新社会全是同志！叫那些地主士绅才是先生，咱自己里边叫先生，那就是讥诮人哩，你晓得吗？我也是到分区住了回训练才晓得。不是吗？"他转过来笑眯眯地问着教员。

赵德铭点头认可地微笑着。这维宝是赵家沟激进派的代表人物，自从绥德训练回来以后，更是比以前突出，话也比以前多。他当自卫军排长，上山种地也结着皮带，扎着绑腿，背着他那一杆装的火药和石子的土枪。在他的领导之下，自卫军的王家沟基干班（全是二十上下的年轻人）都跟他学。这倒是无可非议的事，因为在这一带边境地区，从"白地"里混进来特务和政治土匪是常有可能的；但他像脱离生产的干部和学生一样留起头来，却是毫无理由，毫无益处。他爸老是嘀咕他，嫌众人笑话，要他剃掉，他好像没有听见一样，不理那回事。嘀咕得他厌烦起来的时候，他反过来说："你那个旧脑筋就是要好好改造！""怎么改造？"他爸冒火了，"你看怎么改造法？啊？"于是这话便传为王家沟的笑柄了。其实这话并无恶意，也没毛病，只是对象特别，所以对维宝在工作中的威信很有影响。福子不满意的正是他一冒一冒的劲头，和许多他认为是"不自量"的地方，但他却看见教员对维宝并无恶感……

"怎么着？"福子吃着烟，提起正事问教员，"种谷的事讨论得怎么着哩？"

"太好了，"赵德铭说，把报纸重新填进抽屉里，"县上来了指示，全村都要集体互助，几天就往完安种，到时候学校也放忙假了……"

"你看！"维宝等不得说完，兴奋地截住，矜夸地向福子伸出一只手，要甚么东西似的说："你看！我说你不要发愁，咱政府有的是办法，到时候自会定出主意来，你看怎么着？……"

"你能，你能！"福子更加不满地瞟了他一眼，道，"毛主席和你还一个心眼，是不是？"

"可不是哩！？"排长认真地说，"他和老百姓就是一个心眼嘛！我在绥德听说，毛主席常和老百姓拉话，问新社会甚么最困难。他问一个说是棉花，又问一个，还说是棉花……随后就发生了植棉运动！"

他说得津津有味，虽然把"发动"说成了"发生"。福子眼里映着狡黠的微笑看着他。

"问你来没？啊？"对方更加露骨地讥讽。

"没碰上嘛，碰上了不能问？"维宝见他不怀一点好意，着实火起来了。他用手里的烟锅嘴子指着他的额头，针锋相对地问："我脑上没贴反动派的条子吧？贴着吗？"说着，不管吃尽没有，便把烟灰从石条炕栏上磕到脚地下去，然后重新装起一锅烟，加添说："人家叫你残福子，你舌头和锥子一样嘛……"

福子脸红地转身看了看脚地，和解地笑道："你不要磕到我鞋里了，烧开个窟窿，我回去还没法给婆姨交代哩……"

他们逗得赵德铭笑得死去活来。他抽出裤袋里的手帕擦了眼泪，指着脚地上灶火角落里的火柱说："你两个为甚不打架哩？只要一下，就解决问题了。"

两个人都惭愧地笑了。赵德铭不禁想起不久以前村里发生的一件事情——两个好抬杠的人在一组里变工，他们常常一边受苦，一边抬杠，终于在翻谷地的一天抬起火了，竟停止了工作站着抬，抬得面红耳赤的时候，其中的一个竟然卸了他的驴，捐起箩子半上午便回了家。王加扶费了多少工夫，高低说不转他们，这个小组终于拆散了。

"你两个能在一组变工吗？"赵德铭想着，笑问，"不要看你们是村干部！"

福子一听，知道他的意思，便笑道："不会，不会！你说得我们没一点'观念'了。"

"我两个就是真闹得不搭话了，村里人还会说是假装哩！"维宝也接上说。

的确，他们中间时常争吵，却没有失过和气。赵德铭初来时奇怪他们既非一个家里的人，又不是亲戚，在族内也远得很了，为甚么会这样度量大呢？随后，他才渐渐明白，一种比任何人类关系更崇高和更亲密的同志关系紧紧地联系着他们。虽然如此，王加扶说过他们多少遍，一再要他们不可动不动便使用"态度"；但他们秉性难移，始终没有完全改正了他们的缺点，好像他们身上的虱子始终捉不尽一样，早晨换上一件新衣裳，到晚上脱下，他们的婆姨就捉到眼前给他们看了。

适才的这一场斗嘴原是有来由的。两三天以前，两人曾拉起过种谷的事。福子认为种谷的时候，变工队将碰到一个严重的危机。其一是天时关系——天旱意见不一致，有的要干种，有的想等雨；天一下雨，又都抢湿下种，轮流的次序又是问题。其二则是地段零散，一家的地东一块西一块，散布在四山里，耕地时两三个人一头驴，一天才弄得一垧，但种起谷来，一个好受苦人领一个娃娃点籽，一天就是两垧多；假若按户按日轮流，一天的时间便大半跑了路，而王家沟按地算工的又只有劳动英雄的一队。因此种种，福子曾经表示他很忧虑，并且在他自己的那个变工组里，这种忧虑已经相当普遍了。维宝则相反，他只有一个理由，便是相信毛主席既然"发生"了"组织起来"的运动，到时总有办法出来的。他说以前他和福子一样，怀疑公家有些号召硬是行不通；自从住了一期训练，在绥德逛了一回，他放心了，党和政府里有的是能人，不要看他们手洗得顶干净，老百姓的事他们竟全通。所以他的结论是只要上级有指示，他们只有勇往直前，他认为不仅用不着福子担心，便是王加扶也可以睡他的稳觉。因此教员一说是县上的指示，他的推测应验了，但他的神气却使福子看不过眼。

现在，他们和解了。

"你们开会都讨论出些甚么'具体'？"福子兴致勃勃地问教员。

赵德铭用一根火柴把他们吃烟时掉进灯盏里的旱烟剔出去，开始约略地报告了一下开会的情形。当他提到白家沟的村干部向王家沟挑战竞赛，王加扶太不干脆的时候，两人一致都不以为然，同声慨叹着，惋惜他们没有到会，竟让他给王家沟丢了人。

"白家沟的有甚么哩？"福子轻蔑地说，略举起他们的短处来："大变工队没几组，一个山线上种地，谁看不见？他们大半都是两支耩子耕地！村干部的领导哩？行政比咱的强，农会就差了。我看他们也是背锅睡在坟堆上了，不知道自家的脚手高低！……"

"毬！"维宝更粗鲁地说，"赛不过白家沟，拔一根毬毛把我勒死！"

赵德铭又耸起肩膀笑了，他认为他们全不正确，都失掉了挑战竞赛的意义。维宝和福子发展到另一个极端，甚而至于变成互相嫉妒、互相挑剔的事情了。他在从乡政府回来的路上，便同王加扶说过，要是让这两个左家伙也去会，情形便两样了。他们会目光炯炯地满会场找寻挑战的对象，毫不顾忌自己村里的困难。他们有一股闯劲儿，这股闯劲儿正是王加扶所没有的，他已经四十多岁了，旧社会长期的苦难把他磨炼得像老牛一样，没一点性气，总是皱着眉头子想，想……赵德铭到王家沟不久，便觉得倘若让他们，特别是维宝和王加扶两人调和一下，那工作起来便不知会更顺当多少。

"你们看得也太简单了，"他说，含蓄地笑一笑，"白家沟比咱们是有些好条件。"

"甚么好条件？你说。"维宝还不服气。

"甚么好条件？"教员反问着，然后说，"人家村里的地主白三先生是个开明地主，拥护政府，和积极分子一块搞工作，你们的四福堂呢？"

"唔，"福子噙着烟锅点头赞同道，"这是个条件。"

"王相仙就不提了，顶王家沟没那户人家。"维宝冷心地说，接着问："还有哩？"

"四福堂那腿子王国雄，"赵德铭继续说，"你们叫他老雄（精液的意思，与雄同音）可没叫错。他一天没甚事务，和老鼠一样，总想在没人注意的时候破坏一下。我看他比王相仙恶毒！……"

"不对！"这一点福子不同意，他把烟锅从嘴巴里抽出，摇着一只手，好像提起来还嫌臭一样拐过脸去，龇着牙说："那两个较不出好坏，一样！老雄是里外全坏，王相仙是颗驴粪蛋，里面坏，外面光！我看都是头顶上害疮，脚跟上流脓，没治！那是王家沟的两堆恶脏啊！往后革命成了功，王家沟再修家谱，我总要提意见不要他两家。人家不姓王，姓蒋啊！"

"看你说的，"维宝倒转来批评他，"你那个嘴巴就是残！毛主席说要统一战线，他们还没当汉奸！……"

"离日本人远嘛，不想当？"

"咱说种谷。"排长瞅了他一眼，又转向教员，问："还有哩？"

赵德铭看着他两个的对谈，觉得他们怪有意思，似乎连他说的是甚么都忘了。经维宝一问，他又继续说：

"还有，你们村里顽固脑筋还少吗？那善人王存恩老汉，听说到而今还是忌口修行，等着真龙天子出世，解决日本侵略和国共两党的问题。你们笑甚么？有人信他的话呀！还有咱那位行政，上面说要收粮收草，军队要驴差，他：'哎！快！'马上办了，寅时要，卯时到，你说要变工啦，识字啦，他……"

赵德铭把嘴噘起来，学着王克俭的样儿，用手揪着他没有胡子的下巴，逗得他们嗤嗤地笑了。

"还有哩？"维宝笑罢又问。

"你还嫌少吗？"赵德铭奇怪地瞪起眼来。

"不多！"维宝郑重其事地说，"我问王家沟的工作他们这帮人说了算哩？还是我们这一帮人说了算哩？跟他们走的人有多少？跟我们走的人有多少？你们不这么盘算吗？……"

他说着，好像等待回答一样轮番转向教员和福子。福子突然用钦佩的眼光看他了。不错，他心想：一回训练没白住，肚里的确有点"理论"了。今年秋后，他看县农会有训练班，他也去住一回。想着，噙着烟锅连连地点着头。

维宝转向教员的时候，赵德铭笑了。

"这话你等一会王加扶来说就好了，"他笑道，"他是头目，县上承认的劳动英雄，村里的农会主任，又兼得变工队长。来了，他来了……"

大门里进来了王加扶和存起儿，两人拉谈着走过宽敞的院子，农会笨重的鞋在地上擦出匀称的响声来。他们带着一股春夜的寒气和冷风进来了，灯在炕边的矮桌上跳了几跳。

"你们来得早啊。"模范笑道，一只手将头上笼的手巾掀了掀。

"哪一回都是我两个先到吧？"福子和维宝同声说。

"好的，"王加扶打趣地夸奖着，脱了鞋上着炕，说："就短行政……"

福子说："那是孔明，看你三请怎么着。"

"我请去，"维宝奋勇站起来，把烟锅往他腰里的皮带里一插，说，"用不着第二回！"

说着下了炕，穿上鞋便走。他拉开耳门的门板时，农会却又叫他。

"哎，"王加扶叮嘱道，"你不要动态度，那还是个爱面子人……"

四

约莫过了没吃两三锅烟的工夫，排长便把行政"请"来了。维宝一进门眯缝着眼睛直笑，仿佛他在路上拾了个甚么好东西一样；随后进来的王克俭却沉长了脸，噘着嘴，跟教员适才学的那样子也差不多，只是余怒似乎还未息。王加扶一看，毁了，给维宝白叮嘱了；两人这种相反态度，显示维宝没有照他的话做。看着看着，王加扶白了维宝一眼，不满地把头拐过去了。

"怎啦？"维宝抱屈说，"这又怪我了？"

于是，他站在脚地演说一样，把事情报告了一遍。他说他去的时候，行政家里正在"矛盾"；老汉和老婆斗嘴，楞子脱下一只鞋，捏在手里高举起来，向媳妇一次又一次扑着；老婆一边要堵截儿子行凶，一边还忙着向老汉回嘴。在这种混乱不和睦的场合中，二楞吓得直哭，似乎那只生硬的鞋底会落在他身上一样。排长说要不是他去叫走了行政，他们正不知怎么下场哩。

"那你倒是做了好事哩。"众人笑道。

"好事？"维宝上了炕说，"不好的事在后头。"

"甚么？"众人立刻关切地看着他，听他仔细根由地叙述起来。

原来，行政听二楞说要他开会时拿去农户计划的存底，他吃过夜饭便点了灯在他保管公文字据的竖柜抽屉里寻找；他三番四复，搜遍了两个抽屉，怎么也找不见。他着急了，声色俱厉地质问老婆；老婆自然觉得好笑，因为竖柜的钥匙自来便是拴在行政的裤带上，他的裤子没有掉了的话，钥匙便不会落在别人手里了，何况他当了这些年行政，老婆又不是不知道那是一村极机要的所在，不光字据，还有公款。随着时间的延长，行政越急着要来开会，越是动怒，他发了总动员令，要全家动手在各处寻找。不过一锅烟时，老婆从平柜的角落里一堆男女鞋袜中间，拖出来一本麻纸四裁的本子，上面排满了油印的和毛笔填写的小字，便带笑地问这是否他所说的甚么"脓户计划"抑或是"血户计划"。行政接住一看，"是嘛！怎么跑到那里了？"拿到灯上一瞧，它已经远非旧观了，前边和后边都掉了不少页，拿在手里显得薄得多了。他暴怒欲炸地追问老婆原因，她开始吞吞吐吐起来，说她在平柜里发现它的时候，皮子已经揉得不像话了；她以为他不要了，嫌它在抽屉里占地方，才把它扔到平柜里去的。一天，媳妇剪鞋样子要纸，她便拖出给了她。媳妇见纸不少，便狠剪了几张，恨不得一回把它用完。老实话，倘若不是这回要用提醒了，她为了不使媳妇得了独份，不久也会把它全部公允地分做几份，留待她出嫁了的几个女儿来了，送给她们的。

维宝一说，全丧气了，都痛惜地拍了一下自己的大腿，发了痴。教员自然更心疼，因为这是他辛辛苦苦地填起来的；他气冲冲地伸手向行政要过来，急忙前后翻看着。众人立刻围上去，虽然都不识几个字，却死命探头看着，惋惜地咂着嘴。

"少了几张？"王加扶用烟锅嘴子指着本子问，希望缺得少一点。

"几张？"赵德铭愤慨地说，"怕十几张哩！"说着，又匆忙翻一翻，突然败兴地吟咕道："毁了，毁了！"

"怎么？"众人连忙伸出下巴问。

"总表也牺牲了，"赵德铭粗鲁地说，"讨论个毬！不晓得全村谷地的总数……"

"唉！"众人长叹一声，各归了原位。这一声叹息对行政来说，无异是一种无言的责难。

"狗肏的！"王克俭又叫骂起来了，把责难推向他家里的人，咬牙切齿说："破败星下凡，全下到我家里来了！"于是，他开始略述她们过去的罪过，这一回丢失了条据，那一遭找不着单子，结论是：他家里的老婆媳妇也是不适于他继续担任行政的条件之一。

"哼哼！"残福子冷笑了一声，说，"也不知你们谁不对！"

"打架就是为这问题嘛！"维宝开始了他的补充报告。

打架的导火线的确是为了责任问题的追究：王克俭说"农户计划"不长腿，哪能自己跑到平柜里去呢？老婆拿从前失落过一回条子的经验教训，来说明她再也没有动过任何写着字的东西，并且表示怀疑是否他看过忘了收起来，媳妇打扫家的时候填到平柜里去了？媳妇说甚么好呢？一有是非，她便是这家里每个人指责的对象，况且，像这类无头案子，照老例也只有赌咒才是最简便的了结途径。当她一提到插香来明心的时候，老汉吹胡子瞪眼了，楞子便脱鞋动手……维宝说：

"老汉和我走到路上，还咕噜着：一个家里的人，咒死谁好啊！狗肏的！"

"哼哼！"残福子又冷笑了一声，说，"我看……"

"不提了！"农会长呵短叹地截住他，说，"时光不早了，咱们早些讨论吧。"

王克俭听了这话大大地松了口气，否则，福子嘴里又不知会打发出一句甚么难堪的话来。他用感激的眼睛看了看农会，随手装起一锅烟，伸到灯上吃着，然后上了炕，坐在灯背后的炕沿上，摆出一副准备开会的样子。

本来王加扶在排长叫他去以后，为了行政没去开会的事，便劝告大家莫要过分刺激他，希望他能参加这一回的种谷变工，因为驴的特殊借口是已经不存在了。谁知又出了这"农户计划"的意外变故。现在，教员已经查清了，前后共缺了十三张，其中有一张是总统计表。虽然如此，这倒并不妨碍他们讨论组织种谷的方法和召集村民会的时间问题；至于农户计划，王加扶的意见是请教员按照各户家里所贴的那张补抄起来。……

"怎么着？你说？……"他问赵德铭，讨好地笑笑，盯住他。

"……"赵德铭好歹没张声，肘子支在炕桌上，手托着脸歪起头来皱着眉沉思。

"抄吧，"模范鼓动说，"反正出在你手里，我们都拿不起笔。要是拿镢头能抄的话，我来！……"

"狗肏的！"行政看见教员不高兴的样子，又骂起他家里的人来了，似乎除了这样，他再找不出话来应付这个尴尬的场面了。

"不要光嘴唠！"福子忍不住想开他一点玩笑，说，"你老婆擀的好杂面，楞子媳妇好面扯得又长又细，开学的时候你请过一回先生，而今再请他一回，就说这回是慰劳……"

"对——"维宝立刻响应，在炕上站起来，说，"你老婆是个仔细人，她看见要给人家吃好面，以后再没这号问题了。"

这惹得全哈哈大笑起来，炕桌上的灯火都跳了几跳。赵德铭突然又笑得咳嗽着，往脚地唾着痰，还透过笑出来的眼泪，瞭着行政的脸色。他坐在灯背后，仿佛被愚弄的娃娃一样，嘴角抽搐着，很不自然地笑着。

"三顿两顿，"他红着脸说，"行啊……"

"我还没那么嘴馋，"教员重新坐正了说，"只要你往后积极些，比我吃了还强！"

"对！对！"王加扶立刻赞成道，对众人夸奖着教员，说："你们只会浑说，看人家有文化的人说的话！"随即又转向行政鼓励道："你看赵同志对咱王家沟的工作还这么热心，咱村干部更应该下劲儿吧？……"

行政唯唯诺诺地点头，他们便正式开会了。

会议的程序是农会和教员在回来的路上计划好了的：先报告上边的指示和布置，接着检讨一下王家沟种谷的农户和目前变工的情形，再讨论组织的方式，最后确定召集村民大会的时间。王加扶一发表这个计划，众人全赞成了，只是报告上边的指示和布置，农会和教员又互相推让了一阵。赵德铭因农会对行政一再姑息迁就，已经很是不满，现在他更近乎厌弃地说：

"你不练习，一辈子不出嫁是个老闺女！"

"说话方面，我就是不行嘛，"王加扶不自然地搔着脖项，承认道，"行又不用前回在县上丢人了！……"

他一提这事，众人都忍不住笑了。一个月前，他代表王家沟去参加全县的变工队代表大会。会议的主席团根据区上的报告材料，评定他领导的按地算工的变工组是全县的模范之一，要他向大会做"典型报告"。日程上排好了他的时间，区委宣传科长开会和他坐在一起，吃饭睡觉也跟着他，日以继夜地给他教了多少回，甚至要他对他试讲也不止一遍，目的无非是希望他能给本区的工作争光。但他到时候一上台，脸通红，腿还发抖，好像喝醉了一样，站也站不稳。文庙改修的礼堂里坐满了一排一排带红花的人，来宾席上坐着的是县城里衣冠楚楚的

---

①士绅。

"资产阶级"①，眼睛全盯着他。他说不到几句，宣传科长所教的次序便搞乱了，站着想，觉得更不自如，只好零零乱乱地说了一顿便跑下来了，主席不得不请宣传科长上去补充。

"你就是上台领奖品可以。"福子打趣他说。

"唉，"王加扶叹了口气，羞红了脸，说，"咱一辈子给财主受苦，旧社会真和毛驴一样，用着的是咱的苦力，谁晓得新社会又用得着咱的嘴了哩？"他说着，转向教员催促道，"你快报告吧！……"

赵德铭咳嗽了一声，清了清嗓门，开始报告了。众人都噙着烟锅准备听。他说得有层有次，一二三四，毫无遗漏，把众人的注意力全集中到他这边了。当他讲完的时候，各人的烟锅全灭了，都伸出胳膊在炕栏上磕着烟灰。

"克俭哥，"王加扶磕过烟灰，又插进烟袋里装着，对行政道，"有甚么好的意思，勤说啊！"

"我？"行政笑着说，"你们农会哩，排长哩，模范哩……"他一个一个点着（只是没提福子，他和他有成见，那福子上面的"残"字就是他给加的），然后说，"众人商酌，我五十多的个老汉有甚么好的意思？'众人是圣人'嘛……"他的老一套又来了，引用着不知出处的名言附和着，又是不准备提甚么意见的样子。

于是众人又冷心地丢开他，开始七嘴八舌地检讨村里的情况了。

王家沟共是六十二户人家，其中有十一家，农户计划几乎全是空白的表格，都不种甚么谷子。十家是石匠和木匠，一过正月十五便背起家什，领着徒弟——自己的兄弟或儿子——走了延安，边区票陆续地从银行里兑回，而人要回来，便得等腊月送灶君上天的时候；他们家里如果有一两坰庄稼，那是山药和南瓜。剩下的一家不问便知是四福堂，地倒不少，占全村土地总数的二分之一强，却不种地。老财主在世时立过庄稼，他死后没人经理了；大财主跟杜聿明在外面当官，三财主也在四川念书，只有二财主王相仙在家里看门。为了应承公事，农户计划订是也订了一下，一个用来赶集、请送女客、担永扫院的伙计，只种十六垧地，九垧全是黑豆，准备夏天给驴马喂青的，七垧蓖麻是要出点灯油，其余几百垧地由本村的二十三户贫农伙种着。因此上王家沟这回组织种谷的对象便是一家经营地主、一家富农、四家中农和四十五家贫农了。众人从前村到后村挨门逐户合计了一下，到耕高粱为止还在成小组变工的统共三十二家，其余三个人两个人便算一组的也有一些；而已经宣告拆散的，父子兄弟分了家在一块种地也算变工的，以及像王加扶所说"嘴上变工，手上不变工，今儿变工，明儿不变"的，竟有十九家之多。……

"病就在这十九家身上。"王加扶说，从膝盖跟前的炕上拿起烟锅，看着众人。众人还在歪着头想着，看看有没有遗漏了的人家。

"没了，"模范说，"全算上了。讨论吧。"

"赵主席先发表。"排长提议；他常戏称教员是王家沟的主席，因为没有比他再行的了。

赵德铭抿嘴一笑，把铅笔放在桌子上，似乎意见已经很成熟了。

"我看问题不光是这十九家，"他说，看了看王加扶，"除过你们几个村干部领导的大变工组，都有问题。"

"都有问题？"王加扶奇怪地问，注精会神皱起眉头看着他。

"都有问题！"教员肯定说，伸出一只手放在炕桌上，一个又一个地屈起指头来："第一，福子说过，大组种得快，要是不全按地算工，时间全浪费在跑路上了，这架山上下来，那架山上上去，还不如不变工；第二，全按地算工吧？那十九家连按日算工都不高兴变，还给你按地算工吗？第三，就让他们按日算工吧？有人种得少，自己的种完，工也还了，不干了，种多的自家种去，学校放假没一定的日期，将来一总结看吧！"

"这是个'具体'！"维宝立刻同意，征求地看着众人。

"照你说，这该怎办哩？"王加扶问，疑惑地歪起头来。

"我说得来个特别办法。"赵德铭开始提他想好的意见了，"我看要弄得好，只有打烂重新组织，连你们几个人领导的大组也一样。既然，这回种谷不管大组的，小组的，拆散的，全要参加，我的意见是统统按谷地多少和凑邻，五六家一组，五六家一组组织起来，全用你们按地算工的办法。这么一来，又整齐又匀称，一定能够一齐开始，一齐种完。你们几个组的人分散开，把落后的都带上走了。你们知道郭家湾模范村怎么模范的？就是这个办法！"

"对！好办法！"维宝一听，连声叫道，"就跟我们自卫军编班一样！"说着兴奋得一会转向他左边的福子，一会又转向右边的存起儿。他两个失神地微笑着，没有主见地看着农会。

王加扶默想了一会，摇了摇头。

"办法是挺好，"他说，"就怕做不到。……"

"怎么做不到？"教员冷笑地问，脑里便浮起对方的保守不开展，失望地加添道，"不做就做不到！"

一看赵德铭的态度突然冷却，王加扶一时不知怎么说是好。他心里想：王家沟跟军队、机关和学校怎么能比呢？人家是哨子一吹，站起队便可以分组，因为全给大家生产；而王家沟呢？各人为各人，他说服一个不愿变工的人参加变工队之难，"好话得说几毛口袋"，眼前的行政便是个例子。至于郭家湾的办法，他也知道是好；但人家是在春耕以前便弄好了，而现在，大家都忙耕高粱，一耕完了，说不定有雨便要种谷，哪有那么充裕的时间去重新组织呢？依他估计，结果准是打烂捏不新；何况上边的指示也只说是就原有的变工基础组织集体种谷。王加扶想着，为了不伤教员的情面，他弯弯转转地把这个道理讲了一遍，最后提出他的意见。

"你说的可也有个'实际'。"他和婉地笑着，说，"我看咱这么办不好吗？大组照旧，小组并组，种谷的时候劝导他们都按地算工，欠了工以后按日算工时再还。拆散了的能恢复的恢复起来，不能并组的叫他们挑现有的变工组参加，我们都欢迎。不是吗？"

"欢迎！"福子表示着态度，"我们这组保证！"

模范连连点头说："这么办好……"

"好？"维宝截住道，"我看不老好！有人硬不参加，看你怎么办？"

"硬不参加就不参加嘛，"王加扶说，"你能强迫？自愿的话是毛主席说的，咱能不跟着走？"于是他举出他亲眼看见的一个例子，说：年前的冬天，有个甚么区里选来个劳动英雄，到县里开会，他自己盘算着要得第一；谁知一报告，倒转受了批评：他组织的不少，方式可不好！"毛主席提倡的变工，"那个劳动英雄说，"一定是有利益的，谁不参加谁就是顽固！反动派！"

"人家说得对嘛！"维宝直起脖子说，把烟锅插到皮带里，伸出两手，右手开始按倒左手的指头，说，"你拿咱王家沟不参加变工的看，不是吗？王国雄老雄，不参加，咱的善人存恩老汉，不参加……"

他准备按倒第三个指头的时候，福子掀了掀他，用下巴给他指了指行政，然后抿嘴笑了。

原来王克俭坐在灯影后边，不知从甚么时候起已经解开腰带，敞着怀捉虱子了。他捉了多少没有人注意，只见两个老拇指甲已是血迹斑斑了。福子指他的时候，他正又拖出一个来，举在灯跟前眯起眼睛，准备处决，惹得众人心灰地笑了。

"你们看嘛！"维宝败兴地抽出烟锅，摇了摇头不说了。

"克俭哥你做甚来了？啊？"王加扶问。

"你们只管说吧，"王克俭笑道，连连地在裤子上擦着他的两个指甲说，"我手捉虱子，耳朵又不捉虱子！"

众人轻蔑地瞟了他一眼，便不理他了。他这么一来，无形中给教员和排长的意见增加了力量。赵德铭自从他的提议被农会拒绝以后，再没张声，坐着，顺势靠起他的铺盖卷仰躺着，休息了。现在他又重新坐正。

"我不是说要强迫命令，"他解释说，以别于他的附和者维宝，然后眼里映着狡黠的微笑道，"我是说把全村都搞好比搞好你的一组还强，你硬舍不得解散你那一组。我看解散了这么来，你的劳动英雄跑不了，怕还会更光荣。人家说：咱绥德分区有刘玉厚的郝家桥，王加扶的王家沟……"

"看你把我说成甚么小人了？啊？"王加扶带着一种不被了解的痛苦，背转了身。

赵德铭没有回答他，继续进一步地指摘说："你对指示信说的基础也不了解，甚么基础？那是说工作基础，不是说一组两组的基础啊！"

王加扶无话可说了。显然解释是徒然的，只好说："众人看吧。"

"你不要给我们驴屁股后面的人讲字，"福子总是出得口的，第一个发言，"我们从小没给孔夫子磕过头，而今公家消灭文盲，我怕我们死了才消灭了。虽说不识字，三个多两个少懂得，你说的那个办法，我们几个的能耐办不到，那就全看你领导哩！你说行，咱就行！……"

"好了，好了！"赵德铭截住他，失望地说，"照你们的意见办吧，办成怎样算怎样，我的忙假不会多放它几天？"

会开到这里，空气变得很不融洽，很不愉快，似乎话已经都说到尽头了，没有甚么转圜的余地了。

"不要斗嘴嘛，"行政这才调解似的说话了，"斜了不对，咱顺来；偏了不对，咱正来。三条路咱走当中……"

"这几个人不用你行政操心，打不起来！"模范看见他似乎很满意这个场面，打断他的话说，"我提个意见：不要让赵同志为难，咱准备在村民会上通过个决议，忙假以外谁家的学生娃也不请假。说到变工组，咱尽量组织，剩下三家两家硬不参加，只要人们在忙假以里种完，不捣乱学校的规矩，咱不强迫。怎么样？……"

这一下好了，王加扶、赵德铭和福子全赞成。问王克俭的时候，他说："我早说过了，众人是圣人……"只有排长不痛快，可也不再反对了。

"后门开了，"等宣布决定以后，他警告说，"有人一定朝后门出！"

福子用下巴指了指行政，用眼睛问维宝，维宝又点头又眨眼。

会议确定第二天黑夜召集村民大会以后，便宣布散会了。教员和农会都叮嘱行政明天一早便要告诉各参议员，以便把通知及早传到。

"这个误不了事。"王克俭承应着，一边结着腰带，一边穿着鞋，准备走了。

学校的一灯盏油熬干了，灯捻像油炸面条一样燃烧着自己。他们都仿佛传染似的打着呵欠，站起的站起，下炕的下炕，穿鞋的穿鞋。福子下炕穿鞋的时候，他只找到一只，连忙向外叫道：

"啊呀！我的一只鞋先走了！"

"啊，错了，错了……"行政在院子里说，立刻返回来调换。

"你忙毬哩？"福子粗鲁地打趣道，"胡子巴槎，天一黑就这么想老婆？"

"放屁！"行政换了鞋，要走时尴尬地骂道。

"克俭哥，"王加扶叫道，"这回可要像个行政啦！……"

"噢！……"中窑里轻微地模棱两可地应了一声，走了。

五

当开始发动生产互助的时候，行政并没有打定主意不参加变工队；在会上讨论时，也不是现在这种态度。那时他对变工的认识可以说很模糊，发展到今天的程度更是他意料不到的。

他提过一个十分简便的方法，既不需点灯熬油，也用不着磨唇拌舌，把全村的户长们召集起来一宣布便行了——居民小组便是一变工小组，参议员便是变工组长，让教员填表造册报告上去，往后大家随便变好了。他没有料到这意见一提出来，竟遭到普遍的反对，有人用鼻音连声哼哼地冷笑他，有人翻起白眼珠子瞅他，还有用头拐他的。工作人员好批评也批评了他一顿，说他的老甲长作风吃不开了，白白浪费纸张的事再也不能容许，他得转变作风，和贫农积极分子一道好好工作。他扫兴了，开始不再提甚么意见。众人还以为他是慎重，怕说不对了又受碰；谁知他竟一直保持着缄默，随着他和变工队的关系愈来愈加疏远，他的态度也便愈加冷却了。

正月里的时候他观望着，看看能组织到怎么个样子再说；一入二月便要出牛，村里、路上和桃花镇的集市上，他听见到处在议论这事，形势不容许他继续观望了。王加扶们一见面便问他："怎么着哩？行政，瞅好对象了没？"他一看村里家家都在瞅对象组织，他是无论如何也抗拒不住这潮流了，何况自己还当着行政。因为观望拖延了些时间，他瞅对象稍微有点迟了，人性、苦力和牲口都相称的，大多数都已经有了安插，剩下来的或多或少总在某一方面有些缺陷。一个叫作王存旺的愿意和他一组，他看他的驴倒是不错，人却差池；风言风语说他竟和自己的儿媳妇这么那么，他能和这种人弄在一块吗？王加珍也在会上说过，人挺实在，只是驴老得快连豆腐也咬不下了，他和他变工，

45
种谷记

等于白送自己的驴给旁人耕地。他犹豫着，比较着，到无法拖延的时候，终于去找了王加诚，这人已经和三家包括两个驴四个人合成一组了。

那是二月二龙抬头的一天，王家沟已经是普遍地开始掘粪和送粪了。行政去的时候，那组长正在大门外边的粪场上赤裸着上身，汗流浃背地劳动。他去拉了半天闲话，然后才提出他的来意。

"唔？"王加诚似乎不相信地住了手，从裤带上扯出手巾擦了汗水，然后眨着疑惑的眼睛瞅了他半天，才说，"好我的哥家了，你又是拿你的驴来惹我们爱？是不是？……"

"看你说的是甚么话？"行政截住道，略举起王存旺和王加珍的缺点来，"一个哩，你还不晓得？没人味！哪个哩？驴在地里咽了气，我还得相帮着往回抬哩……"

说得两人好笑了一阵。王加诚怀疑着对方的诚意，想起行政起初提出的意见，收住了笑，郑重声明：

"先说响，我们这组可是想实在变，年头到年尾啊！"

"对嘛！"行政脸略一红，认可说，"我看你兄弟这人好成色，你们这组人也都四正，而今的那些二混子我还是合不来！"

"好吧，我们今黑夜商量一下，明儿见话！"

王加诚说着，往手掌上唾了口唾沫，两手一擦，便重新挥动起捣粪棰来。行政也在村道上转转弯弯回了家。

当天晚上没有商量好：众人都不欢迎，说他驴虽好，人却过分细致，唯恐他参加进来反倒搅烂了原来的小组；而毫无保留地支持他的，只有他的从兄弟王克温一人了。第二天早晨，组长在井边上担水碰到农会，告诉他这个情形。王加扶要他们立刻收下他，一则因为既是他主动要求，他大约是打定主意要变工了；再则如果不收他，王克温便不满意，说不定会退出去和他另组成一个应名的小组。于是，他们接受了变工队长的忠告。

第三天便轮这组里的王加荣送粪，当打发他的小子天佑到行政家里去拉驴的时候，王克俭却又好不乐意。他重重复复地问着往哪里送，一天要送几回，几个人赶几个驴，好像这不是变工，而是天佑来向他借驴，他在考虑是否给借的样子。直问得天佑不高兴了，反问他是不是还打算变工的时候，他才从圈里放出驴来，备上鞍子。天佑牵着驴走的时候，他又一再地叮嘱着走在路上要格外小心，因为解冻的关系，山路十分泥泞。上坡时，他们应该不时让驴站一站，换一换气；而特别重要的是驮轻一点，因为驴怀着骡子。他嘀咕着，用手恋恋不舍地搔着黑燕皮大驴的高大肥胖的臀部，一直跟到坡道下边。在路口上站着，目送到看不见的时候，他才深深地叹了口气返回去了。

王克俭对驴的关心，王家沟大约没有不知道的。他赶着驴上地、赶集、走亲戚，他给它喂草、饮水、吊场子，常常对它说话，伏天翻罢麦地回来，他还要蹲在小河上给它洗脸。年前的冬天，他遵照区公署的指示，牵着它到绥德去参加了分区的生产展览会，得了一张头等奖状回来，一路碰到的人，无不用羡慕的眼光看它，赞叹它身派的高大和端正，评论它的价格。因此它已经不只是行政的一种生产工具，一种活动的财产，而且是一种荣耀了。六年以前的春天，在桃花镇的骡马大会上，从一个牲口贩子的手里接过缰绳，他便从来没有把它交在旁人手里过。那时还是四岁口的驴条子，但他已经从它的体态上看出了它的出息了。他把它喂成一匹大驴，牵到桃花镇市集上和儿马交配，一个又一个地下着骡子，吸引了多少人的羡妒。王相仙曾要拿十垧上地换它，他看新社会地多了也并无甚么好处，才没有同意。至于村里其他的人家推磨、滚碾子，或者请送女客想借用一下，更是白开口了。而现在，天佑理直气壮地把它牵走了。

"不是变工的话，你天佑怕连驴缰也摸不到……"王克俭一边想着，一边回到家里。

他人虽回到家里，心却跟着驴走了，不久，他又返转来出现在坡道下边的路口上。过了一会，王加荣和天佑便赶着三个驴浩浩荡荡过来了，他的大驴走在前头，他们在后边不断地吆喝和用牛鞭驱赶，那两个小驴总是跟不上去，以致天佑不得不跑上前来抓住它，并且生气地踢了它一脚，因为看样子它忙的不是上地里去，而是想驮着一驮粪便奔回它的圈里。天佑那一脚好像踢在驴主家身上了，王克俭站在路口上看着看着，忍耐不住。

"天佑，"他说，"我没给你说叫驮轻一点吗？你看看你们的驴驮多少，我的驴驮多少？啊？"

"好老叔，要看驴大小驮哩嘛……"

"哼！"他愤愤地截住对方的辩解，"不管大小，变工是工换工嘛，我的驴肚又大了！你把我的话听在腿肚里了？啊？"

这后一句话激怒了天佑，王加荣在后边见事不好，抢上前来才要分说，天佑已经气冲冲地将粪袋子掀了下来，把缰绳交给行政。这个突如其来的断然措施使两个老汉都呆住了，他们还没有来得及说一句话，天佑便解了腰带，背起那袋子粪，喝了一声别的两个驴走了。

"走！"他还调转头来给他爸打着招呼，说，"我背，我不值钱！咱穷汉家，不饿肚子这才几年？为个变工，把人家的金马驹弄坏，哼，咱就是拔锅卖风箱，怕连人家的一根驴毛也赔不起啊！……"说着，耸了耸肩膀，使得粪袋子在脊背上背得更合适一点，头也不回地走了。

这便是行政第一次参加变工不愉快的结局，这结局曾有一个时期变成众人笑谈的材料，他是连解释也无法解释，一直听任众人说到不新鲜的时候，才算不提了。而他的变工问题却还不能就此告一结束，因为是行政，必须经常在各种会议上出现，当一切工作都以生产互助为中心的时候，别人一提到变工，他便由不得脸红不安，自己说起话来，又总是伸不展舌头。他日谋夜算，想重新瞅个可以敷衍的对象，便想到了村后头拦羊的存万老汉，他有十来只羊给老汉捎拦着，按月支付捎钱；他想将钱折工，让楞子还工给他们，算是变工，倒也合算。

一天傍晚，一大堆人在桥头上拉话，他看见老汉也在那里，便想起要问他一下。

"存万叔。"

"唔？"

"你来我给你说个话。"

"说甚话哩？就这儿说嘛，你又不是教我偷人！"

"你来嘛，我又没暗害过你！看你怕的……"

那个腰弯背鼓的老汉噙着烟锅，跟他去了。他跟到拐过弯看不见那一堆人的地方，行政才告诉了他的计划，探讨着对方的口风。

"不，不，不……"存万老汉口直心快地连声说，好像提防上了他的圈套一样，一连退了几步，"你两个儿，我三个儿。我有人受苦，只是缺钱使唤，你要是嫌我把你的羊拦瘦了，重找捎主也可以嘛……"

"看你多心，我是为和你们变工。"

"啊啊！"老汉恍然大悟，张开缺牙齿的嘴巴笑了，"我们和人家一组变得好好嘛，能半路上拆散？你是想参加我们这组？你要找组长上话哩哎——"

说着便走开了。他回到桥头上，众人都问行政叫他去说些甚么，他开始是笑着，嘴里只说"闲话，闲话"，当问的人坚持不相信是闲话的时候，他竟用他一辈子在山畔上喊羊喊沙了的嗓子当众宣布了。行政在那边听见一阵哄笑，知道老汉又把他在背后商量的话公开出去了。

想起他的嘴巴子松，他后悔莫及，在开始朦胧起来的远处拐过头来，咬牙切齿地朝地瞅了一眼，便直端回家去了。

此后，王克俭再也没有打甚么别的主意。经验一再向他证明：任何勉强的事都不会有好的结果。他这才开始带着一种赌气性质的骄傲，只和楞子一块耕地了。清明节的一场春雨之后，父子两人忙不过来，紧忙中雇了几天短工；这人是银锁，也是常年去延安做工的一个，今年因为婆姨要养娃娃，才迟迟未去。他有一两垧地，想种山药和南瓜，希望王克俭给他耕过，他不赚钱。楞子一听喜出望外，立刻提议这正是一个好小组，可以对农会说要教员登记到表里去。王克俭却不同意，因为银锁是只等婆姨从月子里一爬起来，便跑出去赚大钱去了，他宁肯硬着头皮支持下去，也不愿意闹出更多的笑话。因此上以后无论村干部或工作人员问起他变工的事，他只用一句话，"驴怀着骡子"顶着，因为这也是生产；嘴里虽说不用牲口时他再变工，真到不用牲口的时候，他又准备借口半途不好参加，一下子推到明年。不想种谷变工的公事一来竟是这样得紧，行政在学校里开罢会，便好像得了甚么病一样不舒服起来了。

他从学校里出来，月亮已经升到村子对山的龙王庙顶上。回到家里，一场家庭纠纷早已平息，都睡得死去一般，楞子的鼾声从他的窑里传出，听起来好像有节奏地拉着掉光了鸡毛的破风箱。王克俭摸到黑黝黝的草房里去，给驴添了一筛子草，然后才回到他窑里。

老婆和二楞早已睡熟了，他开门的响动惊醒了她，但她却只翻了翻身，又匀称地呼吸着，显然她还是气得鼓鼓，假装没有醒。月亮已经照彻了窗户，初进窑里的时候还黑，但不过一会儿，便甚么都隐约可见了。不错，他的枕头被子不像平常一样，老婆没有给他摆好，还叠放在白日叠放的地方。他从门口走到炕头跟前，坐在他睡觉的炕边上时，老婆又毅然决然翻了身，面向窗户，有意背转他。虽然这动作绝不像出自睡眠中的人，但她翻过身后便又不动弹了，装得好像睡着了一样，头发披散在漆了一层脑油的枕头上，多年来渐变渐小，同她剩余的寿数一起与日俱减的发髻，吊在脖项里。

老汉鄙薄地瞅了她一眼，自己拉来枕被准备睡觉。他解了腰带，却感到一点睡意也没有，一天的疲劳都不知哪里去了。打着火链，吃着一锅烟，又盘算起会议上已经开始盘算的问题——这回种谷变工该怎么办呢？

"楞子娘的！楞子娘的！"他想和老婆拉几句话，在会上没有发言，他已经积压了不少的话了。

但老婆连动也没动，更加沉重而匀称地呼吸着。

"楞子娘的！"他用抱歉的声音又叫了一声，伸手去掀了掀她的肩膀。

她肩膀一扭，更加缩进被里去，蠕动着向二楞靠拢去了。当他掀第二把的时候，她开腔了。

"你怎么啦？啊？……"她把嘴挪出被边说，"你是没欺负够？还是怎么啦？"

老婆这与她的年岁极不相称的娇嗔作态，使他在烦恼中苦笑了。他开始声明农户计划的事不提了，那已经过去了，成了小事。他要说的是新来的公事，这类事原本没有和老婆说的必要，但他现在装满一肚子的话，要不说了出去，他是很难睡着的。

"边区好，边区好，"二楞梦呓着白天的课文，又像背书又像吃唾沫，嘴里"唔唔唔……"，腿便把被子掀到一边去了。

老婆伸出两只赤裸的胳膊，给二楞重新盖好了被子，负气地说："不要给我说你的公事母事了！"说着，又将被子蒙住了半个头。

然而老汉不管她听不听，他开始嘀咕起种谷的事了。他按他的观点叙述着，逐一评论着村干部中每个人的意见。他很怀疑他们遵照县上的指示的程度；因为上边一再说自愿自愿，而他们却想着各种名堂要把人都"逼"到变工队里；为了这个目的，他们好像也有矛盾。在他看来，他们不仅弄不到好处，到头来恐怕把全村都搅成冤家对头了。譬如王家荣和他本来并没有甚么，自从那回变工以后，见面总是避免和他接触，天佑更是连话也不答了。狗为了一块骨头互相咬得皮破血流，满嘴是毛；两个牲口拴在一个槽上，互相踢得神嚎鬼哭；鸡啄到一条毛毛虫，连忙夹在嘴里跑开鸡群独吞了，人比它们更会耍心眼。他认为工作人员之所以不顾一切地发展变工，那是为了朝他们的上级显功，因此你向他们提出任何变工的困难和弊端，都是枉然的；而村干部是老百姓，自己还种着地，每天受苦累断筋骨，不知他们哪里来的那股劲？减租算账说是为了日子过不了，扑在前边还有理由，这变工又是为了甚么呢？

"说不来！"他最后叹息说，"他们真像是吃了迷药了……"

"谁们哩？"老婆翻过身来，答了腔。

"你还不晓得？"他说，伸出手来屈起指头点着名，"玉成、福子、维宝，后来又出来个存起儿……"

"那先生也不是好东西，"老婆补充说，"看那片嘴！说得花花斑斑，我就是不想叫楞子家上识字班……"

"身正不怕影子斜！"老汉截住说，"那就全看你的家教了。"

窑里沉默了一阵。老婆听了，轻微地叹息了一声，显示着王克俭的厌恼已经传染给她了。

"儿要自养，谷要自种！"老汉想起一句名言来，质问他面前的枕头一样，问："一群人领一群娃娃上地，能种好谷吗？"随即转脸向窗户，似乎朝着早已回家睡了觉的村干部们，粗鲁地说："能种好个毬！"

于是，他又打定了主意：这回种谷变工他还是不参加！他看他们讨论的结果，他们也组织不到甚么好处；幸而通过王加扶的意见，要是跟教员的话走，那便坏了。王克俭共种十六垧谷，除过四垧平塌地需要套起驴来耧种，还有十二垧，他和楞子整天安种，还需要六天。他的庄码在王家沟本来不小，加上他的手法又细致，所以总是动手的比别人早。看见村干部还互相"矛盾"，按农会的办法，一定组织不好，他决心拿这个理由在全村决定的日期以前开始安种。到日期已经剩不多了，他可以很和气地说："你们变吧，我用不着变工了。……"

"对！"决定之后他对自己说，"对，见苗一半收！"

但他刚解开裤带要脱衣服的时候，又呆住了，想起点籽娃娃的问题。

"二楞不算一个？"老婆提示。

"不行！"他头一摆说，"自己的人不由自己，不准告假！"

于是老婆想起她的外孙们来了。正月里女婿和女儿来拜年时，都约好到三四月时来坐娘家；她已经催过老汉几回，他总说忙，推到安种停当以后；她则鄙薄他想节省口粮，不愿意早请来许多大大小小的肚子，帮他们打扫米瓮和谷仓。她当然很想念她们，何况这还是一切出嫁了的女儿坐娘家的季节；每当有一次穿戴花红柳绿的骑驴婆姨打从她家下边的大路上经过，便勾起她的相思来了。现在，这正是她再一次提出的绝好机会。

"叫吴家的毛虎子，马家的狗娃来给咱点谷籽。"她补充说，喜得闭不上嘴。

王克俭很同意，但他歪起头疑问道："他们不都念书吗？"

"就说外婆想得厉害，三两天就回去，谷籽不点了吗？"

"对！对！明儿就请去。"

说着，王克俭便愉快地脱了衣服睡了。不知道间壁窑里楞子和媳妇是否已经和解，老两口确比没有闹的时候还要亲热。老婆帮老汉盖着被，把被角小心翼翼地填到老汉肩膀底下去，然后都叹了口幸福的温暖的气，睡着了。

六

早晨，天刚一亮，钟声便响了。打钟的老汉官名叫王存富，但除过要写在纸上的时候，人都叫他六老汉。论起早，王家沟他数第一。这是个废人，白天枕着自己的一双鞋在太阳底下睡老觉，夜里却咳嗽整一夜，老婆嫌扫地脏，给他枕边放个用空了的染料筒子，到天明他便咳满了痰。村里建立起打钟制度，要找个闲人，都瞅中了他。自从把这个责任交给他以后，老汉总把这当作一桩严重的托付，小心谨慎地执行着，不管变工队里闹甚么问题，有多少人在变工，他的钟还是按当初决定的照样打。为了防止众人乱敲乱打，规定无论行政、农会、变工队、自卫军、识字班或是妇女们开会要打钟，都得经他的手。因此那打钟的枣木棒也不能像早先在灵官庙上一样，插在钟眼里任烧香叩头的人拿起来乱撞，他把它随常带在身边，黑夜睡觉都放在枕旁。鸡叫以后，老汉喉咙里呼噜噜地响着痰，咳嗽到腔子疼的时候，便坐起来等天明。他看见窗子上稍一发亮，马上捏了那根枣木棒出来，到大门外边那卜老槐树上打了钟。

村里是一片黎明时分的寂静，西边山丛间，残月像一只巨人的眼睛，从山里窥视着醋睡的村庄，翠绿的树叶在晓风中微抖，山坡上早起的百灵子和金翅吱吱唧唧叫唤，小河的水淙淙地淌流。这当儿钟声当当地震荡起来，王家沟无论谁，不管睡醒没有，都从臭被里醒来了。一会儿，到处都是开门声，披头散发的婆姨首先端了尿盆子出来，倒进茅坑里，抱了柴禾回去，村里竖起一柱一柱清早的炊烟来。学生娃揉着发麻的眼皮到学校去上早操，受苦人赶着驴，捎着耧子、耙、镬头和种子上地了，有的提着桶到井沿去。

新的一天照旧开始了。

开罢会三更天回来睡下的王加扶在破毛毡上坐起来，两眼通红，眼珠子罩着血丝，腰也酸痛，他感到比不睡这一会还要乏困。乍起来，眯眯瞪瞪，脑袋沉得像要往下坠，他披上夹袄坐了一会，让自己清醒了一下，才开始蹬上裤子。拴儿在院里已经做好了上地去的一切准备，他牵出驴来，对窑里说：

"爸爸，我们到榆卜梁去了，今儿轮你和毛蛋两个担水等饭"。

"噢。"他迷迷糊糊应了一声，突然想起要紧事来，便匆匆穿着衣裳。

黑夜散了会，行政走后他们从学校里出来，都说赵德铭看样子很不快乐，他们心里觉得怪不顺意，似乎很对不起教员，但又的确不能照他的意见去做。于是他们几个党员站在路上又低声商量了一阵，全说为了不使变工队的工作拖累了学校放假，让教员作难，他们应该事先好好布置一下。首先是他们四个人参加的大变工组必须全体拥护他们的提议，其次还要通过其他所有的积极分子活动旁的小组合并，种谷时采用按地算工的办法，并且举手赞成忙假以外学生娃不请假点籽的规定。这样一来，如果弄得好，估计他们在大会上能有三分之二压倒的多数，其余的便好办了。福子、维宝和存起只要他们都能把自己的变工组圆成好，已经是重大的成功；他这组是没问题的，早晨又轮他留在家里担水，等着带饭到地里，所以通知其他积极分子的事全给他分下来了。他要赶早晨上地以前告诉他们，以便他们在地里受苦时有充分的时间去拉谈。

匆匆穿上了衣裳，他一边结着腰带，一边便拖着两只鞋出去了。在大门外边，他这变工组都已聚齐，赶着毛驴，捎着农具种子起身了，毛蛋在后边担着木桶准备到井沿去担水。王加扶和他们接应了一两句话，刚要下坡去找王加诚、招喜和有福，他婆姨一手提着水瓮盖子，一手拿了葫芦水瓢，急急忙忙追出来了。

"你又到哪里去哩？"她失望地指责起来，"半夜三更回来，一早又不知你忙甚么？轮你担水你不担，过一两天不轮你，咱又可怜得没水吃了。你回来看看水瓮吧……"

"做早饭的水也没了？"王加扶翻起红眼瞅了她一眼，在众人面前尴尬地说。

众人不自然地笑着，问他到哪里去。他迟疑着，因为三言两语说不清，不知怎么说是好。

"拴儿，"王加贵说，"你爸有事，你早起不要上地，留下担水吧。"

"去吧，我'互助'几担水！"毛蛋冲上来慷慨地说，"婶子，你回去，头一回就给你们倒！"

"倒上一担，我完了担……"王加扶不好意思地讷讷说，下坡走了。

他走在村道上，满村都是上地去和担水去的，辘轳井上围了一堆人，等着轮流绞水，别的嫌等不上，照例蹲到河沿边用瓢往桶里舀着，担河水去了。他看见招喜在井上的人丛里，有福已经从院子下边的小河上担了担水，艰难地上着坡转回去了，知道他两个早晨不上地去，便去先找王加诚。

王家沟春耕时期只有早晨这一霎时是不寂寞的，井上的辘轳不停地有节奏地喧哗，学校的院里学生娃在跑步，尖细的嗓子喊着一二三四，从四福堂庙宇一样富丽瞩目的灰色院里，飞出几只高贵的白鸽子在村子上空盘旋，腿上绑着一个沙果大的瓷罐，飞起来呜呜地响着，仿佛几架飞机在侦察。这一天早晨，河沟里前后陆续还在响着楞子的喊叫声，他把桶子放在井边，肩上挑着空担子，满村寻找着每一个参议员，逢人便打听个别找不到的参议员的去向，托他们的邻家带话。

"农会，"他碰见王加扶说，"六老汉你去说吧？"

"对，我说。"王加扶匆匆走着答应，没有停止脚步。

他已经完全清醒了，凉爽的清晨的空气和村庄的动静，很快把他从疲劳的束缚中解放出来，他脚步轻快地走到王加诚院子下边，人家已经和他的变工组下坡了。

"有事吗？"王加诚问，把肩上的耩子顺了顺，因为铧硌着他的腰。

"来了'工作'了。"农会直截了当地说。

"甚么'工作'？看把你眼整得通红……"

"该不是为种谷的事？"天佑插嘴问。

"是嘛，"王加扶说，"不要误你们上地，众人先走，我和加诚我兄弟拉几句。"

他们走了，他和组长离开村道，在一个水渠跟前拉谈起来。王加诚听着，不断地用鼻音嗯嗯着，表示他都听明白了。当最后拉到农会找他的主要目的的时候，他迟疑了，歪斜了一只眼睛，扭咧着嘴，仿佛牙痛一样，愣了半天。

"并组怕不容易……"他疑惑地说，在肩膀的耩子上边四顾着，找到了王克温。他们这组这早轮他担水带饭上地，他正从大门出来下小河去。王加诚用下巴给农会指了指他，说："我们那一个人手，就而今还立退堂不息①，嫌轮来轮去不随便，并组他依吗？你说？"

"是不是受了行政的症哩？"

57

种谷记

———————

①陕北口语，意即：不断地想退堂。

"不是，"王加诚摇头说，"他还怨行政哩，说克俭那么一来，把他的脸也装在裤里了。嘴里只是嫌不随便，心里咱摸不清……"

"并组不行，添几个人也不行吗？比方你们而今四个劳动，种谷再添三个两个，共是六七个劳动，办不到吗？"

"看添谁嘛，"组长笑说，"这能商量……"

"对！就这么吧！……"

农会说着，丢开王加诚，又去碰招喜去了。因为他担水的路上来往的人太多，说话很不方便，所以他想到他院子附近去拉谈，现在，招喜正好担起一担水往回走。他三跷两步赶上去，在大门外边一卜榆树底下等着他倒下水出来。他和招喜拉谈得顶痛快，这是维宝一派的人物，普通自卫军的班长又兼"基干"（即民兵），派头、脾气，甚至装扮也和排长相仿，是一个恨不得一下子在王家沟实行共产主义的激进派。他的变工组不大，可是他和另外两组有很好的关系，都是头顶上没有老人管教的年轻人，有几个已经二十好几，连婆姨也没有。他自己有个老妈给他做饭，有个兄弟走延安当小工子，本人在家里种四福堂十多垧地，以前苦也不重；组织了变工队以后更清闲。他们这一流人从前把空余的时间都消磨在名誉不大好的婆姨们跟前，新社会一转变，都用到"工作"上来了，减租算账以后，娶亲的希望愈来愈大，"工作"的热情也随着愈来愈高。招喜无形中成为他们这伙年轻人团结的中心了。他们变工和上岁数的人搞不在一块，只限于他们中间的小圈圈，虽说住的很不邻近，但也愿意在一组里；他们之所以分成两三个小组而不是一个大组，只因为他们的畜力不足，有好多还养不起驴，或者是两家合养着一个驴，有一组则靠拿镢头刨。在这种种情形之下，农会给招喜一说找他的意思，招喜是再痛快没有了。

"你不是忙吗？"招喜听完问。

"婆姨还等我担水，"王加扶笑道，"你看忙闲？"

"那你就担你的水去吧。"招喜说，伸出一只手来用指头点着数，复述道："第一点，并组；第二点，按地算工，和你们一样；第三点，举手赞成……"

"赞成学生娃在忙假前后……"

"不告假点谷籽，不是吗？"

"是。"

"放你的心！"招喜手一挥说，"我保证三小组！"说着，扁担在肩膀上晃荡着，铁担钩在木桶系上吱呀吱呀叫唤着，下坡走了。为了走起来轻巧敏捷，他赤脚片担水，赤脚上边是裹腿。

王加扶眼里映着喜欢的微笑看着招喜，在后面跟下坡。他走着，头东歪西歪地一阵，无论在小河边，或者村道上和院子外面，都不见有福子。难道他已经担完水，带饭上地了吗？没有这么快吧！? 农会直端走到他家里去了。

有福是六老汉的大儿，二儿叫来福，三儿得福，四儿生下来一时想不出甚么吉庆的字眼，便顺序叫四福，不料四福堂死去的老财主抗议和他的堂号重名，故而改名全福，因为他老婆"腰干'了(意思是月经停闭)不会再生养了。儿很多，地却没有，来福在土地革命的时期跟红军走了，至今七八年来，音信全无，死活未定。这曾经严重地拖累了全家，内战的年月里，四福堂王相仙当保长的时候，把这事呈报到县里去，差人来抓去了有福，吓跑了得福。六老汉在四福堂砖铺的院子里，叩破了头，求沙了嗓子，王相仙脚踢他的屁股，驱逐他出去，说这事与他们无干。老汉这痨症因为早年养活的人口众多，原来便有，这一下更着重了，而有福放回来，脊背被红火柱烧得像耕翻过的土地一样。衬里众人都叹息这一家人家没活法了，不想世事一变，又有了今天，前年扩军工作队来时，全福十七岁，六老汉又赌气似的，倔强地送他参了军。现在，老汉老婆完全以优待粮过活，有福和得福供他们柴水；他们各有家小，父子已经分另成三家了。因为是红军家属，旧社会四福堂把他弟兄伙种的地撤得光光，直到新社会，众人看见他们没办法过活，才决议将几家轮租的庙产永租给他们。他们都早已和新政府结了生死的缘分，用六老汉的话来说，那已是算公家的数了；众人决议要他打钟，问他一年要挣多少工钱，全村按变工队公摊。"赚甚么工钱？"他奇怪地说，"我这算公家人了，一年到头吃谁？"他只希望众人听农会的话，把变工队弄好便心满意足了；并当场责成有福和得福好好变工，即便吃点小亏也没甚么关系……

王加扶去找有福，顺便告诉六老汉吃过夜饭打钟开会。他沿路捡了两块石头，到挂着钟的老槐树底下，看见大门敞开着，听见有福在院里甚么地方嘀咕，因为怕狗咬，没敢直端进去，也不敢张声。不一会儿六老婆出来了，提着鸡食斗子来到院心，咕咕一叫，一只公鸡和几只母鸡箭一般从四面八方奔来包围了她。她放下鸡食，抬头向外一看，欢喜的笑容浮上布满皱纹的老脸，迎出大门口。

"玉成？你进来吧，狗没在的。"

王加扶扔了手里的石头走进院子，头上压着瓜皮毡帽，腰弯背鼓的六老汉拄着棍出来了，有福端一盆水，在驴圈口叫骂着让驴驹喝水，驴驹因为它母亲被得福赶上山去了，拼命想钻出来去找它。他们全请他进窑里去，他说忙，便在驴圈口上拉谈起来了，六老婆到大门口去，拿起一根柳棍给他挡着随时可能回来的狗。

他把种谷的"工作"赶端截近，拣要紧的给有福说了一下，六老汉两手托着棍，在一旁歪头翘起下巴上的胡须，注精会神地听着。说完，王加扶便问有福的意见，六老汉喉咙里响着痰接嘴说：

"咱政府提倡的，没说头，跟农会的话走！"

"后两样好办，"有福提着驴驹喝完水的空盆，说，"并组和谁并哩？我们弟兄两个没说头，存万叔家也好说话，只是你看瞅哪一组并好？"

"王加福弟兄们那组怎么着，你看？"农会提议。

"高攀得上吗？"有福笑问，想着人家都是富农、中农……

"怎么攀不上？春耕嫌你们三个麻钱的老驴不行，这种谷又不用牲口哩！人比人，你弟兄和存万叔那两个后生，比不过谁？站长工也要挣好工钱！"

"看吧，"有福没有信心地微笑说，"试一试看吧。怎么就走？你忙甚么？……"

"婆姨等我担水。"王加扶一边急急忙忙转身要走，一边解释着，出了大门口，突然想起来了："六叔记得黑夜打钟开会啊……"

"这你放心，我误不了事。"六老汉说着，呼哧呼哧地喘着气，跟出大门。

井滩上已剩很少几个人了，村道上开始冷清起来。学生娃早下了早操，嘈杂的念书声喧闹起来了。白鸽子也似乎兴尽力竭了，回了灰色院的木笼里。农会完成了任务，很满意地回到自己窑里。他一进门，他这窄小的土窑里的寒伧情景，又把他振奋的情绪败坏了。炕上像死了花子一样零乱，三拴早已醒来，大约是肚里饿使他尽着嗓子号哭，女娃在一堆破烂中间给他穿衣裳，他却小手小脚乱抖乱弹，哭叫着妈妈；而他妈坐在灶火跟前拉风箱，她急于做早饭，因为变工的关系，不能因她一人耽搁了大家。

"你倒真像居官为宦的一样。"婆姨看见他进来，冷然说。

王加扶败兴地叹了口气，心里想："夫妻同床睡，人心隔肚皮"，一点不差！他和婆姨的兴家计划，完全是不同的两套。照婆姨的计划：

种地、驴和农具的问题解决以后，便应该照顾到她；她虽然不希望坐在炕上指挥，但至少也该有个帮手了。光是穿衣的问题便不简单，从棉花变成线子，又变成布，然后变成衣服，是一个多么复杂的过程，而他们家里人还不少。旧前是愁买不起棉花，而今又愁没人手做。你和人家互助，那也得"互"啊，好像驴啃脖子一样，这个一停止啃，那个也啃不久了，左邻右舍帮她做多了，她自己心里先不安起来。而王加扶的计划里似乎根本没有她这一部分，正月里有人来给拴儿说过陈家沟的一个女子，十五了，她觉得很好，王加扶却说："不忙。"拒绝了。此后，因为这个分歧，婆姨便好像和他决裂了，总和他"矛盾"。

"我晓得你操劳，急着给拴儿娶个媳妇，"他开始解释，"可是那不是买羊买猪，一把就能办到，那要样样对式，两下里合意。再说咱才翻身，少这没那，至少该有住的窑吧？咱能没老没小挤在一盘炕上？你要一步一步来嘛！忙甚么？世事成咱们穷人的了！只要有咱公家在，你怕往后弄不好？八路军来这才几年？旧前咱想也想不到这些，愁没吃没穿吧！……"

"哼！"婆姨冷笑说，"你看水瓮！"

王加扶一想，他应该赶紧担水，为了走快，他也学招喜一样脱了鞋，挑起桶走了。他要走出门口时，婆姨又叫他看水瓮。他返转来揭开盖子一看，水瓮已满流满流了。

"毛蛋先尽咱瓮满担的吗？"他问。

"可不是，"她说，"他当我嫌你'工作'误工，不想叫你和他们变工了，每一回来倒水都说：'婶子，渴不起你的水瓮！'我反正就是你们常说的那号落后分子还是落前分子……"

"我帮他担去！"他听完说着，坚决出去了。

毛蛋已经连他的水瓮都快要担满了。他拒绝王加扶帮助，笑说城里有专靠卖水过的，他则不然。

"要我的'工作'，"他说，"我没，钱也不多，力气我有。你回去吃上锅烟，咱好担饭上山……"

农会过意不去，硬跟他一块担了一回，他的水瓮便满了，剩下一桶水着不下，毛蛋的婆姨搜集了所有的盆子罐子之类的家什，弄得摆满了一锅台。

在开始担饭上山的时候，各家的婆姨都把饭罐子提到王加扶和毛蛋家的大门口来。十个罐子两人担，自然是每个担钩上两三个了；三个的互相挤住不动，而两个的一边，罐肚子互相顶着，你一走动它们也摆动起来。婆姨们皱着眉头，为她们这手头常用的家什担着忧，小心翼翼地挂上去。他们对毛蛋的信任没有王加扶的靠实，所以总是先抢到这边来挂，来晚了不得不给毛蛋去挂的，则再三再四要求他小心。

"毛蛋，"一个婆姨细声细气说，"那是今年买的新罐子，你可要操点心。"

"毛蛋，毛蛋，"王加贵的娘唠叨着，一说话两颗门牙便翘在唇外，很是难看；但她却并不比任何啰嗦的老婆婆嘴少，心眼和她的话一样多，唯恐鱼目混珠，他的筷子、碗、罐子都做了秘密的记号。现在她指着她的罐子说："毛蛋，你看，这是你叔在世时头的东路货，日本一乱，你花几千也买不到，路断了嘛！"于是她又和一块挂的另一个罐子比较，说："这是南路货，你看多屑。担着操心点啊！……"

"啊，啊，啊！"毛蛋一一答应着。

当离开她们的时候，他厌恶得摇头摆脑，唉声叹气；追上王加扶，他忍不住说：

"加扶叔，我受不了婆姨们的这种气，眼小的来针屁股一样。我看变工队日子长了，还要受她们的症，你说哩？"

"你听了就算了，不能打账，"王加扶说，"你婶子不是吗？"

于是他开始解释毛蛋对他婆姨可能有的误会。他略举她落后的事实——在早是关于二拴念书的问题：王加扶心里想，他已四十几了，事务又繁忙，连识字班都跟不上了；拴儿也早过了学龄，只能看看能否在识字班里识几个眼面前的手头常用的字，只有二拴正是念书的时候。旧前念书要花钱，而今公家满供满垫，世上还有这么便宜的事情？他在旧社会活了四十年，常常连吃饭的碗都不够每人一个，更不知学堂书房的门是朝哪里开的了，而今办起工作，才知道不识字的难处。按常理，老子吃过亏的，总希望小子能够避免；何况他三个儿，早已打定主意要给公家培养一个，便瞅中了二拴，因为等三拴长大，怕革命早已成了功。至于二拴的前途，他的意思将让他自己挑：参加八路军，或者在地方上工作。但婆姨反对！她说在地方上工作可以，参军却不行，举出六老婆逢年过节想念来福和全福的情形，说明二拴念了书，心一野，一准不愿在地方上工作，而她将不堪忍受那种经年累月的惦念，连心都跟走了……

"你看，"王加扶担着饭，说，"她是光管自己，不想想咱这好日月从哪里来的嘛！旧前咱不说喂驴吧，洞里连个老鼠都没，人还没吃头嘛！"

"二拴的问题不是早和她说好了吗？"毛蛋走着笑问。

"说好一样又来一样，"王加扶冷心地继续道，"一口咬定要我给拴儿定亲，就像驴推磨一样，老和你在这一点上兜圈子。近些日子，又嫌我黑夜出来开会，回去开门时混进去甚么邪魔野鬼，叫娃娃害病。她说我开完会要是过了二更天，就不要回去了，把铺盖拿上，在学堂里睡上一夜。你看，那像个甚？……"

"也难怪，"毛蛋又劝慰似的说，"村里召集妇女开会，她总是忙得顾不上参加……"

64

"……"王加扶沉重地舒了口气。

说着，他们上了山。回过头来一看，王家沟整个村子全摆在他们眼前，这村子在通红的阳光下开始它一天的孤寂了。突然毛蛋首先发现王克俭牵着驴从大门里出来，驴上备着红褥子，本人也穿着走亲戚的衣裳，一手拿着鞭杆，一手牵着驴下坡了。

"你看，你看，"毛蛋说，"行政到哪里去哩？"

王加扶也转过身来，疑惑地说："哪里去哩？"

两个人站住，盯着他的去向。他下了坡，走上大路顺沟出去了。

"吴家峁去了。"毛蛋断定说，但又怀疑着，"稻黍还没耕完，就请女客？"

"大约是吧，他说过几回了，那个老婆是个老妖精……"王加扶鄙弃地摇了摇头，"走吧，时光不早了。"

于是，两人又上了一段山峁，顺着山梁向深山里走去。前前后后的山头上，目力所及的地方，受苦人不管变工的，不变工的，都坐在山坡上饭罐子跟前，吃起饭来了。近处的可以听见拉话声，有时还爆发出粗犷的大笑，山崖好像扩音机，把声音扩送到附近的山洼里。这使得农会惦念起福子、维宝和存起在他们的变工组里讨论的情形。他脑子里盘算，福子和维宝那两组是有把握的，组织起来各方面便都很整齐，后来也极少出甚么问题。他担心的只是存起那一组，人都不行，实在够模范圆成的了。

七

存起这组这天在前山里的马鞍梁耕高粱。他们打早上山，等担饭的来了之后，在聚拢起来吃饭的时候，他才提起种谷的事。他一说，众人你看看我，我看看你，全不说话，有人甚至还叹了口气。

这组的确不行，当初组织的时候，众人便给算了命，说它不得长寿。人手全不四正，七斜八歪都有些缺点，想是也想变工，谁也找不到对象。他们大多是存起左邻右舍的人家，又是一门子较近的族人，行政上的居民小组也在一块，参议员便是存起。因此种种关系，模范还能另瞅对象吗？他把他们联络成一组。众人笑说："看模范的本领吧，看他们能变到多会？"的确，要不是他竭力维系，他们怕早已从赵德铭那里的统计表上取消了。

首先，人数还不确定。表上填着七个劳动力，随常在一块受苦的则是六个；因为铁箍儿和王加盛为了炕大的一块沟滩地，不答话已有年头了。旧社会为这块地打得头破血流，进过县衙门过过堂，但始终没有彻底解决。王加盛在那里栽上一卜树，铁箍儿给拔掉，拖拖扯扯多少年；因为布满石子不能种，所以一直掼到新社会。正月里订"农户计划"，谈论到植树，这问题又扯起来了，村里的调解委员会借着工作人员的帮助，在村民大会上才算解决了，众人给他们踩了界，两家的树都已经栽上了，人还是不答话。存起听婆姨说，这隔墙邻家之不能和好，主要是婆姨们挑拨；他们白天指鸡骂狗地斗嘴，黑夜又朝男人告枕头状，因此上双方都决心不把自己的脚踪踩到对方地里去，另找对象又各有困难，都愿意搭模范的伙，便决定他两个轮流着来，譬如这天王加盛来了，铁箍便不来。这在平时虽说麻烦一些，总还可以勉强，但像村干部会上说的那样定期集体种谷，显然是不可能了。

其余四个组员经常倒经常，可是都不是好种地户。王存高父子两人四只眼睛没一只正常的，老汉才五十挂零，两眼烂得来和鸡屁股一样，眼皮红肿，眼睫毛没一根，因为淌眼泪，不停地眨眼，仿佛他老有甚么秘密要挤眉弄眼。要不是手不住气地要劳动，他是应该随常把一只手举在眉毛上边，遮住强烈的阳光才好。儿子赖小子则是另一种毛病，两只眼珠子蒙了一层薄翳，看甚么都模糊不清，只能识得出道路。有一回存起叫他拆畔，他把旁组的苜蓿地掘了一片，枉受了苦不算，差一点没引起误会。另一回叫他填渠，几乎演出惨剧——他竟失足掉进一个山洪冲开的窟窿里去了，动员了全组才把他营救出来，他已经弄得来不像人样了，他娘天黑之后等星全了还到十字路口给他叫了魂。他早不适于种地了，因为锄苗子时候，他分不清谷和莠子，所以很几年以来，总是帮老汉安种停妥，便到延安工程队背大石头去了。现在，他是急着只等种完谷，便挂起铺盖卷走了。

　　不幸的是这眼病竟至波及到王存高的侄儿银柱头上。他本是个好劳动，但陆续不断地用手揉眼也很几年了。曾到县立医院看过一回，医生说越揉越着重，因此他婆姨给他弄了一块绒和一点的手巾，随常吊在纽扣上，好像六七十的老汉的办法一样。他早从他舅舅借到一副水镜，架在鼻梁上，这东西要是四福堂的人戴着还没有什么，而银柱头上笼着污垢的手巾，戴着眼镜顺犁沟挪粪，便太不像话了。起初众人笑得不行，简直妨碍了劳动，随后看惯了，摘了眼镜倒觉得样子顶怪。根据村里那个善人王存恩老汉的推测，准是他们的祖坟坐字不对，才妨碍了后人的眼睛。善人的心地很好，劝他们不必把金钱和心机浪费在眼药和戴很值钱的眼镜上去，因为受苦人脚手痴笨，说不定哪一天只听见响一声，十几块响洋的东西便没有了。他要求他们干脆破费一下，移了坟地才是治本的办法；但活人搬家尚且不易，何况下葬已久的白骨呢？因此，说尽管说，贴眼药的还是照常贴眼药，戴眼镜的还是照常戴眼镜。银柱挪粪到地头，总是提防捉粪子的人回驴，牛鞭一挥打了他的水镜，躲得老远。

　　最后的一个组员是王加明，外号叫大汉，顾名思义，人的劳动力顶好，驴却不强。那是一个在大汉槽上喂了将近十年的老灰驴，小得来你一拳可以打得它卧倒地，在路上遇着难走处，高大的王加明提提它的尾巴，两只后蹄便差不多要离开地了，不光王家沟，邻村人也都叫它灰老鼠。虽然如此，灰老鼠的苦却不轻，种十来垧地之外五天得到西边的正川堡和东边的桃花镇各走一回，因为它主家要贩炭，挣几个活钱以添补种地收入之不足。它的脊梁总是烂一两块，红得像王存高老汉的眼圈一样；也是永无好起来的希望，刚见好些，接着的一回又压绽了。虽说灰老鼠不会说话，大汉看了也实在不忍心；但为了生计问题，他又不得不继续遭害"马王爷"。他原是种着二十来垧庄码的人家，一半多是本村二层富户王国雄老汉的，在旧政府的最后一年冬天，主家伙子结结实实吵了一架，老雄要撤地，大汉便扔还他，还硬着脖项说："看你老雄害得死我嘛！"便开始半种地半赶驴的营生。不想刚过一年，他后悔得挖心炼肝，早知有减租保佃的一天，他说和老雄打得脑子流出来，也不给他撩地——刚轮到租户伙子好活的时候，他没份儿了。近一两年，他再也不能忍耐，向王加扶和福子念叨过不止一回，希望农会作主张，像对六老汉的有福们一样，拼几垧四福堂的地给他种，理由是王克俭那样的主儿自地尽够他父子两人种了，何必还要种四福堂的地，常雇短工呢？王加扶觉得不妥，朝区乡都讨论过，果然顶回来了，说这既违反共产党眼前的政策，又不合乎新政府的法令。因此大汉还是自叹命苦，操着对不起灰老鼠的两面营生，手把着耩子耕地的时候，嘴还不住地嘀咕着正川和桃镇的集期……

他们六个人聚在山坡上吃饭的时候，拉起种谷的事，首先叹气的便是大汉，因为他觉得这必然和他的贩炭时间发生冲突。

"唉！"他用袖子揩碗准备盛饭，说，"定甚么期啊?!就这样安种了算了吧！"

"为甚？"模范端着才盛起的一碗饭，笑问。

"好我的小叔子了，你又不是不晓得？我是五天两头赶集啊，"他用筷子指了指站在犁沟里把嘴伸进毛口袋吃草的灰老鼠，说，"驴脊梁上剥不下几个活钱，我烟囱里就冒不起烟了嘛！"

他的态度和言词把一饭场人全逗笑了。王加盛嘴里嚼着饭使劲抿嘴，背过脸去还是喷出去了，呛得连笑带咳嗽。众人粗野的笑声在对山的红崖上得到回音，扩张开来，吓跑了一只在附近甚么地方发呆的老鹰。王存高用手巾按自己的眼睛，粘去了笑挤出的泪水，连连地眨眼皮。银柱和赖小子还在龇牙咧嘴用筷子指着大汉。

"看你说得好笑人！"模范说，"你看全边区还找得出一家烟囱上冒不起烟的？找不出吧！"

"找不出。"银柱作证似的说，他遵照他舅舅的忠告吃饭时摘了眼镜，以免碗里的热气蒸掉眼镜里的宝，怪模怪样道："曹家山的曹老四，众人该全晓得吧？旧前一年要到咱王家沟来几回？而今不要饭了，前年公家出了章程，教赤贫人开古坟，他开了三块，烟囱就冒起烟来了。"

"我哪里能比曹老四？"大汉固执说，近乎发牢骚了，"曹老四、六老汉全有人照顾，我这个王大汉谁管？你们当我爱贩炭？走桃镇还好些，走止川，我一入白地边腿肚就搐，那面和咱边区不一样，集会过路常抓差，抓住就往宁夏绥远支。那回抓住我花了一驮炭钱，还磕了一头才求脱。再要抓住求不脱，我这灰老鼠到宁夏绥远还有吗？我没它，不和把我的锅拔了一样？你们当我爱这一行道？我不贩不行嗳！婆姨肚又挺得和锅一样，鸡娃子似的养下一大群，吃谁哩？"

"这又怨谁？"王加盛诡谲地映着眼睛，问，"你尽劳苦一天，黑夜还不好好睡是？"

"婆姨依你好好睡吗？"这半个炭贩子毫不害羞地说，"有吃有喝的求娘娘拜佛爷，还没儿没女，咱穷？哎，像是和你作敌对一样，挨也不能挨，一挨就中……"

"造蛋！"王存高老汉突然大叫了一声，端着碗背转开说，"你们是拉正话，还是尽瞎说？啊？脏得我连这碗饭也咽不下去了。"

他惹得众人都嗤嗤地笑着。

"你这人好不开眼！"模范灰心地瞟了大汉一眼，说，"真像婆姨们一样，心里转个甚，七翻八托，给你说多少遍你才能明理哩？"

于是，他又开始给大汉解释尽他所了解的边区土地法令了。他说他也很同情他，但法令章程不是为一两个人定的，而是要全边区各阶层所共守；倘若一弄乱，公家便无法办事了。他打了个比喻，说南路老边区都早分了地，而这里只是减租减息，还要保证交租交息，按照法令减过租之后，便不能欠地主的一颗租粟。模范承认很多租户不满意这种办法，抱怨公家不分地，四六、三七算租账还嫌日子过不好。

"可是南路是闹红军时分的，咱这里迟了一步，"模范结论说，"和日本打起来了。你看……"

他端着碗转身向东，在他们面前起伏的山峰像黄色的海浪一样展开去，波到目力所及的尽头，一架乌云一样黑黑的大山高耸着，将蓝天和山峰接连起来。他们虽然没有人去过山西，但都晓得那是黄河东岸的王老婆山——吕梁山的一脉。

"你看王老婆山那面，"他伸手用筷子指说，"那面大炮响，咱该常听见吧？日本鬼和咱八路军开火，咱而今全是为了打日本，毛主席说大道理管小道理……"

"毬！"大汉粗鲁地说，"你不要给我讲经说道，我又没要分地！我要是也和你们众人一样，种十几垧租地，少拿租粟，不出几颗公粮，沾了新社会的大光，我和你们一样，也是跑到前头的'急紧分子'，你当我这片嘴不如你会说？"他说得模范一时无话可说。

"你没沾新社会的光？"银柱质问说。

"我沾了甚么光，你给我点出来！"

"我给你点，"王加盛见他这人太执拗，也把筷子交给端碗的手指挟着，伸手说："头一样，你一年出多少公粮？八升！有四福堂喂鸽子的多没？啊，旧社会完粮不算，一年到头这个捐，那个税，你怕八斗也出不住！二一样，公家提倡变工互助，你没得到好处吗？我看你比往年贩炭的回数就多，凭良心说！"

"对对对……"众人异口同声说，嘴里溅出米粒和唾沫星子。

"你好好变工，"模范见他脸上浮起同意的微笑，顺势说，"我提议安种停妥，咱这组的几个猴驴全给你赶，赚了咱按份子分……"

"我的地哩！"

"咱变工组种嘛。"

大汉一听，这正是个好办法，他高兴地眯起眼来，但随即声明："走南路可以，走西我没那个胆量，给反动派一下抓去，我拿甚么给你们赔？再说份子还要札好，不要叫你们吃亏，也不要叫我白赶驴。"

"那是往后的事，"模范不放松地截住道，"咱而今说种谷，你是愿意不愿意哩？"

"你看众人吧。"大汉说，好像决定了一件十分重大的事一样，松了口气。

模范转向众人，用询问的眼睛望着他们，最后停留在王加盛圈脸胡的脸上，他想除了他和铁箍儿两个人扯皮弄筋，旁人便不会有甚么问题了。不想赖小子舀起一碗饭，却透过他的眼翳，眯缝着眼睛疑问地看看他爸。他父子早已商定要在高粱一耕完，自己尽早种谷，以便结束了安种，打发他走延安。

“啧！”他惋惜地咂了下嘴说，“我走得延安了啊，去迟了怕又找不着好工。”

王存高的烂红眼深为不满地翻了他两眼，又背转开来。

“没你的说头！”他断然说，“人家怎的咱怎的，咱父子这眼，多亏存起你叔把咱照顾到一块种地，你那搬甚么价钱？延安府摆着元宝，等你这个眼不利落的去拿？咱和王克俭不同，人家养的甚么驴，手爪又利，拿起放下都随心愿意，才嫌旁人……”

“王克俭？”王加盛又插上嘴，很不服气地哼了一声。他正想说甚么，却被模范截住了。

“你不要说人家！”存起说，“你和铁箍儿准备水火一辈子啦？全是穷小子，有甚么仇啊？”

王加盛被这突然的质问愣住了。他的圈脸胡动颤着，却说不出甚么话来，只是将勺子填进罐里，刮着最后一碗饭。直至刮满了戴帽一碗，他端起来，这才慢吞吞地开始说：

“我和铁箍两个的情由，和行政的变工不一样。你再会说些，今儿也把我两个拉不在一块。我看见他就比丢了二百钱还着气，只想结结实实照脸给他两巴掌，才消气哩！”

“怎么？”模范笑道，“他是个日本人？汉奸？”

“是那号人我早把他杀了！”圈脸胡越说越狠，声越高，仿佛是给对山吃饭的那组人报告，“他婆姨那片屄嘴，恨不得敲上尿盆子辱唬我们。说我们争那一块地是想死后做宿地。你看！我们能好吗？”

“你那婆姨的嘴也够快！”大汉却又插嘴了，毫不客气地说，“放脱八路军的好马也撵不上！铁箍家给我婆姨说，人家栽活几卜树，你婆姨说是预备割棺材的。”

众人嘿嘿地笑了，都说一只手拍不响。

"我婆姨不好，我管啊，"王加盛红了脸，"我打婆姨你们晓得吗？"

"不晓得，"模范笑道，"新社会不准打人，你偷得打婆姨？我是参议员，一准朝政府'反映'，看你坐冷房了！"

"那么请赵同志写个牌位，就像咱善人存恩老汉敬佛一样，见天给她点香磕头？"

众人听了他这话，都摇着头，觉得和这样的人说不清。模范也叹了口气，好像宣告他再没有甚么可说的了一样。王存高老汉映着烂红眼，怜悯似的望着他。

存起自从领导起这变工组，他不知多费了多少心思，也不知多说了多少闲话。眼不好的三个人倒省事，而其余三个则都和牛一样固执，你不可能直截了当和他们谈清楚任何"工作"，不像王加扶、福子和维宝们的组里一样。他们顶你，驴推磨似的和你绕圈子，拉谈半天还停留在原处。模范常常奇怪：他们的脑筋似乎有种特别的构造，怪话、逗笑的话用不着寻思，自自然然从他们嘴里倾流出来，而正经的道理，你打破头盖，也无法填进他们脑里。心还都不宽，想住个甚么永忘不了；眼光不放远看，只瞅住眼前。拉起旁人的事都会说，一到自己头上，那便纠缠不清了。王加盛和他扯着皮，他脑里随着浮起了铁箍儿的影子，那个不比这个更好说话。存起想起那一年铁箍的娘害病，想吃点黄瓜菜。铁箍在城里买时，有一个城里人看见，惊讶说："啊呀！乡里人不等黄就吃起黄瓜了！"铁箍听了怪火，拿起一根便喂驴，并且说："我们乡里人买嫩黄瓜喂驴！"给那城里人一个下不去。

一会之后，众人都吃罢饭，打着饱嗝收拾着各人的碗筷和罐子。大汉和圈脸胡打着火链吃烟，银柱拿出眼镜，开始实行他保养眼睛的计划，王存高老汉放下饭碗，让赖小子收拾去了，他自己用手巾小心翼翼地按了按烂红眼，也开始装烟。这时候，他们所看见的别的山头上的受苦人也都吃了饭，有的已经开始劳动了。

模范收拾了他的家什，要赖小子和他一块把所有的空罐子送到更上边一点的山坡上，转回来用一种失望的神气问王加盛：

"全行，就你不行，是不是？"

"我怕铁箍比我还难说话，不信你说去……"王加盛说，鼻孔和口里冒着烟。看样子，他好像对模范的一番好意，显得怪不好意思，尴尬地笑着。

"对！"存起立刻抓住这句话，问："铁箍行，你就行，是吧？"

他又迟疑了，似乎失悔他说错了一样，吞吞吐吐支吾着："往后再看吧……"

于是，模范便宣布全体通过，当各人拉起自己的镢头，挪粪斗子和牛鞭开始劳动的时候，他最后打着招呼说：

"黑夜开会张声啊，表决时不要忘了竖起胳膊……"

八

吃过夜饭，王加扶又连烟也没有顾得吃着，捏着烟锅便走了。他急于想知道村干部的各组商量的结果，便逐一去找他们。维宝和福子的两组都说通了，三个人又一块去找模范。他们在半道便碰见他顺沟进来。他竟把铁箍也说转了。他对铁箍说："王加盛你叔愿意，而今全看你。"他并且撒谎说圈脸胡对铁箍毫不记仇，早已觅瞅着机会想和他答话，直说得铁箍怪难为情，只得勉强答应：看他的面子种谷和王加盛一块变工；末了却又坚决声明：种完了谷仍然分开。当他告诉王加盛的时候，他又撒谎说："人家铁箍比你好说话，只要你愿意，往后一满在一组受苦也能行……"

“啊呀，你太虚说厉害了，”维宝说，“他们晓得，于你的信仰……”

“有甚关系？”福子截住道，“又不是虚说挑拨他们？”

“对！”王加扶同意说，喜出望外地咧开嘴笑着，满意地盯着模范。

四个人到学校里。他们把白日里布置的情形，朝教员说了一阵，赵德铭的情绪也高起来了。这时六老汉已经打过钟，只等着人们到齐开会。

夜幕严密地蒙盖着王家沟，村里只有四福堂的灰色院和王国雄的新窑院里，灯火透出疏林孤单地映照着。此外，受苦人们家里，淡黄的麻油灯光次第倏忽一闪，便都归入茫无边际的黑夜中，婆姨们抚着娃娃睡了觉，男子汉全到学校里开会了。照例不到的只有王相仙，众人都叫他“外国人”，因为自从减租斗争以后，他仿佛下野的人样，绝少在任何会上出现。当参议员通知他的时候，他总是先问："开会做甚？"知道以后，才说他不舒贴，不能参加。一般的会尚且如此，他家不种甚么地，为种谷而开的会，更是“请”不到他了。

受苦人从自己的院里出来，老汉们拄着棍，年轻人唱着流行的时兴小曲，其余的噙着烟锅或拉着闲话来到学校里。有人挤进窑去，向教员请教着甚，或者只是不声不响站着，啵啵地吃着烟听着干部人员的谈话。院里自然而然形成了许多小圈圈，天气和风向，夏田苗子的匀称与否，以及粮价的趋势等等，都是他们拉谈的题目，彼此毫不关联，却被众人扯来扯去说不到尽头，直至宣布开会时，人们才住了嘴，依着原来的小圈圈靠拢起来了。

学校是一个三眼石窑的很宽敞的院落，因为不是住家的，所以既无碾磨，又用不着驴圈和草房，只在大门一边的拐角处有三四个茅圈。正面沿着窑门口是一条约有一炕高的门台，这便是自然的讲台了。门台下面，开会的受苦人有的坐在土院子上，有的蹲着，一直摆到大门口。

在模糊不清的人丛中，烟火在烟锅上忽明忽暗地闪灼，仿佛天空的繁星一样。村干部和教员从窑里出来，从中窑的教室里搬了两条板凳坐下。王加扶以农会和变工队长的资格当着主席，他简单地宣布了开会，便请教员报告。

赵德铭依次顺序地传达了上面关于定期集体种谷的指示，然后说明乡政府和村干部对这工作的意见。他讲得很流利，并且一无遗漏，听起来似乎用功的学生娃背书一样，吸引着门台下边每个人的注意力。王加扶、福子和维宝在他两侧盯视着他，眼睛里充满了对他这特长的敬佩，直到他讲完，他们才带着满意的微笑，把视线转向门台底下的众人。

"听明白了吧？老小们？"王加扶谦和地笑问，扫视着满院的人。

总有一些时时刻刻准备着响应任何号召的人，等也等不得说话。

"明白了，"招喜说，"有条有序，真是好办法！谁不赞成？"

"不赞成是怕把谷种好吗？"和他联系的一帮人七嘴八舌附和着。

"我说咱公家计划到的没赖的！"有福站起来郑重其事说，把烟锅从脊背上边的领口里抽出来；因为被烙坏的背上时常发痒，他老伸进烟锅去拨弄着。"公家总是怕咱的日子过不好，样样事都关照得比咱自己还周到，比方说今年春天的变工吧，我们弟兄两个和存万我叔家的三个后生，一春天省了多少工？怕统共上六十个日工了吧？"

"有，"存万老汉证实说，"要是比起往年枉费的工，怕还不止那个数！"

"地种得是甚么地？"有福得意地继续道，"边畔崖洼，一寸也没给剩下！我看今年锄草也省劲了，我们那组拆畔的人是连草根都刨了个干净，崖溜得光光，草从哪里来呀？……"

"农会！"有谁在人丛中叫着，截住道，"变工的甜头，大约都尝到了，用不着宣传。夜不长长，人又乏困，我看赞成的就不说了，先叫不赞成的说吧，不要一拉又是半夜，叫人的眼窝受罪。"

他这后一句话引起了一阵嗤笑。王加扶看着下边的人群，很满意这会议的开头。当他要求众人继续发言的时候，院里沉默起来了，在这沉默中，他似乎看见人们的脑子在活动着。他清楚王家沟也总有一些时时刻刻准备反对的人，他们说话常是非常小心谨慎，以免给自己惹出许多不愉快；或者在脑里考虑得很好才说，或者是等待着别人打头炮，然后看情形自己再顺势附和上去。

"怎么不说话哩？"农会又一次催促说。

散布在院里各处的积极分子和事先说通的人左顾右盼，寻觅着甚么人似的看谁会首先反对。他们的顾盼把空气弄得更加紧张，更是没有人出声打破这个紧张的静默。赵德铭暗暗扯了扯农会的衣肘，王加扶把头歪低下去，一个的耳朵和另一个的嘴巴刚刚碰了一下，立刻恢复了原状。他们动作的迅速，恐怕只有门台上的福子和维宝看见，院里的人在黑暗中便很少注意到的了。

王加扶转过身来，随即亲昵地叫道："克俭哥，你在哪里？"

"唔？"一个低沉的不乐意的声音答应。

于是满院的眼睛都转向行政蹲的那个角落里去了。王克俭在擦黑天从吴家峁他亲家那里回来，便更换了衣服，恢复了受苦人的常态；没有碰到他走亲戚的人，还以为他这天并无例外是从山里回来的。他早晨牵着驴出得大门，抬头向四山里一望，看见农会和毛蛋在对山上站住看他，心里已经感到怪不安的，现在经农会一叫，又加上众人的注目，他更是局促。

"怎么？"他抬起头来吞吞吐吐问，"我，我，我反对……？"

"你干部还能反对吗？"王加扶笑道，"我是看你出门回来了没嘛。

你是行政，没甚么话要给众人公表的吗？"

"去嘛，你！"他身旁有人推他，听口音便知是老雄。

行政用肘子朝后一掀，不满地拐了老雄一头，然后转来才和颜悦色地说："众人商议：'众人是圣人'……"

"没话说你也该上门台去暖，"老雄并不灰心，更加露骨地讥讽说，"你也算个官！？你看人家维宝和福子吧！……"

谁都明白这话并非讥笑行政，而是影射着福子和维宝。福子是老雄的旧伙子，减租斗争以后，两家成了仇人，维宝曾带着"基干"在一个夜间把他和老婆共用的烟灯抓去了，烟枪之类早已毁弃，铜灯则送交了乡政府，乡文书目前夜里写字看书，当桌灯使用的那个便是它。王克俭虽说心里也明白，但他还是站起来另瞅个地方蹲去了；众人晓得他不愿意被人认为他和老雄还有甚么联系，因为他自认他和他之间是有着严格的区别的。他站起时，附近的几簇人丛中有人嗤嗤笑着，更远处有人厉声警告咳嗽了一声，农会知道他们又是要质问老雄谁是"官"，并且要他弄清楚：说新社会的干部是"官"究竟是甚么意思。维宝刚要开口，便被王加扶制止了：他心想这只能当作个"材料"，以后再说，因为现在一扯起来，定要耽误会上要讨论的正经事。

王克俭从西边围墙根走到东边蹲下来，他又碰到团结在善人周围的人们一块了。存恩老汉亲热地给他让开点位子，问他白日哪里去了，关切地奇怪他请女客为甚么这么着急，竟不顾这天是"诸事不宜"的日子。他又和旁的几个人探问着吴家峁怎么样，是不是也在闹着这集体种谷的问题，趋势和结果会如何……

"说咱王家沟的吧，"王加扶看了他们一阵，笑道，"老小们有甚么意思，勤说吧。咱一年的生产全看这一锤打响哩，南方来的同志都说：'陕北好地方，小米熬米汤。'咱这块庄稼顶注重的就是谷嘛！不管是谁，总要个人满意，咱们才能弄好……"说着又转向存恩老汉周围的一堆人，有意地加添说："有话朝众人说吧，闲话等散了会，以后有工夫了慢慢拉。"

院心有一个人站起来，提起一只脚，在鞋底上磕了烟灰，准备发言。这人是王存发。

"我不是反对。"他首先声明，然后才说，"村里老小们还不知道我命不好？没儿？我总是女子点谷籽，旧前是金凤，出嫁以后，银凤大了顶上。婆家见话说今年要引她，你们说银凤跟众人混到一块上地，我老婆依吗？赵同志说分配学生娃，我看不容易，凡念书的家里都种几垧谷。人家的压住给咱点，对吗？要是能办到，我没话说，众人怎的咱怎的……"

"我不是一样？"存发老汉说完，王加钧立刻接嘴说，"我还不如存发叔，连女子也没，年年种谷常是婆姨跟我点谷籽，和一群人一块上地，她就不去；光我两个上山，过路有个人看一看，她还羞得脸没处藏嘛……"

一阵压抑不住的笑声淹没了他以下的话，他左近的人打诨着他。维宝制止着骚动，要求保持开会的秩序，农会想拿他在县里开会遇过面的一个女劳动英雄的实际例子，来打破王加钧的"封建"，但被教员站起来抢嘴说去了。他肯定地答复了这两个人的询问，说只要参加种谷变工，点籽娃娃的问题由他负完全责任，因为学生娃和校外的男女儿童识字班，将全听他支配。最后，他声明这是个小事，要求众人只讨论受苦人自己的事好了。

他说完刚刚坐下，继续发言的人便站起来了。王加扶一看这是善人周围的人们之一，心想他们大约已经酝酿好了。

"办法是好，啧，定期可是困难。"发言者一开始便沉吟着，惋惜地咂着嘴，"你要种大日月谷，他又要种小日月的，伸出一只手，五个指头就不一般齐嘛!……"

"你这话不对!"后排有一个人站起来反驳。

众人掉转头一看，这人是模范。他虽和村干部常在一块计划许多事情，但他总还是个参议员，自认不好和村干部一块坐在门台上，所以一出来便找他那一组人一块，蹲到最后边去了。现在，他站起来截住了发言者，才开始说他的道理。

"为甚不对哩?"他自问自答道，"你说的是旧社会的情形，那时节咱穷得等不上秋收停当，就要吃新米，才种小日月谷哩。这两年谁还种它?说句不好听的话，穗子毬大一点，满打不下粮食。我看你老哥就不种。存德哥，你种吗?"

"我?"王存德支吾着，眍睖了一阵，终于还是老老实实说:"我不种。"

"好说了!"模范胜利地说，转脸问着全院的人，"还有谁种吗?"

半天没有人张声，只有吃烟的啵啵声和粗壮的呼吸声。突然在他旁边有人开腔了:

"我打算种一垧，赶青黄不接……"说话的是大汉，他很抱歉的样子讷讷着，怯生生地偷看了几眼模范。

模范瞅了他一眼，灰心地叹了口气，心里想这和死人一样不开通。

"你怎么啦?啊?"他失望地问着，"新社会饿死谁来?你争点气，种大日月谷，好增加生产，吃不到秋收我给你想办法，行吗?啊?"

"唉!"大汉叹息了一声，羞赧地说，"你模范这片好心，我不种了。吃不上来，我把灰老鼠多打几鞭子，走紧些。我看咱前生大概是鸡来，总是刨一爪吃一嘴的命……"

他的样子和他的话引起最普遍的笑声，连教员也忍不住，放开嗓子笑了。当王加扶要求谁再继续发言的时候，存恩老汉本人扶着他的棍站起来了。

"我有几句话，能说不能？"他首先征求着同意。

"为甚不能哩？"福子代替主席回答，"在你老没修成仙家以前，你和众凡人一样有说话的权嘛。咱讲民主，谁又没说不准善人说话哩？"

老汉于是低头从人缝中觅着通路，拄着他的棍想到院心去。人丛中甚么地方发出压抑的嗤嗤的笑声。

这王存恩是王家沟一个特殊人物，和维宝们比较，仿佛他们活的年代之间前后错着好几百年。老汉的旧瓜皮帽下边还拖着一条老鼠尾巴一样又细又短的辫子，很显然地给人们表明着他的气质。不仅在王家沟，便是周围三二十里以内，他都是有名气的人物，从未发过脾气，对甚么人都是一样的好心。他一辈子忌口，不知道荤腥和葱蒜的味道；已经七十来岁了，还是满口牙，被所有叹息咬不下的老人们羡慕着。老汉对于看"皇历"可以说够一个专家了，手上掐算得也不错；不过"善人"的称号却是因为他心好得来的，不管你丢了东西寻找，亲戚害病要去看望，打土窑破土下线，受了惊叫魂确定方向和步数，只要问到他，无不有求必应，立刻伸手给你掐算起来，因此他的"菩萨心肠"很使许多人感动。四福堂在"中央军"里当官的大财主王相臣是他老婆奶大的，他对他比对自己的亲生儿子王加祥还要关切。虽然奶儿恐怕早已忘了他的这个穷奶爹，但他却永远带着一种深厚的感情怀念着他，一听说有家信回来，他便到四福堂去看，信里没有一回问候到他和他的老婆，他也自动原谅了，因为他觉得人家在外公务繁忙。大凡这样的人，也许都对新社会没有好感的，存恩老汉却不然，他不像王国雄们一样，对一切都是随时随刻不满；因为他认为八路军既能混了现在这样大，毛泽东也必然是有点星宿的人。众人很是了解他在许多会上提的意见，本心都不是恶意，或者说存心捣乱"工作"，因为这与他一贯为人的品行是相违的。他之所以在说话以前要征求一下同意，其原因仅是因为近来有很几次他的意见受了大多数人的反对，特别是为了将神钟移到村里来打的事，他几乎生了全村的气。招喜他们甚至说，王加祥参加了会，老汉便不必来了，他可以在家里静静地养神修道，翻看他的"万年历"去。虽然如此，他还是由不得来，来了便由不得说话；他怕因他的沉默而铸成大错，很对不起全村的人，有碍于他死后的发展前途。

现在，他拄着棍往院心走着，因为在他心目中，他讲话的对象是院里每个角落的每个人。

"你到哪里去哩？"给他让路的一个人问，含着揶揄的微笑，"我看你不如上门台去吧。"

"不，"老汉用棍子探着路说，"我一不是工作人，二不是村干部，平时我在那里盛上一天没甚要紧，赵童子（同志）不会把我喊走，而今我可不上台说话。"

"说你的正话吧，"有人已经在不满地警告，"咱是召集起来拉闲话的吗？"

"说正话，"老汉平静地同意，严肃地捋了把胡子，然后预先便请求着原谅，说，"我说得对，众人听；不对，当我没说一样。……"

不满在许多人中间增长着，维宝看见，首先忍不住站起来了。他两个是老反对，互相连一举一动甚至装束都不满意，存恩老汉总"原谅"维宝年轻，维宝却不原谅他一次。

"谁同你推磨？"他毫不恭敬地说，"绕不完的圈子！空话我看你还是再等十来个月，到腊月二十三黑夜送灶君上天时说去吧，那会你一个人跪到锅台前面说一夜也没人嫌多！……"

一阵暴烈的笑声包围了存恩老汉，笑声里也夹杂着几声不满意排长这种态度的冷笑，他的儿子王加祥更是负气地要求他不要说话了，他连理也没理。农会劝阻着众人，说明这是老汉说话的习惯，只好由他拉吧；你若要阻止他，结果是更费时间。于是众人安静下来，都带着浓厚的兴趣瞅着老汉，看他又能说出甚么意见。

"芒种糜子乱种谷。"他开始说，好像吃了过多的辣子，嘴嘶嘶地叫着，然后才斯斯文文地继续道，"这是古规程嗳，凡是受苦人谁不晓得哩？种谷这一则要看天气，再则还要看你地里的生活是不是方便，因此上从谷雨到小满都是种谷的节气。听说今黑夜要讨论种谷的事，我今儿还翻了下皇历……"

"年前的黄历使不得了！"有人嘲笑地插嘴说。

"我看的是今年的，"他肯定地答复道，"这个我比你在行！"一阵笑声打断了他的话，半天才又听见他忠告："谷雨剩不几天了，众人不要瞎闹吧。冯县长我晓得，他老人倒是个好劳动，可是他本人从小念书，后来学织毡子，长那么大，手没挨过镰把，他能指示好这号事吗？你拿些毛问他去，他晓得做甚用合适。我看定期种好了，众人的福气；种坏了哩？公家为了咱，不是反倒害了咱吗？……"

"那么按你看咱该怎么办好哩？"有人问，抿嘴笑着。

"我还没想出个相宜的办法，"他说，"变工是可以，定期是不好……"

"那你还是和没说一样嘛……"有人尖刻地说，忍不住冷笑着。

维宝又由不得站起来，说："你没想出，我们想出了。你没听见赵同志发表吗？我看村里的事你可以不管了。"说着，用他自造的枣木洋烟斗指着老汉的原位，带笑地请求道："你还是坐那里去息一息吧。"

"讲甚么民主？"主席看见老雄头一拐，冲他身边的围墙嘟哝起来，"黑主！要是不叫人家说话，何必叫来开会呢？按户口传知就行了，哼哼……"

他的话只有他跟前的人听清楚了，背后有人用烟锅掀着他，笑道："有话你朝众人说嘛，朝墙说有甚用哩？"

"国雄老汉有话说！"他右边有人向门台上叫道。

这时打钟的六老汉已经顺着门台跟，走到中间的台阶上了。他一来便在门台一端的尽头抱着他的棍坐着，喉咙里不住气地呼噜噜响着痰。他原不想说话，因为静悄悄坐着都感到气不够用。但存恩老汉返回原位时连连地摇摆着头，叹着气，那灰心丧气的样子使他不得不对他所说"芒种糜子乱种谷"的话解释几句，一则使得老汉顺气一点，再则免得一些人因他这话而动摇；因为他知道：存恩老汉在一些人中间有着影响。当他听见有人宣布老雄要发言时，他站住了。

"叫人家先说。"他向王加扶道，带着一种自家人的态度。

"说吧。"主席向老雄招呼，福子和维宝在王加扶身后警戒地注视着他。

老雄却又迟疑了一阵，最后才提着他的长杆烟锅站起来。

"我说毬哩，"他开始粗鲁地冷笑道，"我也是个'顽固'，在众人眼里大概和存恩也差不多……"

"我和你不一样。"存恩老汉严正地声明，"你说你的；不要和我扯在一块。"

这声明几乎惹得满院每个人都哄笑起来，全用轻蔑的眼光望着老雄。

"好，你和我不一样，你不是'顽固'，我说我的！"老雄鄙夷地讥笑着善人，赌气似的说。"旁人咱不管，咱只管咱个人。'儿要自养，谷要自种。'我的主意我会拿，完了。"他说着便蹲下去，嘴里还在嘟噜着这和减租不一样，不是法令。

一阵骚乱随之而起，有人说："儿也有不是自己养的。"立刻惹起许多嗤嗤的笑声。赵德铭莫明其妙地问维宝众人为什么笑，维宝把嘴伸到他耳朵上说："老雄的婆姨年轻……"答应以后慢慢告诉他。门台下边继续喧闹着，王加扶无法维持秩序了。有人叹息着会开得太没意思了，没有讨论出一点"具体"，人们睁着困惫的眼睛听着空洞的议论；有人则主张干脆停止一切发言，直截了当付诸表决，然后确定种谷的日期散会好了。

"六爷，"招喜对六老汉说，"你算说了吧？"

"对，"有人赞成，"他说起又要咳嗽，人得等半天……"

但六老汉却坚持要说。老雄发言以后，他甚至气愤起来，非说不可了。

"我给你们打钟不挣分文，"他喘着气说，"说几句话也没挣到吗？"

教员站起来支持他。赵德铭到王家沟小学以后，六老汉是这村里最引起他尊敬和同情的一个人，并且除过几个村干部，便要数他和他最为惯熟了。他有一个孙子（有福的小子）在学校念书，这是他家的一件大事，因为他们老坟里也不埋一个识字的人。他常到学校里来看看孙子是否好好念书，再三恳切地要求教员严加管束，必要时撇耳光打亦未尝不可，理由是他们的子弟和四福堂的不同，生来不适宜于念书，非如此恐怕是很难念成功的。赵德铭除了接受他的要求，格外关照他的孙子之外，他还拍着他的肩膀解释他的陈旧的不合时的错误观念，他了解地笑了。现在，教员对众人保证，六老汉不会说无用的废话，得到同意之后，他恭敬地弯下腰去说：

"你老说慢点，说低点，就不咳嗽了。"

六老汉开始说话。他是慢慢地，低低地说着，院里一片寂静，王加扶在门台上看着，除过王克俭低着头吃烟，王国雄好像还在生气似的背着脸之外，所有的眼睛都注视着这个戴毡帽的老汉。

他首先朝东墙根的存恩老汉说话，声明他看皇历掐日子不如他，却的确是种地种老的。他断言旧前乱种谷是因为没有组织起来的缘故，譬如说天气，雨前雨后种进去毫无问题。雨前若种得太早，风刮溜了松土，谷籽被埋得很深，自然出不来；雨后要是种迟了，谷籽可以在下边的湿土中生芽，但到要出土的时候，太阳晒干了地面，烧死了谷芽，所以年年直至芒种以后还有补谷苗的。他的结论是选择适当的时间，在几天之内全村组织起来，互相帮助种完，绝不会再有补苗或改种小日月谷的事。

"你看我说的对吗？"他问存恩老汉说，"总是古规程使不得了。从前谁敢减租？坟地能开过种吗？队伍帮百姓种地谁敢要？我盘算先生桌儿上不放戒尺，没一个念书娃怕；我问赵同志时，他说谁打学生要受上面的批评。你看能和旧前比吗？"

"对，六哥，"存恩老汉似乎惭愧的样子，说，"你说得对，我由不得按旧前说；可是，我盘算新社会也总要老天给人吃。要是不给吃，出了穗还雹打哩！"

他话一落地，有人便指摘他胡说，另外的叹说现在讨论种谷，而他却拉起谷出穗以后的事来了。王加扶满意地伸出两手制止着众人："不说了，不说了。"然后请六老汉继续发言。

六老汉转过身来肯定说：老怕人使奸心的人，大约自己常使奸心。他虽是朝老雄蹲的那边说的，王加扶却看见行政突然把头深深地埋下去。

"我给你们说个使奸心的故事，"六老汉继续道，"有一天，龙王和财神一块走路……"

"哎哎！"有谁截住说，"又是喃藏经①，不说了，表决吧。我们明儿白日还要上地受苦，他白日直睡一天。"

——————————

①无稽之谈。

"叫说吗，"赵德铭继续支持，充满着兴趣瞅着六老汉说，"很有意思，看龙王和财神两个怎么使心眼。"

"不是他两个使心眼，"六老汉转头朝教员更正着，然后又向众人说，"路遇三个受苦人变工掏地。天旱。一镢头一块大土疙瘩，半天敲不烂。财神说：'龙王，你下点雨吧，看受苦人可怜的……'龙王说：'雨不由我，要玉皇老爷准许才行。钱由你管，你给他们一点，他们不掏地也过好日子了。'财神摇头，说：'我怕害了他们。'龙王奇怪，问：'给他们钱怎是害他们哩？'财神说：'不信你看看。'过了一会，地里果真掏出一罐银子，三个受苦人不掏地了，坐下商量怎么办。都说要等黑夜拿回家分，白日怕露了风，就打发一个人回家带饭，他走后，那两个又商量。这个说：'等他担饭来，咱把他弄死，咱两个二一添作五。'那个说：'对。'……"

"唉……"注精会神的人丛中全叹息了一声。

"带饭的到地里放下担子，"六老汉继续着，"猛不防给他们扣倒，一会就不出气了。掩埋了他，他们才吃饭。吃过饭不大会，两个人可又鼻子口里出血。眨眼工夫全死了……"

"怎么哩？啊？"有人惊讶着，"现报？"

"不是。"六老汉摇摇戴毡帽的头说。

"外财不扶人吗？"

"不是，全不是。"六老汉说，"众人猜吧。""敢是饭里下毒！"有人叫道。

于是满院到处纷纷议论起来，好像看过甚么剧团的戏一样，各人发表着各人的感慨，谁也不听谁的话，只是叹息声和辱骂声搅杂着。六老汉最后说：

"你们好好变工，我打钟都是有劲的；七零八落，我打起钟也没劲了。"

"好了，"王加扶乘着这股热劲，说，"愿意并组的和按地算工的说话吧。"

福子和维宝的两组接连着都说了话，当存起那组声明同意的时候，这被人认为早该拆散的一组引起了许多人的惊奇，都说模范真有点办法。招喜他们三个小组当场宣布合并起来种谷，共十一个劳动，有王加扶那组大了。王加诚和王存万们的两组只有一个王克温还没有最后确定。

"你怎着哩？"王加诚问王克温；王克温迟疑地笑着。

"要是嫌我们这组不对劲，"王存万拦羊的嗓子声明，"你们另打主意，我们要瞅对象也不难。"

有福和王加福们那两组的事，王加福同意，别的还没有完全说通；他要求散会以后再说，大致没甚么问题。于是王加扶提议其余的都等以后慢慢组织，便宣布开始表决。福子和维宝从门台跳下院子去点验人数，他们把行政也叫起来帮助着数。

点验的结果到会的共是一百零二个人，其中有几个人是靠墙睡了刚才叫醒来的，烂红眼王存高一到黑夜便成了瞎子，根本没有来，赖小子和银柱两人在茅房口睡得似乎很香，组长掀醒他们还顶不高兴，说他们早晨在地里已经说好了，还举甚么手……

"不闹了，注意啊！"王加扶说，"赞成定期种谷，忙假前后学生娃不告假点谷籽的，把胳膊竖起来！"

福子、维宝和行政分头数着，模范在左顾右盼看着大汉、王加盛和铁箍们是不是全竖了胳膊。王加扶在门台上看见：过半数的人迅速坚决，胳膊竖得挺直；有一些人看见竖起的很多，才跟着竖了起来，东半边有三五个人直至数到他们跟前，才勉强地竖起来，胳膊显得十分无力，等一数过去，便放下去了。王加扶看着觉得怪好笑，但却满意地给教员说："你看，差不多是全体。"

三个人数的数目合起来共是九十七。

最后，一致同意在四月初一以前，下了雨便开种；如不下雨，那时以后，看情形再定日期，便散会了。

九

时间虽只隔了一天，王克俭家里那种郁闷的空气，已被一种愉快的欢乐所代替，吴家女儿和她的两三个娃娃的到来，使这单调而冷清的家庭充满了生气。

先是左邻右舍的婆姨们来看望新请的女客，女客的吃奶娃娃从这个怀里转到那个怀里，评论着他的眼、眉毛、鼻子和嘴，"三个婆姨一面锣，两个婆姨一面鼓"，着实喧闹了一阵才陆续散走了。吃过夜饭，王克俭和楞子到学校去开会，二楞和毛虎继续互相交谈着各人学校的情形，乘着睡觉点灯之便，小舅舅还把他的习字拿出给毛虎批评，楞子媳妇站在脚地接谈了一阵，回她自己窑里去了，老母女便也睡了觉。

她们吹灯以后，才正式开始谈叙母女中间的体己话；分别了几月，她们已经积累了许多不能对旁人诉说，或诉说也无用的话在心头上，现在则可以尽情地倾吐出来，得到最温暖的同情、安慰和鼓励了。她们在黢黑中有时说得十分欣慰，有时则气愤得直想冒火，在她们的谈叙中，自然免不了谈论到与自己关系最为密切者的是非，娘说楞子媳妇嘴馋，手懒，腿野，耳朵不听话，举出很多实例来证明；女儿则列述她婆婆嘴多，对妯娌颇多偏私的事实，借以说明分家的危机已逐渐严重起来。母女两人虽然地位不同，却互相绝对同情，自然看不出她们自己还有甚么可检点的地方。最后，娘忠告女儿上识字班、纺织组和在一切开会的场合中，以少说话、持重为第一要紧；女儿则要求娘对些微的小事少生气，反正往后的光景是为小的过……诸如此类，直拉了半夜。

学校里散会时，她们刚刚睡着；人的搅嚷、狗咬和驴叫草的混杂声音，便把她们惊醒来了。一会之后，她们听见王克俭和楞子掀开大门进来，接着楞子的窑门也响了，老汉给驴添了草，才回到窑里。

他一推门进来，老婆便以一种近乎谄媚的殷勤告诉他洋火的所在，并且对他接连两夜都不能睡着够觉表示挂怀，女儿则慨叹着开会的时间之长。

"有甚么大的事务哩？"她笑道，"常这么开吗？我们那里开会，可过半夜时少……"

王克俭一直不吭气，仿佛完全没有听见她们的话，她们还以为他这只是对家人惯有的那种态度：不屑理睬。但当他摸到洋火擦着点灯的时候，一根洋火的火光便给她们映照出他脸上笼罩着愠怒的难看的气色，似乎他刚在村里和谁吵过架回来的。

"你又怎么了？啊？"老婆探问，用疑惑的眼睛盯住他。

他仍不理，皱着眉头点灯，那样子颇像还在脑子里和谁吵架一样。

"哼，你们那里？"点着灯，扔掉了洋火根子，老汉才看了吴家女儿一眼，冷漠地说，"你们那里怕更严紧！谁坐娘家问了婆婆，还要通这组长那个组长知道？你按日期领来的字，我们这里谁给你教？"

"二楞和毛虎嘛，"女儿解释，"他们不会的，你们这里不还有先生？识不会回去不好看，人家都学嘛……"

"甚么不好看？"老婆站在老汉这边，截住女儿。"你坐娘家，这里一扑，那里一碰，叫认也认不得的先生教字好看？烧火煮饭，缝新补烂，识的字有甚用项？"

吴家女儿刚要解释她的无可奈何，便被她爸的话插断了。老汉脱了鞋上炕来坐下，拿烟锅装着烟，看了看前炕和二楞亲热地挤在一块睡熟了的毛虎，说：

"我听你婆婆的口气，就是不想叫这娃娃来，只怕误了你们种谷。"

"看爸爸多心，"女儿不禁失笑起来，"她就是那么个人嘛，我才还没和我妈说了半夜？一句话重重复复说几十遍，本来清清楚楚，说多了也叫人由不得起疑心。我是你，那一天尽是气。"

老婆又接嘴证实着女儿认识的正确：当吴家在毛虎月子里时，因为是开怀养头一个娃娃，她去给她熬汤和婆婆相处过一个时期，知道一点这位堂亲家的脾性。她并且忠告老汉不要把老婆们的话和男子汉的来比，轻易怀疑好的亲戚。女儿转来解释她们村里不是工作办得马虎，而是办得紧凑、干脆；因为乡政府驻在本村，区公署也只隔着二三里路，所以稍微重要一点的"工作"，一开会区乡干部便都来了，特别是那个写字风快的外路人林区长，他讲话没一个不喜欢听的。……

"你们村里开会，区上乡上都不来人？"她最后问，同情地盯视着她爸的一副难看的气色。

她这番话恰恰投合了行政的心思，他苦笑了。仿佛一种沉重的郁闷和苦痛的忧虑压倒了他，他连连地摇着头。

"我们这里胡闹。"他叹息着，开始气愤地拉起开会的情形。

他首先表示灰心的，是连王加扶那么老实的人也耍起"诡计"来了。他们在开会以前暗中布置好，赵德铭一说，一呼百应，只听见他们一帮人的声音，制造好不利于说反对意见的空气时，却来提名问他了。他奇怪头天黑夜村干部中间那种不协调的劲头，不知经过一种甚么不可思议的变化，在这天黑夜竟又是那么和谐一致。他说他实在想不来，存起怎么把他那组说通的，模范对大汉的"拉拢"简直像和谁赌气一样，为了不使他给他们泄气，他甚至当众预约给他借粮，好像他家里倒是很有办法。提起福子和维宝，他直摇头，他们对存恩老汉那是甚么态度？除了老汉具有特殊的"涵养"，他敢断定没有人能够忍受；而最使他心里不平的，则是大家对善人和六老汉不公道的对待。

"甚么民主？"他最后气冲冲地说，"民主是谁爱怎么就怎么，可是我们村里啦？存恩你大爷说话没人听了，六老汉倒站在台上说故事，嘿……"

他冷笑着，气得鼓嘴巴。母女两人随着他的叙述和评论，脑里一个接着一个浮起他所提到的每个人的影子。

"怎么他也成村干部了？"吴家女儿脑里掠过六老汉的影子，十分惋惜似的问。"你们这里怎么弄的，尽选起那么些人？"

"谁选他？"行政轻蔑地耸了耸鼻子，说，"他甚么村干部？

他自家要给村里变工队打钟嘛：'你们好好变工，我打钟都是有劲的；七零八落，我打起钟也没劲了'你看！就像全村都是他的小子一样指教人……"

他学着六老汉喘着气说话的样子，惹得母女两人全笑了。

"太不自量了！"老婆鄙视地评论。

"他把'工作'还认得顶真啊？"女儿问，从被里抽出一只手，拢一拢铺在枕头上的头发，觉得怪好笑。

"可不认得顶真哩！"她娘代替她爸回答，"旧前叫四福堂整得他够苦，眼看王家沟爬不住了；而今，两个儿全在八路军里，老婆老汉坐着吃优待粮，还要你爸派差给他从区上领回来，你爸说他是'红老太爷'，他大概当真是老太爷了……"

"哼哼，"行政又冷笑着，在石炕栏上磕了烟灰，"真是'财主穷了，恶人熊了，穷鬼活成人了'，一点不差！那么个死老汉，一下值钱了，赵德铭还叫他干爹哩……"

他说得她们都忍不住笑了。老婆伸手给他正了正枕头，劝慰说："睡吧，你把你的工作办了管他们！"

"就是，"吴家说，"白日走了几十里路，黑夜又开了半夜会，你不乏困？明儿还要请马家去……"

老汉解着腰带，脑里还在萦绕着六老汉所说的故事，好像这是专说他的一样，使他老不舒服。

"明日不想请去了……"他呐呐说。

"为甚？"母女两人同声惊奇地问，死盯着他。

王克俭不声不响，从敞开的怀里逮住一个虱子，举向锅台上的灯前处置着。他不知道怎么给她们说才好，心里想：看黑夜开会的情形，他不能贸然实行他的计划了；情况与头一夜大不相同，他必须看事行事。但嘴里却只吞吞吐吐应付道：

"把那两坰稻黍耕了再说吧……"

"一准是开会又说了你一顿！"老婆肯定说，"你一回来，我看你气色就不对。谁说你来？"

"说我的毬！"王克俭粗鲁地说，不满地拐了老婆一头。

"那你是怎么了？啊？"老婆的声音也提高了，好像又要吵架，"昨黑儿说的应应验验，过了一天就变卦，你怎么了？我们妇道人家也还拿个主意哩！"

吴家女儿轮番看着娘老子，长长地叹了口气。

"晓得这么，我今儿也不来。"她懊悔地说。

于是她开始详述她自己的情况，听口气似乎她上了一次大当。她原没有料到娘家会突然来请她，清明以后的几天里没有来，她便把希望推到春耕整个完毕以后，过了四月八。那一天是她们那里有名的青云山庙会，婆姨们都把各人柜里最好的衣服穿出来，比赛美一样去赴庙会，青云山附近五七里的，都请远道的女客来，当地的媳妇谁肯在这个时期里坐娘家呢？她出嫁已十几年，毛虎也十一了，每年春天坐娘家，她娘老子都照顾这点，唯独今年例外。恰巧青云山的庙会今年更有特殊意义，早已传开不唱旧戏班子的戏了，代之以延安出发的新剧团，"小旦"都是女同志，没有人怀疑其盛况空前。但她一听她爸说要在两三天内把她们姊妹几个全都请到，她高兴了，为了和她的亲姊妹欢聚，她毅然放弃了自己快活地开一次眼界的绝好机会，并且向婆婆竭力疏通，把毛虎也拉来了，总算没有使她爸失望。

"过了四月八，我这一机布的线子也纺完了。"她丧气地加添着懊悔的原因，说，"几卷棉花拉来拉去，损伤完了，好贵的东西，边区票一斤三百，法币得一千！"

"可不是，"娘帮着腔，不亚于女儿的恳切，"人家也是有公有婆的人，做生活也有个交代吧？"

"那倒不当紧，"吴家女儿声明，表示她倒并不怎么怕公婆，"我也只是想她们，不晓得马家的娃娃奶够吃不够……"

王克俭默无一言，不慌不忙地眨着眼皮，接受着她们委婉曲折的责难和亲切的煽惑。最后他把夹袄脱了，说：

"好吧，不要说了，请……"

但他睡下用手扇熄了灯，把被角填在肩膀底下，脑里便立刻浮起了会场上表决时的情景：胳膊竖得像麻林一样。散会以后，王加扶喜得嘴也闭不住，在村道上追赶上他，仿佛试探一样和他拉话，问他觉着自己和谁们一组合适，这回可以早一点瞅对象。

母女两人见他熄了灯，都不说话，悄悄睡了；她们无非为的是避免打扰了他，以便使他能很快入睡，第二日好再上路。但他却辗转反侧，怎么也睡不着，时刻动弹着，改变手脚胳膊的位置。实在说，这两天疲惫是够疲惫的了，可是他合起眼来，几次强逼着自己不要胡思乱想，都徒然。春天的夜本来是很短的，加上农忙期间人又特别劳苦，所以平时从黑夜睡着到早晨醒来的这段时间，在人的意识里短得仿佛不存在一样。但当一个人被许多复杂的思想困扰着，陷入失眠的苦痛中时，人会奇怪一辈子竟有这么长的时间在意识以外消逝了。

王克俭现在又有点像正月里开始组织变工队时的心情，许多疑问重新涌入他脑里。

他想不透公家为甚么给老百姓添这许多麻烦：区公署的办公处随常像冷清的寺院一样，只留着一两个看门的人，而工作人员却都背着粗蓝布挂包，拖着棍子分头在四乡奔跑，叫受苦人多上粪、多锄草，宣传栽树，一有工夫便溜崖、拍畔、增加耕地。难道这不是多余的吗？哪一个受苦人不懂这些呢？乡政府的门上老挂一把铁锁，窑里的桌椅板凳上到处覆盖着一层灰尘，乡长和乡文书则像讨饭的叫花子一样，一夜换一个睡觉的地方，把人家往地里送的粪，栽活的树，溜的崖，拍的畔，甚至挖的水沟的数目都填到表里去了。而有人要找他们开路条，打介绍，或者说理，却必须逢人打听他们的去向，到处追赶；你追至王庄，又听说他们早到了李村。这像什么公家，甚么衙门哩？

"唉。"他想着，不由自主叹了口气。

"你还没睡着？"老婆奇怪地问。

他没有理她，又翻了一回身，背朝着她们，思想便转到王加扶身上去了，也像正月里一样，他不会放松他，简直仿佛故意和他为难……

"好我的玉成兄弟，"他在脑子里说，"你不要照顾我，我会过日子，照顾你自家吧！看你婆姨操劳的那个样子，你的娃娃们褴褛得和讨吃的一样，你开起会还口口声声丰衣足食。而今稍微有点办法，你不给你的拴儿定亲个媳妇是？①当了劳动英雄，谁家的女子能白送给你？看你忙得！你想怎么哩？……"

想了很一阵，他突然感到屋子里亮了起来，转头一看，月明又照上窗子来了。透过破窗孔，一注一注倾泻在炕上。他看见她们都已睡着，平静而匀称的呼吸很使他羡慕，而他却更睡不着了。……

第二日早晨醒来，他不知他甚么时候睡着的。他醒来已经是饭时了，老婆和吴家女儿又给他做好了请女客的一切准备，他头一天穿过的那一套见人衣裳也摆在炕边，只待他起来一吃早饭，便要起身。

正吃饭间，大门外边狗咬得像旧社会来了讨吃的一样，众人都惊奇地说：这么早能是谁来了呢？王克俭一怔，着了慌。

"农会。"他说，连忙指着炕边的东西，"快送到柜里！"

老婆慌慌张张把见人衣裳和装行李的被包，一拖填进平柜里去，楞子出去一看，来人拿他的长烟锅和张牙舞爪的狗对着阵，防御着自己，已经逐步转移到大门里边一个拐角处的有利阵地了。楞子端着饭碗，一脚踢开了狗，说：

"我当是谁……"

"好狗，好狗……"来的人连声说。

窑里一听，原来是老雄，王克俭无可奈何地摇了摇头。

①陕北口语，意即：你不给你的拴儿定亲个媳妇是怎么呢？"是"比"呢"语气重。

十

这老雄在王家沟的处境是相当孤立的，除过他自己家里和四福堂的灰色院以外，那两只轻脚片从来很少踏进任何旁家的院里过。他眼里自然没有旁人，人家也不眼明他。他即便到桥边的人市上去，也没人理张他，闲人们照常拉他们的闲话，仿佛根本没看见他一样。拿好心的存恩老汉说吧，从来不得罪任何人，不忍看见任何人失望的脸孔，但对他却例外。他有时到人市上装起一锅烟要和善人对火，老汉用烟锅头子和他的对着，却将脸背转他，假装着在听旁人说话。老雄五天走一回正川，他既不驮炭，也不卖粮，只是想到"白地"走走，打听一下榆林那边的消息，看"中央军"甚么时候能"收复"这里，回来时顺便背一两瓶烧酒，或者在脚趾缝、袜筒里和裤腰间私带一点"宁夏土"回来。自从维宝他们抓了他的烟灯以后，众人怀疑他用甚么方法过瘾，难道他真改"抽"为"喝"了吗？"也好，"有些人说，"这么一来，也少把咱边区的钱往白地送。"但不过几天，从他的长工嘴里便传出真确的消息，他竟在黑夜人定以后和他的老婆用铜圆"坐飞机"，受苦人们说："啊呀，他心眼也真不死！"老雄有时家里蹲不住，便出来像那种专门寻觅死娃娃吃的黑嘴鸦一样，孤另另地蹲到大门外边的埝畔上看景致；人看见他在那里噙着他的长杆烟锅，便由不得猜想他又在打甚么坏主意了。

王克俭鄙弃他，时刻注意和他保持着一定的距离，倒还不是从新社会开始的；不过旧前因为给四福堂讨租子的职务关系，表面上还应付得顶好。世事一转变，他的职务也卸脱了，老雄也比以前更没脸了，他当然没有再应付他的必要。当村干部中间有时议论起老雄，王加扶、维宝和福子他们还提防行政走话，看起来倒顶温和；其实行政却比他们还激烈，简直是深恶痛绝了，因为他自认他是个正派人。

　　在王家沟来说，王克俭也算了解老雄底细的一个人。他本是穷家出身，小时他爸和他三个哥哥供他跟白家沟白拔贡（便是现在的白三先生的已故老人）念书，他调皮捣蛋，手掌、屁股和肩胛上挨过白拔贡的戒尺那便不能以数计了，书还是没念到好处。他到绥德州进过三回考场，都未进学，随后只好买了个秀才顶子戴起来。四福堂当时想找个本家掌柜，便请他去写租账；王相仙的爷爷那时还在世，他老人也执法顶严，因为挣着东家的钱，和念书不同，所以他们竟把他管教得老实些了。民国以后，陕北的土财主开化起来，一方面打发子弟务新学，上榆林和西安的洋学堂，一方面兼营商业，便打发王国雄做起生意来了。开头是贩牲口，用口外的马、牛、羊和本地的大黑驴到山西换来外国的板货匹头；随后竟捎带起黑货（鸦片），以至专门闹黑货，其他变成幌子了。生意兴隆起来，老雄便在山西太谷县坐了庄，直到抗战开始，日本人打来，他才再没有过黄河去。据他吹牛说太谷失守的头一天他才仓仓忙忙收拾了一下摊子离开那里，他到汾阳时，炮弹已经跟着落到城上来了。老雄回到村里，沉痛地带着哭相警告村人和亲友：黄河挡不住日本人，河东河西势将同一命运；理由是"中央军"还不行，八路军更没支了。当时八路军才到这里接防，根据老蒋的命令划这五县为边区的警备区，老百姓还拿红军时代来看他们，所以听的人十之八九都相信老雄，接受他的忠告把粮食和贵重衣物掩藏起来了，仓忙娶媳妇嫁女儿的也不在少数。谁知直到现在已经五六年，只是河防吃紧了几回而已。于是村人便议论着：老雄那时说得万分凶险，定是假托情况紧急丢掉了东西，不知他私吞了四福堂多少金钱。都说："老雄唾痰都是空的，话更没听头！"王克俭也相信这一点，反正四福堂家业庞大，那点东西还不抵拔一根汗毛，觉也觉不到。比起老雄，王克俭便太老实了，驮了半辈子租粟，除过应挣的工钱，和租户给他筛一壶酒，巴结地给他装几把瓜子酒枣之外，可以说一干二净；有时遇到穷租户，粮食装起全家掉着眼泪送他起身，他还一路难过着回来。

　　老雄和他不同，他早把自己填肥硕了。好像和他已故的三个哥哥不是一个娘肚皮出来似的；侄儿们现在还穷得和当初一般无二，种着四福堂的地，有一个还和大汉王加明一样靠"马王爷"吃饭；而老雄则在抗战开始时共有二百二十几垧地，新修起一座院，全是硬砌石窑，明五暗四，东西厢窑共六孔，好不堂皇。可惜他听四福堂老财主的话听坏了，那老汉的墨守成规使他上了大当。老财主劝他置地，说这是发家的基础，举出俗话说的，"地是财主的根子，穷汉是财主的孙子"来证明。他并且拿自己的经验，忠告他不要忙买地：一者买地价大，占本钱；典地价小，可以多典几垧，讨几年租粟便可本利相等了。二者受苦人太留恋他们的土地，绝不愿一下卖死，总希望有赎回的可能；而实际他们典出去已等于卖了多一半，几年缴不上租粟，或再加点典价，滚来滚去，你觉得差不多了，便找他们算账，结果拿几个饼子钱便到手了。老雄当时还十分感激这传授的经验，但他没有碰到好时机，新社会先是减租减息，随后来一个清理旧租旧息的"办法"，他的门外地差不多全被赎光了，现在只剩了本村地三四十垧。前些年招福子当伙子，主家伙计闹翻以后，他便雇了长工自己经营起来，决心不再受减租的"闲气"了。他这样做，像王相仙一样不声不响，把气装在肚里也可以；但他却不然；不断地在人前诉苦，不择场合，把他家里一切不顺意的事都和他土地的命运联系起来。长工说："王掌柜，耧子不好使唤了。"他说："凑付吧，早先我使唤这种铧？"老婆说："我累得不行，用上个引娃娃女子吧？"他说："凑付吧，有一个做饭老婆行了，等世事转变过来再说……"要是喝上三壶两壶，那嘴便更敞开了，说话的对象虽是他老婆和几个娃娃，声音一大，村道上的过路人也能听见。

王克俭奇怪有一种甚么力量支持着他，使他毫不掩饰他对新社会的敌对态度，好像他捉着谁的执据一样，世事一定会"转变过来"。清明前几天，王家沟来了一个县上的张同志，调查耕夏田变工中的一些材料，众人都被叫到学校去开会，他当场就和他的侄儿们吵起来了。他的两个长工和他的侄儿们在一组变工，他们掐指头一核算，共节省了十二个人工，他则硬说一个也没有节省，理由是他的长工没有比去年给他多做一点事情，而他的驴倒确实比往年瘦多了。"可惜驴不会说话，"他说，"不能拉进窑里来开会……"他的话先是引起一阵哄笑，随即一致愤怒起来，认为他这话简直是污蔑众人。"你大概和驴在一搭儿开过会……"许多人嚷嚷，里边也有他一个侄儿，他立刻举起他的长烟锅扑过去。"你甚么东西？让儿！"他叫骂道，"我和你老子一娘养的！新社会也不能没家法！"众人有的喝喊，有的推他；他倒回原位，勾着脖颈，噘起胡子声明他再不能和他们变工了，众人数说他，维宝警告他不要太放肆，那位张同志也着实批评了他一顿，临走时说："那么个怪老汉！？要好好教育教育……"王克俭嘴里没张声，心里盘算："你教育吧，天王老子也把他没办法。"他和侄儿们还吵得牛吼一样，旁人更不能挨他，长工年年换人，凡本村人谁饿死也不愿给他干活，外村人有时也半途便拉倒了。行政认为他越是阻碍"工作"，王加扶他们越好团结众人。

然而最使王克俭鄙弃的还是老雄的名声，全村都在议论他的老婆，而他自己似乎还毫不知耻。他那个早年从山西带回来的太谷婊子，很不以一个六十多岁的老汉为满足；据说她甚至没有空放过在老雄家里住过的每个不肯拒绝她的伙子和长工，一个接着一个生。十来年前，她二十多岁，花枝招展的时候，老雄一走东路，她便成了四福堂的老客，王克俭有一回去，竟在王相仙的帐子里发现了她。王克俭怪不好意思，慌忙便要退出门限，而那臭婊子却似乎很荣耀的样子，问他取甚么东西，为甚么又走了呢？三十多岁以后，财主不眼喜她了，她开始不嫌弃地拉起受苦人抓粪的手，据说连福子也曾偷偷地跟着她溜进仓窑里过。村里人时常津津有味地研究哪一个娃娃像谁，而老雄却用父亲的感情亲热地摸他们每个的头，为了减少雇一个引娃娃的支费，他常帮婆姨的忙，有时带着其中的一个或两个出现在白日的会场上。满意地让他（她）们扯他的胡子。"这有甚么毬关系，"有人背地里粗鲁淫亵地说，"这个家具众人使唤也使唤不烂，老雄在太谷城初看中她时，四福堂当初的李掌柜去了，他还请人家去侪过哩！"行政一听见老雄的声音，便想起头天黑夜开会时他一说："儿要自养，谷要自种"，众人便嗤嗤乱笑的情景。

而现在，老雄连声赞叹着"好狗，好狗！"便轻腿轻手溜进窑里来了。王克俭翻起眼来，向他投了一个厌恶的眼色，便仍然埋头吃他的饭。只有老婆和吴家女儿接待他，让他吃饭，吴家并以女客应有的礼数从身后拖出一条毛毡铺在前炕，以免光席巴沾污了客人的好衣裳。老雄便在炕沿毛毡一端的尽头坐下来，一只腿极其自然地搭在另一只腿上。

"我起得迟，早起咽不下饭。"他说。一边将他的长烟锅伸进皮烟袋里，亲热地转向女客，皱起他的足有半寸长的眉毛，又说，"快！旧前你跟你爸到四福堂下院来耍，还是个毛丫头子；嗨，而今拖儿带女，一动就是几口子。吴家你多时来？"

"昨儿嘛。"吴家说，对老雄身上那件黑绒马褂发生了兴趣，小心翼翼地摸了摸，羡慕地说："顶新，四老爷多少钱扯得料子？"

"唉！"老雄丧气地叹息了一声，说，"十来年的陈货了，而今谁缝得起？这新社会穿出来太不相称了，给维宝们看见，光衣裳也认定是个'老顽固'，可是有甚么法子哩？吴家你一年来一半回不晓得，不是旧前的你四老爷了！老婆说：'入乡随乡，入街随街'，家常穿怕人笑话。我说不怕，边区出的土布穿出来倒是好看些，咱买得起？……"

"哈哈，"楞子在脚地大张口失笑了，"怪不得人家都叫你是'奸滑堂'，你和狐子一样嘛！这马褂该值三个土布吧？我这是个新夹袄，不嫌你的旧，咱换！"

他说着，用捉筷子的手抖擞着他的土布夹袄，惹得全都笑了，连行政也没忍得住。她娘笑罢狠狠地瞅了他一眼，她一方面嫌他耍笑得太没分寸，另方面"奸滑堂"是当面说的吗？老雄曾仿照四福堂起了个堂号，叫"三余堂"，因为他家业总还不大，所以没叫开去，反被众人送了一个"奸滑堂"的绰号。但老雄并未因楞子直率而脸红，他吃着烟说：

"值是值几个钱，可是我总要把地产破完才卖估衣哩吧？"

"啊哟，啊哟，看把你可怜的！"楞子并不接受他娘的儆戒，更轻蔑地耸着鼻子，"你伸出一个指头也比我们腰粗，我看你卖地也是装穷。你蹲在家里指使人，我们父子上山背日头，你在我们跟前哭穷没用项。到四福堂哭去吧，比人家你是穷了。"

他说得众人又笑了，二楞和毛虎虽然不明了其中深奥的含意，也饶有兴趣地盯着老雄。只有王克俭不改神色，他一心一意吃饭，似乎急于出发，以摆脱老雄。

"好我的楞子，"老雄用他烟锅的玉嘴比画说，"我还真是爱你们。你们一年比一年发胖，我一年比一年消瘦嘛！你不要看四福堂摊子不小，瘦起来越快！减了租，负担还是比租户重，一根萝卜两头削！不料想地成了害物，想一下往完卖，公家还不让，说要保佃，你说要命不？……"

"好我的老——"楞子抿嘴说，把那个不体面的"雄"字卡在喉咙里。

"你不要在我们跟前告屈！我们一没斗争过你，二没抹你的账，我爸虽当个行政，该没亏负过你吧？把你胸口上的四两红肉拿出来！……"

"吃你的饭！"他爸无情地截住他，拐了他一头，"吃了备驴去！"

"滚饭又填不住他的嘴哩！"他娘给他加添着责难，又瞅了他一眼。

楞子虽不响了，但却并不为耻，满不在乎地笑着，吞了一满口饭嘴嚼着。

"拉闲话有甚么关系？"老雄淡然笑着，企图打破尴尬的空气。

他知道王克俭的一点脾性，说话和态度过分谨慎，时常保证自己不开罪于任何一方面，以免在时世的变化中，给自己招致到损害。老雄从半寸长的眉毛下边瞟着他，又想起王相仙说他有一颗狐子心，却配着一副小鸡肠子，有心没胆。瞟着他，老雄意味深长地抿嘴笑着，直至他们都吃完饭。

毛虎跟二楞到学校参观去了，楞子放下碗筷出去备驴。王克俭用手掌揩了胡子，拿起他的烟锅，准备吃烟。老雄笑着，试探地问：

"你今儿又要出门？"

"唔。"

"请马家去哩？"

"唔。"

"你怎么了？啊？"老雄忍受不了对方的冷淡，着急地抱怨起来，"你总是挨都不挨我，不愿和我拉话，我有狐臭啦？说句心里的话，我盘算咱王家沟只你还是个好人，我才老往你跟前凑哩。我想和你拉谈，你可又老避我……"他嘀咕着，伸出一只手来，瘦长的指头上指甲也养了足有半寸长，他一个接着一个屈起指头说："你看昨黑里的会上，玉成、福子、维宝、存起、招喜、有福，连六老汉在内，都是一个鼻孔出气！人家早在'秘密会'上炮制好了，那些随帮的人也跟着一哇声叫唤。农会还故意叫起名字问你，给众人看你的局促。数胳膊时又把你叫起来了，我看你就不像一村之主，真像是给那些'暗部'们当差的……唉，难啊，你处的这个地位！"

他叹息着，表示极其同情王克俭，仿佛他俩是很要好的知己。看见对方已经装好了烟，连忙把他的长烟锅头子伸向他，给他对火。他使劲吹着烟锅，两腮像吹鼓手吹唢呐似的一涨一缩，两眼珠子却在那半寸长的眉毛底下翻滚着，瞟着行政的脸孔。

"你那眼怎么了？啊？"对着了火，他关切地问，随即诚恳地忠告说："你可操点心，不要学了存高老汉的样！我老婆搁得还有点眼药，你要就打发二楞来拿。"

"我们和赖小子家不同，"行政的老婆插嘴解释，"我们的坟地没说辞，他是硬熬夜熬成那个样子的……"

"唉！"老雄随又叹息说，"旧前你到四福堂说，你这行政是个愁帽，我看而今变成铁帽，快压坏你了。你心里不愿意？还不能不跟'暗部'们的帮！前黑夜听见半夜里满村的狗咬，我心想又开'秘密会'，又有事了；果然，昨黑夜就开大会。你说对不对？"

"哼！"行政冷笑了一声作为回答；他清楚那不是"秘密会"，因为他也去了。但他没有告诉老雄，沉默是最大的轻蔑。

而老雄却以为行政冷笑的是那些"暗部"，他更得意了。

"我说咱们也应该联络联络，"他提议道，"你看这回的种谷和以前的变工还一样吗？一来就猛下，和命令一样，你一个两个又抗不住。我来的意思是，你和存恩拉谈拉谈，听他的人不少，叫他给咱们联络一些人，咱全不参加他们的变工队，不按他们的日期种。你说好不好？"

"你不和存恩老汉说去哩？"行政说，鄙弃地盯着老雄热心的样子。

"我和他说不上话，"老雄惋惜地说，"你不看昨黑夜开会时他顶我那一下？真和老牛一样顽固：他到四福堂去，见我在那里，他还慌慌张张就走了；二财主留他，他连说："我往后再来，我往后再来！"头也不回，就像我是蛇蝎一样，他吃过我的亏……"

王克俭听着，忍不住笑了。

老雄补充道："你和他相好，一说就应……"

"我不说去。"行政摇头拒绝。

"那你是一准参加了？"

"我参加不参加，你也不要管。咱顶好是各管各，又都不是娃娃……"

他还没有说完，老雄大为不满地扭转了身，背朝着他。一会之后，他又转过身来。

"照你这么，那好了；老跟人家跑吧，人家人多势众，团体又结得紧，说甚是甚！"

这时楞子已经备好了驴，饮了水。老婆和吴家女儿把仓皇填进柜里去的物件重新取了出来，催促王克俭起身。他伸展着胳膊，老婆捉着袖子，在脚地帮他穿着走亲戚的衣裳；不一霎时，他似乎已是另一个王克俭了。

老雄鉴赏地看着，沉默了一阵，最后对他灰心地说："你这人真是鼠胆！你怕甚么哩嘛?!二财主还常念你，他说：'我大概连克俭也惹下了吧？他一年不上我的门一回。'你去走一下就成财主的走狗了吗？几辈子和四福堂相好，世事一变就不敢挨了，你摸摸心！"

"没事我不去！"衣冠楚楚的王克俭严正地声明，"公事有他们那组的参议员，我做甚么去哩？我父子有空就往地里钻，能和你们闲人一样串门吗？再说旧前给他们讨租粟，我们也是靠劳苦和心眼好；四福堂总是觉着合算才用我们哩吧？……"

"好，好，给你一说，世上就没人情了！"

老雄说着，一溜下地，起身便走。王克俭到门限跟前，扯住他的袖子，十分恳切地忠告他：

"你往后少到我门上来，咱不是一路人。毛主席蒋委员，我谁也不反对。新社会没吃亏，旧社会也不沾光，不管怎么，我就是好好种我的地。我不愿意叫人家疑惑我反对边区……"

"照你说，我反对，是不是？"老雄简直要冒火了，半寸长的眉毛站起来。

"你不反对？"楞子手里提着驴铃往出走，站住道，"你不反对，王家沟有的学堂，你把你的小子送到正川念书为甚？隔三四十里，比本村还方便？"

"我不和你说！"老雄说着，跷腿出门。

王克俭又去扯住他的袖子。

"你走耳门出去，"他近乎恳求地说，"走大门村里人看见不好，说你到我家里做甚么哩？走耳门一出去就下沟……"

"怕毬！"老雄粗鲁地说着，扬长出去了。

当他出了大门，还未下坡，不知在甚么角落里钻出来的狗，一扑上前追上了他。他的衣着和步态对这乡村里受苦人家的狗，那是太生疏了。它在他周围绕来绕去，寻找着一切可乘之隙，咬他一口，或撕破他的黑衣裳。老雄用他的长烟锅防御着，几乎是一步一步移下坡去的。狗用最大的嗓子一直把他送上大路，才似乎完成了任务，放弃了他转回来。这引起村野里的一切人注意，都掉头看着，觉得饶有兴趣。老雄到大路上还对一个过路的受苦人说：

"王克俭的狗有眼无珠，我常去和行政拉话，它常咬我。行政叫我给它喂点甚么，我喂了，可是白喂了……"

十一

动员集体种谷的村民大会以后，王家沟差不多又恢复了正月里开始组织变工时的情景了。一方面是村干部和王克俭所说的那些"急紧分子"（在老雄眼里则全是"暗部"）们的宣传鼓动；另一方面便是种谷户互相探询着意见，酝酿着合并小组，扩大小组或重新组织。

王加扶们在会后抓紧时机，利用早晨在井边上的聚会和黑夜睡觉以前的工夫，像存恩老汉撮合婚姻一样热心地劝导着，联络着众人。他们不懈怠，不灰心，有一种理想又在鼓舞着他们，那便是村民大会的成功，使他们争取模范的念头重新萌芽起来了，因此越活动越是有劲。他们的热忱使很多面软的人本来不大愿意和旁人并组，因为不好意思也只好同意了；存恩老汉和他周围那些人看见村里愈组织愈多，便抱怨起村干部，说他们变成一些奇奇怪怪的人。"就算成了模范，得上一面旗旗，"曾经提出种小日月谷的王存德老汉说，"它能套起耩子耕地哩？还是能下到锅里吃哩？"老雄则蹲在他硷畔上气愤地说："他们等也等不得共产，共了产全归他们了！"

但无论如何，整个的王家沟已被组织种谷变工队的空气笼罩了，它变成这两天村里所有的人拉谈的题目。有福那组和王加福们合并了，王加诚那组扩大了，增加了三个劳动力。赵德铭在黑板报上报道着这些消息，识字的人看了传给不识字的，然后互相传播，当天便传遍了全村。许多人都开始物色对象，碰到时探讨着对方的口气，观颜察色地看看人家是否愿意和自己合伙。有些人不干脆，还在打听着别人的心事——变不变工或同谁变工，似乎想供自己参考；还有人在和婆姨商量着，甚至还有完全由婆姨拿主意的。

教员在学校里也采取了有效的步骤，他发动学生娃在儿童团里（也包括校外儿童）通过了一个决议，便是谁也不在忙假以前托词请假，或根本不请假便偷偷摸摸跟父兄们去点谷籽。这个措施有力地配合了村干部的活动，娃娃们自然喜欢热闹，还没有学会大人那么自私，所以都兴高采烈地把这决议禀告了家长们，怀着绝大的好奇，憧憬着行将到来的集体种谷的热闹场面，互相保证着对决议的忠实，并且约定：将拿他们集体的力量来对付个别父兄可能的顽固。赵德铭很赞赏儿童们这纯洁的表现，自然也很满意自己到王家沟来短短两个多月的成绩。他把他（她）们领导得顶顺，只要他一吭声，指头一动，立刻得到热烈的响应，连校外儿童也一有空闲，便跑到学校来了。他使每个儿童团员都有了自己的武装——把拴块红布的木刀；都学会了几个歌子；清明以前他还领导学生娃捡了许多谷槎，优待了六老汉们几家抗属。因此赵德铭完全相信他这办法是不会有甚么差的，却不料引起了一些母亲们的不满，在开始的一两天里有好几个婆姨到学校来质问他。

"赵同志，"一个手里拿着倒线木拐子的老婆带着不可掩饰的不满问，"不是点谷籽也不准告假吗？再两天就是我们毛狗外爷的生日，我去他也要去，他外爷还特意捎话来着。我解不开你们这是种甚么办法……"

"唉！真是……"另一个拿着正在纳的鞋底，一进门便叹气，"我们猴娃十二了，后日要到百庙山会上去下锁过关，也不能告假？赵同志？……"

"怪！"有一个婆姨甚至气得脸发青，到学校来大闹特闹，她一点也不害羞地说："谁屄疼谁心疼，猫养的狗不亲！我坐娘家就要引我们铁蛋，他虽说九岁，生日迟，和八岁一样。我看我走时你们能挡住他嘛！……"

赵德铭觉得她们太好笑了，但他又必须和婉地给她们解释这是误会。学生娃也乱杂杂地插上嘴来，他制止着他们多嘴，才使质问者一个一个满意地走了。

总而言之，这几天王家沟不管在村道，井边，山上，窑里，以及桥边的人市上……到处都是在说种谷的事情，形成了一股抗拒不住的巨流。一九四二年冬天以后，这种巨流一股接着一股冲过了无定河流域的乡村已不止一次：减租，反奸，扩军，移民，变工……一股过去了，新的一股以更大的冲击力过来！……

村民大会以后的第二天傍午时分，两个穿粗蓝布制服的公家人，从白家沟顺小河的大路来到王家沟。一个方头大耳，虽穿着政府工作人员的制服，却结着一根受苦人的腰带，看脚步便知这人握镢头跟驴屁股的年头不少，手里捏着一把自卫军的大刀，走路有时还不误他练武。在他身后是一个瘦长身材，手拿一根粗铁丝拧成的棍子的人，轻盈的步调与他的同伴适成对比。这两人便是乡长和乡文书，一人背一个粗蓝布挂包，看起来都是塞得鼓鼓的：整个乡政府的图记、手头用的条例、材料，以及笔墨用具都在里面。他们带着这些东西的原因，是因为他们要在离开乡政府以后，在任何必要的地点可以随处办公，有时甚至在一块路边的石头上给老百姓开路条，打介绍信……

到王家沟，他们先找行政。乡文书在路边一块石头上坐下，又拿出一本"整风文献"读起来；乡长走到一个较高的地点，伸张脖子呐喊了半天，王克俭的老婆才出来。她说行政不在，问她甚时可以回来，她说：得擦黑天；又问她，他到哪里去了，她支支吾吾半天，才吞吞吐吐说：走亲戚去了。两人这才直端走到学校。他们的晌午饭是在学校里吃的，赵德铭给学生娃上最后一节课，所以自己动手做小米干饭，炒山药条，教员把他剩余的几颗鸡蛋也拿出炒得吃了。饭后，凡是学生娃带给话的村干部都陆续来了，只有福子和他那组晌午也是寻饭在地里吃，所以没到；但除过王加扶、维宝和存起之外，六老汉听说"乡政府"（只有他总是这样叫乡长，像众人叫行政、农会一样）到学校里的消息，也拄着棍，喉咙里响着痰赶来了。不管有没有资格，六老汉总要自动列席一切他所能知道和被允许的集会；旧前他懒动，盼死已是王家沟家喻户晓的事，而现在他留恋这个世界，竭力活动着，贪婪地享受着他生命里剩余的最后一霎。他一进窑，众人看见这个戴毡帽的干瘦老汉，全笑问："你做甚么来了？啊？"

"怎么？"他站住，做出准备退出的样子，认真地问，"有妨碍我就走了。"

"走你又何必来哩？""乡政府"亲热地笑道，赵德铭儿子一样孝顺地扶他上了炕。

乡长和乡文书是检查工作来的，他们从乡政府开会的第二天便已下了村，帮助和检查种谷的布置工作，昨天黑夜在白家沟弄了多半夜，睡到快半前晌才起来，起来时村里已没一个受苦人了。在白三先生家里吃了饭，他们便到这王家沟来。王加扶、存起和维宝都忙问白家沟工作的情形，乡长说："他们没大的问题了。"乡文书说："他们最后能达到百分之百。"这使村干部的精神一下子紧张起来，王加扶和存起脸上显出一种着急的神色，互相询问地看着，维宝却并不服气，他脖子一直，粗鲁地说：

"毬！我们的问题也不大了。"

"不大了？"六老汉插嘴说，"我由不得说话，咱村里总是老鼠拉木锨，重头在后边……"

"这往后再说，""乡政府"截住他，"先说你们村里眼下的情形。"

乡文书开始宣布检查工作的程序。关于定期集体种谷在王家沟的布置，他们在做饭和吃饭中间，已和赵德铭约略谈过一下，没有甚么别的意见，有些问题，如教员和农会主任不同的看法，则得等将来总结时再说。

"自然是赵同志的办法好……"王加扶局促地笑道，显出他一贯的谦逊。

"那倒不一定，"说话总像布袋装西瓜，直上直下的乡长说，"看你忙得赶紧认错！这往后再说吧。"

"现在要了解的，"乡文书继续宣布，"是群众的反映，已经组织到甚么程度，然后再看继续努力的办法。"

"先说反映。"乡长道。

"对么。"乡文书点头赞同，展开他的笔记本本，拿出铅笔，笑眯眯地轮番看着村干部，准备着记录。

村干部互相看着，又像谦让，又像不知从何说起。反映是不少的，好的和坏的都有，像以往一切工作布置下来一样，每一张嘴都变成一个舆论机关，甚至最沉默寡言的人也发表一两句意见，这意见便显示着他们的态度。好的反映不必说了，总是那一类话，众人在各种会议已经听得够多。而坏的和本意并非坏而影响很坏的话却是各式各样的，说怪话的人把它们毫不费力地打发出来，而忙于工作的村干部要把它们全记在心里，却是一件困难的事，他们又不识字，不能像赵德铭一样记在本本里。乡文书曾经几次要求他们将听到的反映即时告诉教员，让他记下来，但他们老没有养成这个习惯。存起先把村民会上存恩老汉和老雄的话说了一下，乡长说："这一类话各村都有人说。"

"要人家在背后说的，"乡文书进一步解释说，"当你的面有些人光面子，背后才说真心实话。"

"对！"维宝想起来了，"我收得个'材料'，这是存发老汉给满仓儿说的。"

他一提起王存发的名字，众人便笑皱了脸孔等他说。这老汉便是大会上提出他年年是大闺女点谷籽的那人，维宝学着他说话的姿态甚至声调，仿佛是亲眼见过他说的一样。

"'甚么公家都要管，'老汉说，'我看，哼，怕慢慢连我和我老婆黑夜睡在被里办的事，公家也要定个期哩。'……"

维宝还似乎没有说完，话头便被笑声淹没了，好一阵都没有停止。乡文书和教员甚至笑得拿出手帕擦着眼泪。六老汉一笑起来，你便分不清他是笑还是咳嗽，并且毫无办法遏止。隔着中窑，西窑里自习的学生娃听见，也都好奇地涌到耳门口来了。赵德铭板起面孔摆着手，要他们回去。

"他不是和王加钧都参加王加诚那组了吗？"存起笑罢问。

"参加了他也要说怪话嘛，"维宝说，"你把他的嘴填住？"

"他要不参加，又嫌见了咱们不好意思，"王加扶也加添说，一只手还在给六老汉捶着背，"参加嘛，又嫌人家的娃娃点谷籽要管饭，说不定还要多少酬劳一下，总是不如他银凤点了干净利落。你们又不是不知道存发老汉的为人，还看不透他的心事？"

他说着，众人脑里立刻浮现出一个畏缩、自私而落后的老汉来。年前减租斗争的时候，乡长和乡文书在背后和他说得好好，要他在大会上发言，报告他和四福堂明减暗不减的经过；但到会上一看见王相仙，他却变成了哑巴，连头也不敢抬。等到众人把王相仙斗倒，退租粟的时候，他从四福堂往回背粮，汗流浃背，比谁也快。此后他和人们一拉起话来，便表示非常感激新政府和八路军，比之如父母一般；而到年底拥军大会上需要各人自动报出各人的数目时，他却又拼命往最后边躲，恨不得钻到地缝里去给人看不见，漏掉了他。他赶集时买一个饼子吃，会把卖主所有的饼子都翻遍，掂着每一个的分量，企图挑选最重的一个；卖主劝止他："一样的，一样的。"他不听，直至人家嫌他手脏，宁愿不卖给他也不让他再翻弄为止。

"你们王家沟全照他的样，那甚么工作也不要做了，"乡长最后笑说，"幸好只有一个王存发。"

"还有甚么反映呢？"乡文书继续问。

村干部们又带笑互相询问地看看，都说听到的再没有了。老雄和善人们也可能在背地里说些甚么，只是还没有收集到。

"王加福说甚么呢？"乡文书又提名问。王加福是一个进步的富农，工作人员每回检查工作都特别注意他的表现，常把他的态度作为富农阶层的代表写进工作报告中去。

王加福的老人叫王存亮，绰号"赤脑财主"，因为他甚至在严冬都舍不得戴帽。老汉在世时有百多垧地，雇三个长工，加上自己和儿子加福加禄共六个劳动力受苦；五人种地，一人拦羊。他们扛活总是比长工还重，老汉常告诫儿子们说：自己给自己受苦还不卖力，长工给旁人受苦更不卖力了；而对饭食方面则老是叮嘱婆姨们注意，"受苦的看在锅里，主家看在山里。"这是他的口头话，所以旧前的雇工常愿意给他揽工。虽然如此，老汉咽气以前，加福加禄已经开始破产，将近三分之一土地典给四福堂和老雄了。他们除过几锅旱烟，一无嗜好；破产的原因只是捐款太重，四福堂和老雄要面子，联保处把他们的负担都压在他身上了，衙门和驻军还常敲他的竹杠。为了逃避负担，弟兄分另了，还是没有用。新社会似乎给他服了苏生剂，二三年内便赎回所有的典地，恢复了元气。这家在土地革命时代听到共产党便魂不附体的人，当一九三七年八路军初接防的时候，曾有多少夜都提心吊胆睡不稳觉，随时准备着应付可能落在他们头上的新的灾祸，因为旧前的官兵尚且那样，何况曾经被人叫作"赤匪"的军队呢？但过了不到一年，他们弄清楚了真相：夜里连贼都不必防备了！赎地以后，更变成了公家一切号召的积极响应者。

"王加福说：'是害人的办法公家提不出来！'"农会说道，"加福加禄和两家的长工是四个劳动，另外一家中农有两个劳动，统共六个人原来一组，而今和有福们一并，变成十一个劳动了。他弟兄两家都是一个长工不够，往年种谷就雇短工，今年和有福们一组，短工也不另雇，他们都说好了。"

"好！"乡长说，"谁说贫农和富农不能互助？"

"不能和老雄那号富户互助……"六老汉凑着他的喉咙，低声说，他称一切地主、富农，都叫"富户"。

"你们说起，我也记起了，"维宝接着说，"你们不要又说我专找老雄的岔，我还收得有个'材料'哩。老雄今年正月里打发他小子到正川去念书，还去活动王加福的小子一块去哩。老雄对他说，边区的学堂里不教正经的，白地的才是正正派派的学堂。你猜王加福怎么说？"

"他怎么说？"众人异口同声问，充满了兴趣。

114"王加福说：'哼！我们几辈子都受他们的气，而今他们跑了，还撵上去寻气受哩？你把我们当成那号傻瓜蛋——自家把毽往屁股里放？'"

他这话又惹起一阵嘻嘻哈哈的哄笑。乡长对维宝说：

"你这片嘴也快赶上福子了，尽逗人笑！"说着转向众人："说正话吧，那么你们究竟组织起多少，还有多少没动盘哩？"

王加扶想了一想，用手指核算了一下：除过他们村干部的四个大组之外，新合并和扩大的又是五组，还在酝酿中的有两个小组，看起来这两组要合并很困难，只能看有合适的对象稍稍扩大一下，否则便只好维持耕地时的原状种谷了。他说到这里，存起补充：他听说存恩老汉和他那几家靠近的也在背后商量好了，只是还不宣布，似乎很神秘。他们在最初耕夏田时变过几天工,清明以后翻谷地和耕高粱再没变,你问起他们总是噫噫唔唔,嘴说要变,实际却老不变,大约现在也无非是先商量好看情形才定主意吧。

"要是全村都组织好了,你看吧,他们也会变工种的!"存起最后说。

"行嘛,"乡长道,"对他们这一伙人你不能要求太高,跟着走就行了,不能和你们比。"

王加扶最后结束着他的汇报,说:"那么就是行政和老雄还没见话,老雄的侄儿让儿们那组也没动盘。"

乡长和乡文书很满意,后者收拾起他的铅笔和笔记本本,轻松地用手指梳了梳头发,问乡长他们还有没有必要在王家沟停留一夜,帮助村干部一下呢?

"我看不必了。"乡长直然说,"李家坪的问题不少,那里的农会不是捎了几回话叫咱们快去吗?"

"不行!不行!"村干部齐声嚷着,"剩下净难办的了!"

"不行,"王加扶扯住乡长的袖子,"老雄眼里没我们,行政哩,我叫他这回早些瞅对象,他嘴里噫唔答应,可天天只是请女客,看不透他是甚么心事。我看,还是要你们和他好好拉谈一回看怎样,不是吗?"他转向维宝和存起问。

"对嘛,"存起说,"他们说一句抵咱们说一天。"

"咱们锅小,煮不烂他们的大牛脑!"维宝冷然道,说着又似乎忽然想起似的,神色严重地报告,"我听说咱开大会的第二天一清早,老雄就到行政家里去了,半天才出来,不晓得他们拉了些甚话。"

"你总是抓紧个老雄,"乡长笑道,"我看这两个人没关系,不是一流人嘛!"他说着,询问地看着每一个人。

都点头同意。六老汉说:"你说善人和行政拉甚么私话,哪有人信,说老雄……"他摆着手，加添道："咱王家沟的人，我比你们清底，差不多全在我眼前长大的嘛……"

但维宝站在脚地还是摇着头不同意，他总觉得他们都把人看得太老实了，福子给老雄当过伙子他清楚他是无孔不入的。在这个问题上，维宝和福子的意见完全一致，他两人没有一时一刻放松过对老雄的警惕，老雄到行政家去的事，也是福子告诉他的，可惜他晌午在山里没回来。

"好吧，"乡长又说，开始收拾他的挂包，"我看王克俭和存恩老汉是一样的心事，你们全组织好了，他定会参加，这不像耕地时一样，没驴的说辞了。老雄的话难说？一定说不通，就不管他，爱参加不参加！你说对不对？"他转向乡文书。

"对！"乡文书说，"就是我们说得他参加了，他还是要捣蛋的，这人不能和白三先生比。"

于是，两人背起装得鼓鼓的挂包，给村干部留下一个争取种谷模范的希望，到李家坪去了。

十二

送走乡长、乡文书之后，村干部都跟赵德铭重新回到教员窑里来，只有六老汉跟他们一块走了。他要他们路过到他家去看一下他全福从关中老八团里写来的家信，虽然这信已经由赵德铭念得他听过了。他一提议，众人才豁然明了老汉这回跑来的真正目的原来如此；全福当八路军才几年，已经识了字足以自己动笔写家信了，特别是这封信报告他已由班长荣升副排长，不仅六老汉高兴得更睡不着觉，坐也坐不住，便是王家沟大多数人都觉得是一种荣耀，比四福堂大财主跟杜聿明升旅长还被人谈论得多。在他们看来，王相臣在"中央军"里的官越大，越是王家沟的耻辱。

目送着乡长、乡文书和六老汉伛偻的背影，众人又说得高兴了一阵，王加扶说六老汉走起来脚步都有劲了。存起取笑维宝，说全福还没他大，才是副的；维宝耸着鼻子嫌讥笑他。说笑着回到窑里，赵德铭开始清理着他的桌子，因为他的书籍摆的秩序给乡文书翻乱了。整理好之后，他拿出一本很厚的书摊开，准备在后晌继续读下去。这书是存起赶集时带着他的信从县立图书馆借来的，光看本头分量也不轻，里边的字小得来蚂蚁一样。赵德铭曾告诉过村干部这是一部苏联小说；因为决心在农村里长期熬下去，他的兴趣已由政治理论转移到文艺方面来了。他看的书、写的字和说的话时常得到村干部很多的尊敬和景仰。

"商量一下再看你的书吧？"王加扶亲切地笑道，"完了我们也上地去了。"

"好嘛，"教员说，用一块废纸擦着桌子，"商量吧。"

农会首先提出王克俭参加哪一组合适，因为据他估计，行政的对象是比较难瞅的，一则正月里和天佑闹的笑话已经使人都不大愿和他交往，再则他自己还挑选很是严格，随便甚么人他还看不在眼里；你要他自己瞅对象，他则老是拖延着。众人盘算了一阵，都觉得想不出哪组合适，维宝说他是唯有不变工最合适，说得众人笑了。存起提出也许他和存恩老汉们已经约好了亦未可知，王加扶则说绝无可能。

"他们相好虽相好，"农会说，"可不愿搅在一块。正月里善人就有这个意思，试探行政，行政说：'好兄弟高打墙，亲戚朋友远离乡'①你们看能行吗？"

117
种谷记

①陕北乡谚，意即：大家疏远一点，可免不和。

众人都点头。

"我说你们不必枉费这些心机，"教员明哲地笑道，"你们先听一听他的口风再看吧。还有几组人不够？"

"三组。"王加扶说。

"都哪三组呢？"

"王存喜们一组，来宝们一组，再就是让儿弟兄那组。"

"那还不明白吗？"赵德铭肯定道，"就在这三组里想办法嗳！"

"不行，"王加扶作难地说，"存喜和来宝们，我问过了，全不愿意，让儿弟兄，我盘算老雄要是说好，他还只这步路，旁人没挨他的。老雄一参加，行政就说也不用说，不会愿意的！"

"那么你就先说老雄啦，老雄不行，行政就参加啦……"

众人互相看看，都说也还只有这一个办法。于是王加扶便要求赵德铭和他一块黑夜去找老雄。他并非骇怕他，要一个人去壮胆，只是因为老雄那片嘴是很会说的，歪曲的道理从他嘴里出来都很顺口。而这正是农会的缺点，他即使满身是嘴也说不过老雄，但比之于赵德铭，老雄又见逊色了，有一回在大会上，教员驳得他满脸通红，只能张口却说不出话。当王加扶提出时，赵德铭却连连摇头，声明他不愿到"奸滑堂"去。

"你为甚不去哩？"农会问他。

他开始给他们分析他自己的气质。他说他不愿意看见他讨厌的人，除非不得已，他避免和他说话。革命的同志里边有和他气质不相投的，他还是如此，何况老雄呢？他举出他一个反动舅舅作为例子，说他母亲正月里坐娘家要他送去，他都拒绝了，因为他不能忍受对方的反动论调。

"这是工作，"王加扶进一步要求，"我也是和老雄拉谈不在一块。"

"拉谈不在一块你也得去，"赵德铭教训似的说，"这是你的任务啦。你去和他说，行！就好；不行你就走了。要是你想去和他讲理，那你还不如下沟给那些石头去讲。"

他说得王加扶和存起全认可了，只有维宝似乎并不以教员的态度为然。

"我跟你去，"他告奋勇说，"我不嫌他，狗屎我还拾哩。"

王加扶却又不要他去，因为他去于事毫无补益，只能引起一些无谓的不愉快。说罢，他们便起身上地了。

当他们从门台上搁起各人的镢头，出了大门下着坡道的时候，王加扶发现维宝噘着嘴，显出一副极其难看的脸色。

"你这性气就是大，"王加扶责难道，"不是我瞧不起你，只是你和老雄不能拉话，一拉就没好话。你说你去有甚好处哩？"

"我倒不是逞凶！"维宝喃喃着，开始说明他的真意。

他一路下坡，一路嘀咕着他对赵德铭的不满。他首先指摘教员在这回种谷工作中对他们毫无帮助，几乎好像旁观者一样；他把这个原因判断为：因为他们没有接受他的意见，似乎多少有点赌气不管的嫌疑。特别是教员没有当着众人的面，把他和农会的分歧告诉上面的工作人员，维宝怀疑恐怕教员还不知讲了村干部的甚么缺点。他的结论是念书人总是没有受苦人简单和老实，并且声明他自己并不敢大胆地下这个结论，这是他在分区训练班里学来的。

"他总是拿板弄势，"维宝进一步揭发，"不好好帮助咱们！我在绥德见过大知识分子，啊呀，好客气呀，和我们拉，把我们抬举得呀……"

"抬举了有甚么好哩？"王加扶截住问，"那要咱实际好哩呀！"

他开始批评维宝，说他要求别人总是随心所欲的高，却不注意团结，在村干部里，落后和顽固一点的人们最不满的便是他，有些无所谓的人对他似乎也有意见；他若要不改正，恐怕和教员也团结不好。王加扶说他对赵德铭倒不那么想，相反，他倒觉得很满意。他列举教员把学生娃领导得生气勃勃，以及对识字班、读报组和黑板报的热心，特别着重指出：赵德铭家里不是穷人，并非过不了日子，而他能撇开老娘和年轻媳妇到王家沟来工作，并且和积极分子完全站在一边，王加扶甚至觉得这是应该感激的事情。

"人家说出咱的毛病还不好吗？"他最后问，"乡长们又不是外人！"

"可不是！"存起附和着，帮着腔，无异于间接批评维宝，"人家比咱有能耐啊。"

"人家是咱边区的学堂里毕出业的嗳，"王加扶用更加崇敬的口气说，"那么一本书能念下去，说的还是苏梁的事情……"

"苏联！老哥！"维宝更正道，忍不住笑了。

"我舌头笨，说不成外国话。"王加扶惭愧地笑笑，说，"你看我连你也不如，你还住过一期训练。可是比赵同志，你又差了。唔，分路了，我到黑圪瘩。……"

说着，踥过小河，把鞋脱在山径旁边地毡一样的春草上，王加扶开始爬山。他在山上掉转头，看见存起和维宝边拉谈边顺沟进去了，心里不禁涌起许多感慨。排长在那黑夜的村干部会上和教员站在一边，而现在他却又那么不满意他。王加扶奇怪人真是千般万种，维宝是这样，而福子又是那样。干部里边尚且如此，群众中更是多种多样了。他上着山，好像做梦一样，晌午在学校里谈论到的人一个一个浮现在他脑里：王存发、王加福、行政、存恩老汉、老雄……各人以各人的姿态活动、说话和思想着！王家沟一个村还这样参差不齐，全边区，全中国那便不知要复杂几千万万倍了。王加扶脑里出现了毛主席的圣人一般的影像，他琢磨不到毛主席用甚么方法领导全国；而他自己，他觉得王家沟这么一个小村落都有点拿不下来了。想着，他老是由不得估计黑夜同老雄和行政拉谈的情况。

在黑圪瘩山上和变工组一块掏畔、溜崖，直至太阳又一次向他们告了别，王加扶才和众人一行回到家里。夜饭以后，他刚一站起，婆姨便问：

"你又哪里去哩？啊？你看三拴泻肚泻成甚样子了？眼窝跌在窖里，眼看娃娃只剩口气了……"

说着，沉重地叹了口气，低头悲悯地看着蜷曲在她怀里的三拴——这娃娃泻肚已经三天，软弱地似乎连抓奶头的力气也没有了，哭起来像饿猫一般叫唤着。

"快！二拴，快点火来！女娃寻尿盆去！快！喷喷！"

糟糕，他又泻了。她捉住他的小腿，不让他乱动，以免把那呛人的"稀屎糊糊"到处乱涂开来。

王加扶木愣愣地站着，看见二拴用高粱秆从灶火里点出火来，照亮给他娘打扫屎。王加扶目睹着婆姨的这种狼狈情景，一时没有合适的话说，连他的聋老爸也感到这场面的不愉快。关于三拴的病根，婆姨和他已经争辩得互相都不愿再提了。她认为这毫无疑问是因为他最近接连好多天总是夜深才回来，跟着他混进甚么邪魔野鬼；而他则说她不注意，娃娃受了凉，或者吃东西吃坏了。自然他夫妻两口子是争辩不清楚的。王加扶无可奈何地叹了口气，说：

"谁家的娃娃不害病哩？我留在家里就好了？我又不是先生？……"

"唉！"婆姨悲悯地叹息着，她打扫完毕，失望地瞟了他一眼，把那个软瘪的奶头塞进三拴嘴里，止住了他无力的嗥叫。

她并不希望他治，因为他两人对病根看法不同，治法自然也难一致。她已经瞒着他治过了，只等着看一两天内能否见效：她瞅他上地去的空子，把存恩老汉请来，要他挥动他那龙把麻鞭来念逐鬼的咒语。存恩老汉怕人知道又受政府的批评，并且引起王加扶的不满，死也不来；只是农会的婆姨哀求再三，说他见死不救，还算甚么"善人"，他这才觉得于心不忍，畏首畏尾地来了。他到王加扶的小土窑里，匆匆忙忙做好一切准备，压低了嗓子念着法，也不敢大声喝鬼，麻鞭更不会像旧前似的打得放炮一般响，仓促了事，慌慌张张溜掉了；王加扶婆姨给他端出一升米酬谢，他怎么也不接手。

现在，婆姨希望王加扶的只是他不要再深夜开门，重复得病便好了。赌气是没有用的，她问他还要几夜，"工作"才完了，王加扶说只这一回。

"那你拿上三炷香去，"婆姨终于说，"记得回来时点着！"

王加扶没奈何地叹了口气照办了，才拖着他的沉重的鞋出了大门。神的迷信他还不敢肯定他已打破，鬼他是早不相信了；但他为了"工作"，不得不迁就他的婆姨，她太落后了。

当他走在河沟里的大路上时，他一肚子的气才渐渐散了。王家沟已经呈现着愉快的春夜的情景。王加诚在呐喊着他那个变工组开会，他们的高粱已经耕完，叫众人算账；毛蛋在大声招呼着他领导的识字组快到学校里去。甚么高处有谁在吹管子（芦笛），愉快而尖锐地应和着学校里传来的赵德铭吹箫的柔和声调。某处，有两个年轻人在一递一句唱着新近时兴起来的情歌，一个用压抑的做作的女声唱着：

> 毛主席，要扩兵，
> 亲郎哥哥就报上了名，
> 凤英今年才十九，
> 咱二人没盛够……

而另一个则用原始的粗犷的男声回答：

骑白马，挂洋枪，

三哥哥吃了八路军粮，

有心回家看姑娘，

打日本顾不上……

王加扶听出那后一个唱的人是招喜，声音里充满了生命力，听了使人肃然振奋，不由得感慨道："好后生，只短个媳妇，有个媳妇，黑夜就不乱跑了……"

自言自语着，便直端来到老雄那一门子人住的地带，村人按地形把这里叫作窑湾。老雄新修的宅子在顶东头，同他侄儿们寒伧的小土窑适成对照。王加扶先到西头，准备和让儿弟兄拉个长短，然后再朝老雄上话。他一踏进那几只恶狗的势力范围，立刻便被它们张牙舞爪包围起来，迫使他退到一堆乱石上去。这堆乱石是老雄的侄儿之一旧前趁冬闲从河沟里一块一块背上来的，准备给他行将坍塌的土窑接口；但因抗战爆发，物价工价愈来愈贵，始终没有动工，暂时只用木桩顶着窑口。这些石头摆在这里几年毫无用项，今夜却大大地解救了王加扶。他爬上石堆，把三炷香插在头巾上，捡起一块一块碎石，抛向锐不可当的进攻者。狗主家听见这一番骚动，都连忙出来；他们打开了狗，王加扶才跳下石堆。

"啊啊！"主家之一恍然大悟地说，"我当是谁？农会嘛！"

"快回家吃饭，我们正吃哩……"另一个一手拉住农会，一手还端一碗饭。

第三个则关切地严重指出：农会夜间出来不带一个结实的行具，

是一种不可重复的疏忽。他申言他们不能喂性善的狗，以免一再被他四叔那只"老虎"咬死；那黄狗简直咬得路断行人，胆怯者不敢走他四叔门前过，只得抄绕道；至于旧社会讨吃的人，只要他对自己的安全比一碗剩饭看得更重要，他绝不愿去让它扯破自己的皮肉和不能再烂的衣衫，言下似乎成见颇深地说这怕也是他四叔喂恶狗的诸般原因之一。

这说话的便是让儿，官名叫王存让；他同他四叔的新仇旧恨愈深，便愈靠拢村干部，愈像一个贫农积极分子。一切工作布置下来，他都想混在村干部跟前，说话总是显出他像一个颇有来头的人，仿佛故意向他四叔表示："不要再像我爸初死后那么欺我身单力怯了。"因此种种，他很惹老雄嫌，为了变工的事在会上扑着要打他，恐怕这也是原因之一。老雄早已开始表示怀疑让儿可能变成"暗部"，如果属实，那便真是他们家门不幸而出了"败类"；其实王加扶清楚让儿离那步田地尚远，他嘴太松，能存一肚饭，却存不住一句话，知道一点甚么由不得贩了出去，才得安心，党里头能要这号人吗？

现在，他拉完恶狗的话，比那两个伯叔兄弟更加亲热地拉农会到他家去。

"怎么？"他见对方一概谢绝，惊奇地问，"咱穷汉还嫌穷汉？"

"看你说的甚么话？"王加扶稍微有点不满地说，开始阐明他只要在外面和他们拉几句便行了；一则时间有限，他还要找旁人，再则他清楚他们弟兄都再痛快没有了。

这话使他们全高兴极了，引申了一下他们痛快的程度，又举了两个实例，便叩询对方的来意。

"自从你们上回矛了一回盾，再没同你四叔变工？"王加扶问。

"唔。"他们同声点头答应，都显得严峻而有理，似乎表示无可非议。

"这回集体种谷也不打算和他一块种吗？"

他们全愣住了，互相看着。让儿鄙弃地摆着头，那两个无主见地微笑着。过了一会，其中之一明达地表示赞成农会的提议。

"其实要变也没甚么，"他说，"他又不上地，张二和赵大好人气……"

"就是，"那另一个加添说，"长工和我们打得好交，是主家裂筋才不得到一块嘛！我们门子的人不好，老侄儿不要笑话。"

"看你说的，咱全一样。"王加扶说，转来问让儿："你还是不愿意吗？"

让儿叹了口气，用苦笑表示他愿意。这实在是农会的情面，违反了他的意志便觉得违反了自己的意志一样难过，回去会连觉也睡不着，抱怨自己，甚至抱怨婆姨，虽然她与此事毫无关系。他现在虽勉强同意，但他不得不指出王加扶努力的惨淡前途。

"我看你多一半给他碰回来，"他预计着对方的顽固，说，"我们的人我们还不晓得？你打烂他的脑子，给他塞不进去一句好话！"

"这你不要管！"王加扶笑道，"不行你们又和旁人一组，不一样吗？"

"一样，一样，"他们同声说，"我们谁都一样，变工又不是定亲，要门当户对？"

于是王加扶十分满意地告辞了，他只要朝东一拐便到老雄家里；他们担心他受"老虎"的害，却没一个愿意陪送他到"奸滑堂"去的。让儿热心地找给他一把铁锹，以便自卫；不过有一个条件，他不可忘在那里，否则，他便有损失一把铁锹的危险；因为他自己不愿去取，日子一久他便很难和老雄说清楚那主权是属于谁的了。

"你放心，"王加扶笑道，"我再拿个甚啊？"

说着，他拐了弯，看不见了。

十三

王加扶到"奸滑堂"的时候，饭量很小的主家都已放了碗，只有佣人——长工和做饭老婆还在塞着他们的"穷肚子"。太谷婆姨带她的几个娃娃已经回了中窑，点着灯准备睡觉了。老雄则在当院葡萄架底下的石床上，拿他的玉嘴长杆烟锅吃烟，一边不停止高谈阔论。张二和赵大早已听厌了他这种"高论"，张二蹲在碾盘上，赵大坐在敞开的西厢窑门限上，都默默地专心致志吃饭。只有李老婆是主家有始有终的领教者，她为了向主家证实她是在听着，不时拿永远不变的一切简短的肯定语——唔，就是，可不是，那是不用说的，那自然了等等，来附和老雄千般万种的话题。她觉得她既吃了主家的熟的（饭食），拿了主家的生的（工钱），似乎随时应和主家的话也是她的日常任务之一。她常建议两个长工不可太认真执行新社会主家伙计的关系，而一反几千年为下人者应有的谦卑。她差不多给人家当了半辈子奴仆，早先到四福堂也做过十多年，一件事情在她脑里至今还很新颖——那一年夏天，四福堂大财主王相臣从省城回来，相随来有一个贵客，响午玉成（王加扶那时已经是四福堂的伙子）从地里回来端盘子；他不知是因为天热，还是习惯，赤裸着上身端着酒饭。当时那没有怎样，王相臣只骂了他一顿；等客人走后，大财主捏一根马棒满村追着打他，吓得这李老婆尿了一裤。这时是新社会好多了，要是旧前，老雄那脾性，她认为也够张二和赵大顶戴的了。至于她，则在任何时候都十分谨慎，应和时也只是：唔，就是……而已，多余的话她不说；因为她生怕说错了受主家的碰。

这时王加扶走进大门，警觉性提到最高的程度，不时前后左右顾盼着，以防中了埋伏，遭受"老虎"的意外袭击，因此手里捏着铁锹，随时准备着迎击。但他十分平稳地走进院里了，虽然早过了雄狗追求异性的季节，那"老虎"也不知上哪里夜游去了。王加扶进大门后，就咳嗽了一声以示自己的光明正大；老雄一听，停止了他的"高论"，以为又是他哪一个侄儿来了，否则狗不会不理，所以像静夜的哨兵一样，威严瘆人地喝了一声：

"谁？"

"我嘛！"王加扶说，声调里也不失一个村农会主任应有的严肃。

"啊啊！"老雄恍然大悟，动了动身子却未下石床，说，"农会，你来看个甚？"

"来和你拉几句话。"王加扶说，把铁锹靠石床立在身边，坐下来。

"好嘛，"老雄说，"而今甚么都贵，只是拉话便宜，不点灯，拉一夜不用一个麻钱……"说着，便又悲鸣起来，"唉，不是旧前的王国雄了，玉成！将才还和老婆拉谈了半天，我一月两驮炭还不够烧，钱从哪里来啊？我愁我这群肉疙瘩大了没好日子过着……"

"老婆儿，老婆儿，"中窑里传出太谷婆姨本地和外路口音混杂的叫声，"快寻尿盆来，三娃要尿尿啦！"

李老婆连忙放下饭碗甩着胳膊，比王克俭老婆的还小的一双古时小脚嗦嗦地奔向茅房去了。王加扶目送着李老婆，朝灯光辉耀的中窑一望，心里涌起一股异样的感觉，想起他的正被泻肚蹂躏的三拴，和他的苦于家务的烦恼的婆姨，他对老雄的悲鸣冷笑道：

"怎么？你可怜成这样子，要不要咱乡农会的义仓互济粮救济你一下哩？"

王加扶有意地讥刺他，愤懑地盯着他；那义仓是减租胜利以后，农会从会员的果实中按自愿原则募集起来的，目的在救济有特别需要的会员。

"哈哈，你龟孙子拿我开心？"老雄骂起笑来，以掩饰他因这突然袭击而受的窘迫；随即本能地意味深长地反攻："我也有资格吃互济粮吗？"说着，眼皮在半寸长的眉毛底下狡黠地眨着。

"你给义仓捐了多少？"

"我？"老雄反问着，却把下边的话咽下去了；他心里想：那粮食原来全是四福堂和他的，但他没敢说出口。"好孙子，我捐起粮又不要你说救济了。有事咱回窑去拉……"

王加扶不回窑去，他坐稳了和两个吃完饭的长工亲热地拉话，对火吃烟了。老雄不明农会的来意，希望避开长工去谈，坚持回窑里去。而王加扶则硬要和张二、赵大一块，因为所谈与长工有关。主家不肯退让，当李老婆送罢尿盆转来刚端起饭碗，他便说："把东厢窑里的灯点着再吃！"

李老婆又连忙放下饭碗，甩着胳膊，一双古时小脚嗦嗦地奔向东厢窑去了。

"好吧，"王加扶溜下石床，拿起铁锹说，"你两个也来一块拉谈。"

"对。"张二和赵大欣然答应。

他们四人便随李老婆之后，走向东厢窑去。老雄心里想：坏了，一准又是长工向农会控告了他。但是为甚么呢？工钱按期付了，下期还早；饭食并不坏呀？擦汗的手巾一人一块也给过了，缝汗背心的布更不用说……所有农会里雇工小组的要求，他都满足了，还要怎样呢？他想着，走进窑里悲观厌世地摇着头。

李老婆点着灯，畏缩得老鼠一样退出去了。铜灯放在红油的八仙桌上，主家和客人在两边的太师椅子里分宾主坐定，王加扶在油滑的椅子里感到怪不自在，还不如蹲在脚地习惯；但这不是旧社会，他必须维持他的尊严，不要又惹老雄瞧不起。张二蹲在石板铺的脚地上，赵大刚刚坐在主家早年从东路买回的洋箱上，一屁股压得盖子和框子之间的缝隙处"吱"地响了一声。

"看你！"老雄厌恶地瞅了他一眼，想着他们竟又向农会控告他，便毫不留情面地说："那不是红油大板凳？你屁股虽大，坐不下你？你把我的洋箱压坏……"

"不坐了！"赵大惭愧地摸了摸脖项，也蹲到地下去，"我给你受了几个月苦，进这窑今儿是二一回，还险些闯下个乱子。……"

说得众人都笑了一阵。

"嘴说我是一村的人，进来的也是有数的几回。"王加扶替赵大解着嘲，转眼浏览了一下全窑。

这是老雄的待客窑，专门招待贵客的，但却可以毫不夸张地说：常是无人问津。只有李老婆隔几天拿鸡毛掸子来清理一回油漆器具上的灰尘。王加扶被招待进来，也只是因为老雄估计太谷婆姨已经脱了衣裳，带他进去有男女之妨。窑里的点缀并不丰富，窑掌处是一幅古色古香的镇宅虎，充满了土财主的风味，侧壁是两块装在玻璃镜里的西湖风景，却带着洋气。八仙桌上边的粉壁上倒是琳琅满目，约莫排列着有百把张名片，全是带衔的，大多是老雄请人家吃过饭和送过水礼的山西太谷县警察局、厘金局、特税局，以及商号经理之类的人物。其中有几张红的是贺年片，甚至是请帖，好像这窑又是谁家店铺的柜房一样。八仙桌对面的条桌上，穿衣镜的木框边，插着几个早已失掉时效的，盖有天津、石家庄、太原、汾阳等地邮戳的商业信封。虽则它们早已没有甚么实际用途，但他愿意把它们贴挂起来，在偏僻的陕北农村里还不能说没有一个人羡慕。在这一点意义上来说，这窑又等于老雄个人光荣历史的陈列室，他现在着急的是唯恐等日本打倒，委员长收复这"红地"以后，他已经年老得不堪再出门了。

王加扶转眼一看，禁不住突笑，他想起程区长的话来。区长说老雄贴挂起来只能唬山村里的老杆，稍有见识的会寒伧得禁不住发呕。程区长没有在这窑里睡过觉，它太孤寂得可怕了；只是有一回借这僻静地点写过一回王家沟的工作总结报告，打发人送县上去了。

"你笑甚？"老雄郁闷不乐地说，心想他又要和两个长工吵一顿，催促道："甚么事，快说吧。"

"不大点事，"王加扶说，"你这回种谷不能和你那几个侄儿们变工吗？"

"啊——啊！"老雄一下子放了心，开始大敞开嗓子说："我还说你为甚来的，你不要枉费那个心机，我给你说初九的十(实)话，没事！没事！我不敢挨他们！他们终不是我养的吧？使唤我的驴就像使唤他们自家的一样，可是一点也不心疼！变工是工换工，是不是？农会？是？那好说了，他们给我还工，不是种地，那是盒地！"

"啊呀！"张二说，"老王，王掌柜，人说话要凭良心啦！"

"不多嘴！"老雄制止道，"这个主意我拿着！你们挣了我的工钱，没挣了他们的工钱。"说着，他转向王加扶："你说吧，农会，他们没发财是我害的？富贵荣华要命里有，他们总要嫌我比他们过得强，总想从我身上捏点油水！毯毛上捉虱子吃去吧，我说他们口味不高啊！我养的这群肉疙瘩长大谁疼？……"

"嘿嘿，"王加扶笑道，"你们的家务事咱吃不清。"

"吃不清你就不要打劝我们变工了，我怕遭人命！"

"你不要吹！"王加扶见他放肆的样子，严厉地警告道，"我说新社会没谁敢打人！看守所的犯人还不准打，够条件只是一颗子弹。你是谁？你老几？……"他问住了老雄，然后转向长工们："他们还工真是那么的吗？"

"你教我们怎说哩?"赵大叹了口气,望了望天窗,说,"外面有老天!"

"头疼要扎头,脚疼要扎脚,"张二评论道,"头疼你在脚上下针,白受罪!我说为变工没说辞,旁的咱不晓得。"

"你不晓得我晓得!"老雄接住说,心想他们都是些内应,"我叫你们和谁变工,你们就变!我没说,你们就自家受!这事公家不强迫,不是吗?农会?新社会该是毛主席说了算吧?"

"甚的事?啊?"听见老汉的声音,婆姨担心又出事,也起来了;她掩着怀,故意似的露出一个肥胖的仍然富有弹力的奶头,毫不害羞地走进来,关切地用道地的太谷口音问:"甚的事?黑天半夜,甚的事?"

"没你的事!"老雄说,"睡你的觉去!"

太谷婆姨研究地轮番看了看窑里的每一个人,仿佛示意给谁要跟她去似的眨着眼,折转身子出去了。

"你想和谁变工?"王加扶问。

老雄用他约有半寸长指甲的指头捻了捻胡子,想了想,说:

"行政。我两家人力驴力不差上下,种谷多少也差不多。"

王加扶这才想起维宝的那个"材料",并不是毫无意义的;同时他开始怀疑:说福子和维宝是"左家伙"是否完全正确。现在看起来,他们的论据并非完全没有道理;的确,对新社会的办法有不满的人,他如不转变,弄来弄去,迟早会倒到反动的怀里去的!想着,王加扶很惋惜行政那么一个精明、小心谨慎的人,终于落到老雄们的圈套里去了。

老雄盯着王加扶,竭力想研究出对方的心思。

"和谁变工都一样,"王加扶平淡地,不改神色地说,"你们拉谈过了?"

"说是说了一下,还没备细商量好。"

"我给你们圆成,"王加扶打定了主意,光明磊落地说,"谁都一样,只要咱生产工作做好……"

　　他们又说了几句闲话，王加扶就辞出来了。主家伙计都给他看狗，他也牢记着让儿的铁锹。当开始下坡，出了"老虎"的"防区"以后，他转头请他们回去，特别是向两个受了一天苦的长工，告罪自己耗费了他们急需睡眠的春夜时光。

　　下了河沟，走上大路，王加扶想起程区长的一句话：集体劳动不仅是改变劳动方式，而且改换人的脑筋（思想）。他适才接触的人使他肯定有些人硬要重投一次胎衣，才看能否改造。比较起来，行政比老雄更使王加扶轻视——他有甚么理由投进他们陷阱一般的怀里去呢？他对行政有时惋惜，有时又觉得毫无惋惜的价值：他已经尽了原谅他、团结他和帮助他的一切努力，最后心算全凉了。

　　他站在小河边上，迟疑起来，考虑他还要不要马上去找王克俭。"不去了，"他厌恶地想，"我还不爱见他那副熊样子。"但他往回家的路上走了几步，又转身爬了一节小坡，站在王加福家菜园子畔上了：王克俭家的窗纸上还闪亮着灯光，显示他们还没睡觉。"我为甚不去看一看，听听他的口气哩？"他又自己劝着自己。

　　他捎着让儿的铁锹，沿路人家院里的狗，吠着他沉重的脚步声。他刚一上坡，恰巧王克俭从大门外边的茅房出来，牙咬着裤带，弯腰曲背地拢着裤腰。

　　"还没睡下？"王加扶冷然问。

　　"谁？啊，你。"王克俭探头在黑暗中瞅着，结上裤带说，"婆姨女子都睡了，想叫你回窑里坐一阵，也不方便。"说着便在石墙上坐下来，用下巴指着身边说："坐下来咱拉谈。"

　　"不坐了。"王加扶看见对方有意不要他进窑，更加冰冷了，"种谷变工的对象瞅好了？老哥？"

"这几天没顾上，"行政嘴软地说，"打算三两天里看，反正种谷还不急是？又没定了日期？"

"哼，"王加扶冷然一笑，"你瞒哄谁？你和人家都商量过了。"

"我和谁商量过了？"

"老雄嘛。"

"谁给你说？"

"老雄嘛，这还有错的？"

王克俭从石墙上站起来，狠狠地喘了口气，牙咬得嘣嘣地响，眼珠子好像要迸跳一样圆瞪起来。

"这老驴肏的！"他咬牙切齿说，"尿一泡尿到地上照一照他，看他是谁嘛！我和他一块变工？走！咱两个去问他，走！世上有这种不要脸的人？你等一等，我也去拿上个行具。"

"看你急的！"王加扶由不得笑起来，扯住他的袖子，说，"这又不是了不得的事情！以后慢慢问去，我同你拉几句话走了。"

"哈！"行政还在冒火，想起老雄那早晨走时的情景，重复说，"世上有这种不要脸的人？这还算'人'？"

王加扶这一下算跌进闷葫芦里去了：这究竟是怎么回事呢？看行政愤怒的态度，是没有这回事的了；那么老雄能无风起浪吗？

"怎么？"他莫名其糊涂地问，"他连问也没问过你？"

"我晓也不晓得，"行政着急地说，"旁人不清楚，你老兄弟在四福堂站了那多年，你又不是不清楚我和老雄没缘分？"

"那他那早起上你的门做甚来了哩？"

"那早起？"

"唔。"

"那早起……"

"你说嘛，你怕甚么？你这人我看就这样不好，总是顾前顾后。他不是和你商量变工，找你还有甚么事务哩？你说？"

"嗨！"行政仿佛突然想起了似的，撒谎说，"他来问他的公草的事嘛！你忘了他上回交公草，在草捆里包石头的事了？"

"我记得。"

"县里草站把咱村的收据要回去了，罚下他五百斤干草，交到罚草才给条子。"

"那不是在大会上众人挤出来是他吗？他不是答应了交吗？"

"他又叽咕叽咕，说一定不是他的草里包的，怕还不是咱王家沟草里包的哩。你看他算'人'？啊？"行政说着，展开两只胳膊，煞有介事。

王加扶有点相信了，他也所旁人说过老雄还在叽咕着这事。

"那么，他问你怎哩？"

"他要我到县上去给他查究，我没那个工夫！"

王加扶连连地点着头，想着老雄真不是"人"，他说要和行政变工，说不定还带着笼络他，要他替他办公草的事。

"其实和老雄变工，也没甚关系。"王加扶最后避免着误会，解释道，"他又不上地，就是上地吧，人气不是霍乱，染不到你身上。"

"哼哼，"行政冷笑着，坚决地说，"我？他们叔父子还生风起浪，我去和他吵嘴剥皮！"

农会这才算完全相信了王克俭，恢复了他对他一贯的亲善态度，问他准备和谁变工。行政说他最近几天走亲戚，不知村里组织的情形怎样，要求允许他一两天的时间。农会把组织的情形给他约略介绍了一下，然后问他是自己找对象直接拉谈呢？还是需要他来圆成呢？倘是后者，他准备提出他的建议。

"不要，"行政说，保持着他的自尊，"我不是旁人。"

"那你这回可一定要变工啦！啊？"

"唔……"

十四

农会走后，行政插了大门，沉重地长叹了一声，好像收割季从山里回来，在场里卸下背上的重负一般。村干部会后，他曾决心不准备参加种谷的变工；而在村民大会以后，却又犹豫不决起来；现在，看形势又是非参加不可了。他这一声叹息至少包含着两种感慨——一则是虽说违反他的本意，但终算又下了决心；二则便是老雄太没人气了，他竟使起卑鄙的手段挑拨他和村干部的关系，企图把他弄得不能不和他处在一样的境地！一半是由于心善，不忍心以怨报怨，一半还是由于不愿得罪老雄，以免种下一点仇恨，他没有把老雄企图活动众人一致不参加定期集体种谷的阴谋告诉王加扶。他要是稍稍心硬一点，赌气说出去，那又够老雄受了。王克俭回想起关于公草里夹带石头的案子：县草站在王家沟送的草堆里查出把他找去，一个同志说："谁拿石头喂八路军的牲口呢？"另一个说："反动分子嘛。"王克俭当时就估量一准是老雄干的活计，他回到村里一说，谁也不承认，老雄自然也不承认，众人都嫌不便直言，全同意用票选，老雄连忙反对。"啊呀，"他说，"这能选吗？这不是当干部呀。"于是众人一哇声都说："就是他！"他死不承认，提出长工是证人；长工说他们今年才来，也不知道。一问上年的长工，原来他在上年秋后已经做好鬼了。王克俭一想：把他破坏集体种谷的阴谋暴露出来，和以前种种行为联系起来，老雄的面目便清楚了；但他是死猪不怕开水浇的，而自己何苦惹他的恨呢？

回到窑里，王克俭便上床睡觉——已经是"上床"而不是上炕了；

因为他请来三个女客，又带着一大群娃娃，他们占满了炕还有点挤，更没有他的空子了，在他老婆指点之下，女儿们给他用板凳和门板搭了一个临时床铺在平柜和灶火之间的脚地上。

这窑里除他之外，可以说全高兴极了。母女四人和一大群娃娃挤在一盘炕上，大人们有说有笑，娃娃们又哭又闹。女客们很庆幸她们这回意外的团聚，因为出嫁以后，除非娘家和娘家的近族办红白事，她们是很难遇着这种机会的，尤其是在农忙时节的三月天。王克俭的老婆则更快活，总是用年轻时含情的眼睛看着他，殷勤地拍打他身上的灰尘，使老汉在儿媳妇面前真是局促得很，因为他在眼角里扫见她几次低头抿嘴笑着走过他身边。但老婆不能压抑她的热情，她一视同仁地抚摸每一个大点的外孙的头，亲吻每个小点的外孙的嫩脸蛋，批评女儿把这个娃娃的护脑门头发剪得难看死了，而把那个娃娃的领口做得太小，她看着都不舒服，更何况娃娃穿起来呢？……总而言之，一切天伦之乐都表现了出来，顾不了勾起不勾起楞子媳妇想娘家的心思，老汉从外边进来的灰败情绪，更没有引起她们注意。他上了床脱了衣服，她们便吹了灯。

吹了灯还是不能停止倾吐那些涌上她们喉咙的、说不尽的甜言蜜语。

"妈呀，"那个出嫁才一年的三女儿说，"你们乡上合作社有好铅笔没？我想要一支……"

"你不是有一支吗？"她二姐——马家女儿奇怪地问，"我看见在你包包里嘛！你要多少才够？字识得怎样，架子搭得倒不小，你两只手拿笔？"

"我那一支不好嘛，"三妹辩解说，"木的，常要削，一削就削断了铅，又费又不方便。我见而今时兴了一种红绿杆的，铅条都放在里头，用时头上一拧，自己就出来了，又能插在衣裳兜上……"

"噢噢！"大姐明白了，"你是为俊嘛！你看你的衣裳，一个老百姓媳妇，也缝得穿起人家公家女同志一样的制服，还要插上铅笔，人家是女学生呀……"

"妈呀，"不管怎样，二姐也要求了，"有那号的我也要一支。"

娘半天没张声，她根本反对妇女识字，因为她估计到识字班去，没有一个能学好的。但在感情上，使她们失望，她又于心不忍。这是要花钱的事，她自己常是一文不名，只有老汉才有决定权；而且，老实说，她答应一个，便得准备好满足三个的要求。于是她只模棱地说：

"明儿再看吧，我怕我们乡上合作社也没好的……"

"你们全等明儿再拉谈不行？"老汉在床上突然厌烦地说，声气虽极温和，仿佛恳求一样，但这比正颜厉色熊人一顿还使他们难受。

王克俭请马家的时候，便不大愿去了，而请他的三女——李家去，那已是完全被老婆和吴家马家她们迷弄着，逼迫着。现在，他很后悔，但后悔便要从请吴家后悔起，那便是说他根本不开这个头好了，迟请一天也没事了；而那时他迫不及待，因他急于要实行他的秘密计划。当现在他的计划已经完全破产的时候，他甚至觉到他这行为是可笑的了，简直见不得人。

他这无头无脑突如其来的一句使她们扫兴了，窑里顿时静悄悄起来。他这才翻了翻身，面向平柜背着她们侧睡着。

"妈呀！老鼠！"狗娃惊叫了一声，所有的娃娃立刻全把头蒙到被窝里头。

"悄悄睡你的觉！"马家熊着她小子，"甚么老鼠？那是你外爷翻身床响哩！"

于是娃娃们又嗤嗤地在被窝里笑了一阵，大人们却仍然静悄悄的；

她们已经分受着王克俭的郁闷,不知到甚么时光才全怀着一颗沉甸甸的心睡着了。

第二天早晨,老汉起得很早,鸡刚叫便给驴喂草,接着上料。天不亮,便叫楞子媳妇起来做饭,吃过饭他要和楞子去耕那两坰剩下来的高粱。他一早晨预备着高粱籽、耕子和耙,一声不响,脸上没一点先前的笑容,好像和谁赌气一样。老婆老跟着他,问着他不高兴的原因。

他在空窑里装高粱籽的时候,老婆站在他跟前问:"你怎哩?啊?"他没张声。他到草房口去收拾耩子,老婆还是跟着,问:"你怎哩?你说嘛!"他还是没张声。到最后老婆似乎忍受不了,不得不将猜测的话说了出来。

"你真是太小气了,"她说,惋惜地叹着气,又咂着嘴,"都是你养的,几支铅笔能值多少?花几个钱也没花到旁处;再说你不给买也可以,好说嘛,何必一下现的脸上?"

王克俭听了,猛一转身愤愤地朝向她,好像要打她的样子,使她冷不防退后了两步。老汉却只瞅了她一眼,又转身继续用斧子楔着一个活动起来的耙齿。楔完以后,他才告诉老婆:昨儿黑夜农会来找他,老雄对他使了坏心眼,以及他非参加种谷变工不可的情形。

"你真是妖精!"最后他咬牙切齿说,"谁同你们婆姨们一样小气?"

老婆对他这申斥并不见怪,也不生气。她笑了,连忙回去向女儿们解释她们是误会,老汉心里完全是另一回事。原来农会和老汉在外边拉了半天话,他们因为说笑哭闹,既没有听见,也没有感觉到老汉出去的很长时间。几个女儿都恍然大悟,立刻恢复了愉快,只有王克俭一个还是郁闷不乐……

快要吃早饭的时候存恩老汉来了。他早晨总是天不亮起来,在村野里绕来绕去拾狗粪,村道上碰见楞子担最后一回水,问知行政在家里之后，他跟他来了。把粪筐和小铁锹放在大门外边，善人带着一副和祥的笑容走进窑里，受到了全家人欢喜的接待。他刚坐在炕沿上，王克俭的老婆便请他替她一个小外孙——马家新添的小子掐一掐甚么命。

"属甚的？几月几日生？"善人伸出他的右手，做出准备掐算的样子，问。

"属虎的，"马家说，"正月十三生日。"

"甚时分养的？"

"鸡叫了，你说那是甚时分哩？"

"卯时生。"存恩老汉说，立刻熟练地用拇指依次数着其余四个指头靠边的关节，嘴里默念着"甲子乙丑海中水，丙寅丁卯炉中火"。不大一会，他笑着宣布道："金木水火土，土生万物，这娃娃是土命，好命。"

他说得全高兴了，毛虎和狗娃一人攀住他一个肩膀，问："老外爷怎么学的，我们先生怎不会掐哩？"吴家李家也提出她们的要求，王克俭制止了她们。

"再没个做上的了？"他说，"他来我们拉几句正话，你们尽搅！"说着，便转向存恩老汉，问："我听农会说，大叔们那组种谷也准备变工哩？"

"怎么他就晓得了？"善人惊讶起来，随即慨叹道，"古人说得对：有志者，事竟成！他们钻头觅缝办，没办不成的事。人家全变，我们几家不变还像话？随潮流走嘛……"

王克俭听了，深长地喘了口气——这毕竟是事实了。

"你哩？克俭？"善人关怀地问。

"不能提，"行政说，"弯子绕大了。"

咽了口唾沫，他开始告诉他近几天弯弯曲曲的经过。他对善人是无所不谈的，因为他知道老汉口牢，一切关于旁人的隐私机密，传到他耳朵里便是终点。王克俭把他的秘密计划和这计划的破产全告诉了他，并且把老雄的阴谋诡计用非常轻鄙和愤激的口吻谈叙了一遍，最后等待批评似的盯着对方。

"你不对，"存恩老汉不客气地直言，"你不对！他不找我来说哩？你惹不起他，避不了他？不理他！我早没给你说过？他心坏，不能挨。"

"你不挨他，他挨你……"

"那总是他看见能挨你！他不挨我哩？"

"你不办工作，我当行政……"

"你和他光谈公事，他朝你说反对边区的话，你叫他离开你说去嘛！"

"那还不是惹下他了？"

存恩老汉不以为然地头一抹，然后转过来才说："你怎么糊涂起来了？不听他的话也是惹他？维宝、福子他们才是惹他哩！"

王克俭脑里浮起了维宝和招喜们抓老雄的烟灯，福子在大会上斗争老雄的情景。

"对，"他说，"大叔的话对。"

正说话间，楞子媳妇端上来家匙盘子，在她的后边，楞子捧了一大盆热饭，因为烫手，咬牙挤眼匆匆忙忙放到炕沿上，嘴里不停地啡啡吹着，存恩老汉见端上饭来，连忙溜下脚地，说他走了。

"你怎么？"王克俭过来扯住他的袖子，"哪里吃了不一样？"

"我家里的饭也现成了。"存恩老汉说着，使劲挣脱他的胳膊。

"我还和你有话拉嘛……"行政讷讷着，失望似的看着他出门。

"有话往后慢慢拉。"存恩老汉在院子里说。

行政送他出了大门，一边还埋怨着他太认真了；他则说行政添了那么多端碗的人，他更不好意思吃他了。

一手提着粪筐，一手捏着小铁锹，下了几步坡，存恩老汉忽然像丢下甚么似的，又返转上来说："随潮流走，克俭！这回种谷你要变工，我听见村里人全说你的不是……"

"变工，"王克俭感激地说，"一准变工……"

说着，回到窑里吃了饭，便上地去耕高粱。王克俭到地里真是说不出的晦气！村里大部分都已结束了这一样安种，山里无论变工或不变工的，已经看不见几处耕高粱的了。清明时节下过一场饱雨，到现在已经二十多天了，从铧边上翻起来的土已经远非前些天那么松软，驴拉着耧子每到地头，都需要站住喘半天气，才能够折转来再耕。王克俭看着驴的大肚子，心里为那里边的骡驹子担着很大的忧；而转头一看耕过的地里，土疙瘩骷髅一样排列在每一条犁沟边上，最大的楞子高举起镢头，像敲打石头一样才能够打碎。王克俭发现迟耕三天，人和牲口便受了这样大的罪，额外支出了多少汗水，感到他吃了自己的大亏；假使这一两天之内，南风刮来了一场好雨，他便免不了手忙脚乱，不知做甚么是好了。

晌午从地里回来，照旧是晌午已过的时分，他在河沟里碰到了王加扶，后者和拴儿两人已是吃过晌午饭上地去了。他们的变工组已经暂时分散，各人做着各人的零碎：修水坝、浇菜园、搋山药粪和修山地的水沟……

"克俭哥，"农会笑问，"你变工的事，怎着哩？"

"一准变，"王克俭说，显出十分的诚恳，"这回你兄弟放心。"

他这异乎寻常的诚恳得到对方前所未有的好感，王加扶凑到他跟前去，喜出望外地问：

"你和谁们变哩？"

"你兄弟说我和谁们变合适？"行政更加融洽地征求着意见，用期待的眼光盯住他。

王加扶告诉他大部分变工组都合并的合并了，扩大的扩大了，只有王存喜、王加谟和让儿弟兄那三组还是原盘没动。前两组很少增加人的希望，他已经说过几回，提出过很多人，他们都不同意，说他们不管种谷不种谷，一年到头只是他们的原人手，增加旁人恐怕便要连他们原来的小组都要受影响，所以还是不如维持旧状好。此外，王加扶说只有让儿弟兄那组是谁来欢迎谁。他提议王存喜和王加谟他们，行政连问也不要去问，不可能。

"你暂时参加让儿们那组，要是不合适，等到锄苗子的时光，咱再调动。你看怎着哩？"农会问，盯着王克俭从地里回来满蒙尘土，只露着两颗眼珠子的面孔。

一个意念一闪涌现在王克俭脑里：王加扶不相信他了，他似乎在有意试验他。在行政看来，老雄不好，他们弟兄也不是好样，让儿那片嘴要不是肉的，恐怕早已磨完了。而且老雄要和他变工，不管真假，总算有那个意思；他不仅不答应，反而和老雄的敌对者弄到一起去了，这不是他为人的态度。他深为不满地瞟了王加扶一眼，说：

"哼！'人不离种子，羊毛不离笼子'，一种八代！和他们叔叔还吵嘴剥皮，和我能弄好吗？你说？"

"你又是这话，"农会苦笑道，"谁你也不对劲，你究竟算有变工的心事哩没？"

"变！"行政的火劲也上来了，"一准变！和谁们一组，今黑夜见话。"

为了和农会争一口气，行政吃过晌午饭让楞子先上地去打土疙瘩，自己且揣着镢头去找王存喜和王加谟，他不相信他父子两个参加不进去他们的小组。存喜在困难之中曾借过他二斗黑豆和一斗小米，五月借到直至秋收之后才还；王加谟除过同族，多少还沾点亲：他老婆娘家的外甥女儿是王加谟婆姨娘家的媳妇。他揣着一把镢头在村道上逢人打听这两人的去向，终于逐一都找到了他们。

"唉！"存喜停止了用铁锹清理水濠，叹了口气，说，"人是不多，一组才四五个，可是全不愿意人多。农会给我也说你来着，我和众人拉谈，全不愿意，说多了反弄不好，我们不指望争模范，只要好好变到底就好。你叫我和他们怎说哩？我倒没甚么，你来了越好嘛……"

"都谁不愿意哩？"

"嗯……"存喜在脖项里摸了一把说，"全不愿意。你老侄儿有屁股没挨打处？指苦还找不到对象？何苦和他们扯筋……"

他说得行政满肚子起火，说了一声"好吧"，扭头便走了，心里想："你再朝我借粮食来！"他走到前沟里去找王加谟，他听说王加谟在他菜园子下边的池坝里，捞着消冰以后沤进去的麻秆。他找到他，立刻说明他的意思。

"啧，难说！"王加谟深为惋惜似的呲着嘴道，"农会提过，我给众人说过不止一回，怎么也不行，光愿意和我们门子里的几家变工。'来宝，'他们叫我的小名，'就咱几家一年到头铁锤也打不烂。'不是说你人不对劲，是我们的人手太不出展了。有一场好雨马上种谷，我看你快找旁的哪组少人的参加吧，我不信抱一颗猪头，还找不到庙门，你父子好手把呀……"

王克俭这算碰到底了。他奇怪人都变得对他这么无情滑头，难道仅仅为了和天佑变工没弄好，便把他的名声坏到这步田地吗？他突然发现他仿佛不是王家沟的，仿佛是外村人一样孤独和生疏。原来王加扶对他并非不老实，他不要他去问还是怕伤他的情面。现在，农会这一片赤诚使他像感激善人一样感激王加扶。虽说没有老雄富实，但王加扶这人的成色却比老雄强十分，他决心接受他的意见，暂时参加让儿们那组，等种谷以后再说。他不能也不忍再食言了……

当晚从地里回来，他叫楞子去告诉农会；楞子噘着嘴和他争论着，不愿意和让儿弟兄们一组；他拿出父亲的威严命令他服从了。

王家沟村子不大，有一点值得传播的消息，立刻传遍了全村；特别是有了黑板报以后，有时简直和全中国全世界都有了联系，甚至苏联在黑海边上打了个大胜仗的消息，赵德铭也把它写上去，引起众人的询问和议论。行政终于参加了变工，更不用说，都说王家沟这才团结起来了，准备向模范村前进，弄来弄去，只有老雄一个人没有参加变工。

不管动机如何，老雄总是那黑板报的最经常的读者之一，他不忙，所以随常抱着一个牵着一个娃娃，拖着踏倒后跟的鞋去看写出了新的消息没有。王克俭参加变工队的第二天晌午，他和楞子从地里回来，刚好老雄竟然又在行政的菜园子里蹲下去割韭菜，准备晌午炒鸡蛋，下烧酒。楞子好火，说："他园子里的韭菜吃完，又吃咱的，不是欺负人？"便要干涉，行政不让。老雄听见园子下边的路上人和驴走动的声音，便站起来，他们已经走过去了。他朝他们的背影喊道：

"行政！行政！那不是行政？……"

他们接受着存恩老汉的忠告，装没听见照直走了，只听见老雄在背后哈哈大笑，嘲笑说："你和我们那几个忤逆子变工？啊？"

他说着，他们已经转了弯，一个从崖畔一直伸到河边的山嘴隔开了他们，王克俭感到好像摆脱了跟在屁股后边的一个鬼——他和老雄已经是处在阴阳两界的人了。

十五

三月二十四，王家沟接到乡政府一封信，要教员和村干部火速将组织起来的数目统计一下，即日送去，以便向区公署汇报。信里还附有一张复写的表格，项目很繁杂，需要的材料十分广泛——组数、组长姓名、组员户数和人数、共种谷的垧数，新组织的呢还是原有的小组，倘是原有的，新参加了几户几人，最后，在备考一项里，还须注明各组的阶级成分——富、中、贫农各几户……

　　信是六老汉刚打过做晌午饭的钟不大一会，送到学校的。赵德铭一看，又发了愁。在年来的减租、生产和文教运动中，表格像雪片似的发来，把他填过的统统积存起来，怕早够他背一背了。一切调查统计的材料都是要求得那么详尽具体，而老百姓对填表又是那么冷淡马虎，他要做到正确可靠，有时真是作难。譬如：有一回填植树的表，他问："你栽活了几卜？"回答是："七八卜。""究竟是七卜还是八卜""你看着写吧，我看有两三卜要死不活的样子，到头也只能活四五卜。……"你叫他怎么填呢？现在他一看表格，又不是他和王加扶两人的工作，说不定还要户长们都来，因为谷地的垧数需要各户的加起来。不等放学，赵德铭便打发二拴去叫他爸来商量。

　　二拴回到家里，他爸刚刚从桃花镇买药回来。他带回四包药面，都是卫生合作社买来的，其中一包是泻药，用以清洗三拴坏了的肠胃。根据医生同志的嘱咐，吃泻药时应该多给娃娃饮些水，泻过几回，再服那三包补药。医生同志听了王加扶叙述的病状，深为惋惜他求医过迟，他向他说明各种痢疾的演变及其危险性，唤起他对儿子病势的严重注意，因为照他说的情形，它似乎已经带着点脓了。王加扶莫名其妙，娃娃已经泻了多少日子，为甚么还服泻药呢？医生同志拿各种例子来使他明了倘若肠胃里存留着坏东西，你吃一万服补药也白费；正如不实行减租，地主还剥削他们，他们再怎么劳动互助、集体生产也都是白干。这一下，王加扶明白了道理，好像得了甚么道一样，高高兴兴跑了回来。他给婆姨一说，又完全丧了气：她连听也懒得听他那一套。她只伸上鼻子嗅了嗅，便苦皱了脸孔，一口又一口往脚地唾口水，连声说："快拿远点，快拿远点。"没有办法，王加扶只好说这药不是从提药包走四乡的野医生手里买来，而是公家的药房里卖的；公家开这药房全是为了破除迷信，为老百姓治病，不是为了赚钱，才开到这偏僻的乡镇子上来。

"难道你说咱公家能骗人吗？"王加扶和善地问。

"不管公家婆家，"婆姨吟咕道，"我没见过这催命的怪方子。"

于是，两口子又吵了起来。王加扶最后声明：往后三拴的病势不管好坏，她再不能怨他只顾工作，不管娃娃的死活了。正说话间，二拴跑进小土窑里。

"爸爸，乡政府来了紧信，先生叫你快去哩。"

王加扶正要走时，婆姨一屁股坐在灶火跟前拉风箱，嘴里用要哭的声气嗟叹着反话："我顽固，我昧良心，我心里有鬼，我害我养的娃娃……"一边扯住袖口揩眼泪。因为忙乱，她已经好多日子不梳头了；头发像蓬蒿一样，发髻掉在脊背上随着拉风箱的姿势摆动着。

二拴和女娃沮丧地眨着眼皮，感受着这土窑里的不和气氛。王加扶又叹气又摇头，提着他的烟锅走了。聋老汉在院里晒太阳，脱得赤裸着上身捉虱子。儿子出去时，他悠然抬起苍白的头，望了一眼又低下去。

"唉，"王加扶在村道上边走边叹息，自言自语说，"她不通理，她不信人，她信鬼，她……"

他对她心冷意凝。走着，他由不得想起有一回区委组织科长到村里来，党的小组检讨会上众同志对他的批评。谈到他的缺点，他们想了半天，觉得都好，只是：第一婆姨落后，他"工作"起来扯他的腿；

第二他老人老，娃娃们小，吃饭嘴多，做事手少。他们说得组织科长大笑了一阵，说这种情形他还极极工作，正是他的优点。王加扶奇怪这算甚么"优点"呢？他认为他们算把他批评到骨子里去了；他这些缺点比维宝的脾性和福子的嘴残还难以克服，因为不能由他自己。现在，和婆姨"矛盾"了半天之后，他走着又给自己加上一个缺点：就是他心太软了，不忍打他的婆姨，一看见那一帮娃娃，想起家里那么多事务，他的火性便自消自灭了；可是他始终认为：当和婆姨说不通理的时候，打她几下还是必要的，而他连这一点也办不到……

带着对自己境遇的十分不满，王加扶走进学校院里，笨重的鞋在坚硬的地上拖出沉重的脚步声。

"你来了。"教员见他一进门，立刻拿起表格，说，"又来了表！"

"甚么表？"

"种谷变工队的统计表，"赵德铭说，愁苦地嘀咕起来，"今儿来信今儿就要，你说就算不要调查，也要填得及啊！他们是只管自己方便，不知道旁人作难；我看他们自己下来，也不见得眨眼工夫就现成。我补抄行政弄丢了的那些农户计划时，听说有很多不按正月里的计划种了，你说点灯熬油费纸张，订得这农户计划有甚用？"他说着，把农户计划本子从抽屉里拖出来，放在桌子上，用指头指着，好像这事情王加扶要负责一样，说："你计划得好，老百姓没这个习惯嘛！现在要调查谷地的垧数，短不了召集各户长。今后晌召集吧，唉，你叫六老汉把钟打烂，也叫不全人！顶早也要等天黑，有三家两家不在家，你还不要等回来往上补？你说怎么赶急啊？……"

王加扶从教员的表情和动作上，也看得出他是很着急了，话里包含着无限感慨。他知道他的脾气，一着急便对一切不满。有一次他甚至说工作是越到下边越难办——边区政府、专员公署、县政府、区公署、乡政府……一层层像屋瓦一样盖下来，谁在村里工作谁就衬底。他们一级一级发命令、决定、指示……一张纸下来众人都忙。按他想来，边区政府关于全边区的统计表格一样一样，一季一季，怕不下千万种；但他怀疑他们知道他填表不易。王加扶曾给他解释：恐怕是越往上边事务越多，关系越大，因此便越难办。赵德铭摇头，说县以上一天尽开会。现在，王加扶看见他着急的样子，便由不得笑了。

"表上都要些甚么哩？"王加扶握镢头的硬手笨拙地捉住表格，虽然不识字，也在仔细看着。

赵德铭从他手里拿过表格来，逐项讲解着内容，说明着它们的难易。最后，他奇怪这不是总结报告，何必要这么详细呢？

"再说，你们各组的人手全定意了？"他转脸向王加扶问。

"定意了。"农会高兴地说，提起这个，他高兴地连他的"缺点"都忘记了。"这回弄得好，照乡政府的意思办到了。"他说着，笑眯眯地把烟锅插进烟布袋里，"这表全不难，光我一个也能说大半，不跟计划走，翻过的谷地人看见哩吧？把几个村干部叫全，眨眼工夫就是！你放心，只管你摇你的笔杆……"

"说得容易，"赵德铭说，"光统计总数也要半天，我今后晌还给妇女班教字。"

"叫行政来给咱打算盘，误不了你的工作。"

说得赵德铭怪不好意思地笑了，说农会真是王家沟的一张活表。王加扶说这不怪他，因为他在学校少出去；问学生娃的情形，他又不如他了。说着，吃着一锅烟，农会走了；教员用一块破布擦了手上的粉笔面，去宣布放学，并且要学生娃带话给村干部。

晌午以后，学生娃上学来的时候，窑檐下边门台上又立了几把镢头和铁锹。这一回村干部全比农会来得早，连行政也一样，都很高兴，窑里说说笑笑，敞开的天窗口一股一股飘逸出旱烟的烟来。

村干部拉谈的是：王家沟的又一次全村大团结。最明显的是行政也参加变工了，其余的更不用说。存起说那两个为一块沟滩地争吵的王加盛和铁箍也搭起话来了，两家的婆姨又在一块纺线线，铁箍媳妇叫王加盛家"嫂嫂。"王加盛家亲昵地说："唔，你说嘛！"行政笑说婆姨们和娃娃们都是"狗脸亲家"，一会儿相咬得两嘴都是毛，一会儿又相好了，互相在身上乱嗅。说得众人全笑了。

村干部的团结便象征着全村的团结。行政以前一开会便只是吃烟，一句话也不说；众人都说他平时忙得顾不上吃，开起会才补，嘴巴鼻孔都变成饭馆的烟筒，不住气地冒烟，烟锅是连木杆子都发热。而现在他也说话了，似乎和众人已经在精神上相通了。众人也对他特别亲热，好像他们之间曾有过很伤感情的误会，而现在解释清楚了一样。受苦人一相好，方式也是很朴质的，特别是维宝和福子，因一度错看了他和老雄的关系，显得很对不住的样子。此外，他们的亲热还有一个不言而喻的目的，便是想把他永远巩固在变工队里。行政因为近来心情不好，这两天苦又重，烧烂了嘴唇，并且还不断地淌鼻血，一个鼻孔上老塞着一块小土疙瘩。"残"福子和他是祖孙辈，按陕北的乡俗是可以随便骂笑的，他用一种非常关怀的态度问：

"大爷，你请女客，你亲家都给你吃了些甚？火大了啊！"

"全是庄户人，有甚么山珍海味？"行政局促地说，想起他不体面的行为，心里是说不出的难过。

"要不就是和婆姨们一样；一月一回，定规的……"

行政拿他的烟锅，牙咬着下嘴唇，狠狠地朝福子膝盖上敲了一记，然后羞赧地笑了。

虽然这逗笑也是亲热的表现，因为倘若福子还是不高兴他，便不

149

种谷记

会和他说话；但存起和维宝不满地瞅着他，制止他，说他嘴残得连开玩笑人都受不了。赵德铭则无论如何忍不住笑，强制自己闭着嘴，不一会又把脸抹开嗤嗤笑脱了。

农会熟悉的脚步声在院里响起来，听见门台上放下镢头的响声，他便进窑了。他一来便表示抱歉，因为他和婆姨又论了半天永远论不清的理，来迟了。说：你不和她论吧，她又不放松你，老缠你。说着，奇怪众人为甚么不先将知道的，本人的小组填起来，而等着他呢？

"赵同志忙啊！"他说。

"众人说要先填你那组，"教员说，"你们是头儿嘛。"

"那就填吧。"农会说着，上炕蹲在炕栏上。

他那组很快填了，因为他熟悉得和他自己家里的事一样。接着，一组一组，一项一项填下去。众人点着各组各家的谷地和垧数，王克俭熟练地拨弄着算盘珠子，嘴里由不得七垧，八垧半，五垧，九垧……念着数——以前给四福堂讨租粟打熟了算盘的手，现在为穷租户们领导的变工队服务着。

当填到行政和让儿弟兄们那组时，赵德铭问：

"组长是谁呢？"

"你们还没选一下？"农会转向行政问。

"那还要问？"行政说，惊奇地翻起眼皮，"自然是让儿。"

"我听说你两个相推，"存起照实报告，"让儿说你，你说让儿。不是吗？"

"不用说也是你行政了，"排长嚷着，"自家是村干部，一春天都没变工，这该要起点作用了吧？"

他说得那么有理，似乎这是无可推诿的事了。王加扶同意地笑着，赵德铭狡黠地给众人使着眼色，亲热地拍了拍行政的肩膀，说：

"写上了，啊！"说着就动笔。

行政连忙伸出一只被耕把磨硬了的手掌，按住了表格；因为动作的急促，几乎把表格都扯烂。他一手按住以后，一手才在炕上划道道，一条一条讲道理。

"慢写！"他说，引用着成语，"'千尺有头，百尺有尾'，一来人家变了一春天，我们父子刚参了加，好领带人家？二来我两手人，人家三手人，组长能轮到我头上吗？"

他说得声音虽不大，似乎更加有理。

"我再提个意见，"维宝答辩道，学着行政的语法，"'干部带头，领导穷众'，一来这不是上茅房，讲究先来后到，二来不是支差，抽人多的出来。你算早先得过'好庄户'奖状的人，你一家好哩？还是把全村弄好哩？……"

众人全笑了，一方面笑他学行政的语法学得好，再方面排长住了一期训练，的确说得有板有眼，条条是理。福子又羡慕地看他，存起和赵德铭齐声说：

"当了吧，当了吧，这和行政不同，不误你的工。"

说着，赵德铭剥开他的手，便要落笔。

行政高低不应承，缩回手申言：若是硬要把组长盖在他头上，他就连工也不变了。

"就是了，"王加扶同意说，"他才参加，人要一步一步前进，你拖他太猛，他就爬下了。"

"对，对，我慢慢进步。"行政非常满意农会，再再证明这人心太好了。

确定以后，他们很快便填完了表。教员念着数，行政打算盘，统计起全村的数目：十一组，五十三户，九十四个劳动力和半劳动力，四百一十五垧半谷地。赵德铭立刻将百分比算出，按劳动力，全村百分之九十点六组织起来了，按谷地则是百分之九十五，除了四福堂，走延安的工人匠人，在家里应该参加而没参加的只有老雄一家。

"不弱！"赵德铭把笔一放，痛快地说，"不知白家沟搞得怎样……"

众人也满意地笑着，互相贺喜似的看看，唯独农会陷入沉思中去了。

圆满的成功使他想起从乡政府开会回来那天夜里，在现在这原地方他们第一次讨论组织种谷时，和赵德铭争论组织的方法，他所说的话。那时，他说老百姓不能和军队、学校以及机关生产比；而现在，他脑里却自然而然浮起了军队、学校和机关生产的一片景象来了。他们一大群人上山掏地，一齐干一齐歇，镢头在空里乱飞，土地在他们脚底下迅速改变着颜色，由浅灰到深褐，这片景象不久将实现在王家沟的山头上来了。春耕时因为活杂：耕地的耕地，纳粪的纳粪，碎土的碎土，所以十来个人一组，人还是乱散在地里；而现在一组一组连同点籽娃娃都有十几二十个人，排成队安种谷子了，锄头的一起一落，手脚的活动，使人想到自卫军的操练。人们将以一种完全新的劳动姿态来点缀那些黄秃秃的山头，山头上坟墓里长眠的他们的祖先，倘若真有英灵，他们不会怀疑这是否他们曾用汗水混合着眼泪灌溉过的土地吗？想到这里，王加扶压抑不住他的兴奋了。

"几时咱们和公家人一样，"他说，天真地憧憬着，"一村就是一家，吃在一块，穿在一块，做在一块。种地的种地，念书的念书，木工是木工，石匠是石匠，管粮的把仓，管草的提秤。六老汉照旧打钟。存恩老汉识几个字，要是他愿意，就让他给咱们写账，克俭哥给四福堂讨了半辈子租粟，对粮食有经验，给咱管仓库，他和存恩老叔对，在一块办事也相宜……"

众人听了，嘻嘻嘿嘿地笑着，截断了他的话。

"还有哩，你们等我说完嘛，"他一本正经宣布着他对未来的理想，

"咱也办上个俱乐部，识字、读报、开会全到那里去好了，不要像而今一样，大小一点事全跑到学堂里来了，老碍着教员的事，烟灰给他磕得满窑都是。咱学延安绥德的办法，也办它个把托儿所，把娃娃们弄到一块，讲究卫生，看我的三拴这几天拉稀屎拉成甚样子了？再说没娃娃拖累了，叫我那个死顽固婆姨也抽空儿住上一期训练，至少到延安参上一回观，看她有个转变也没？你给她说是说不进去……"

他越说越有劲，好像喝醉了的人一样，说不完。众人越笑也越收不住，起初众人以为他说笑话，随后见他越说越兴奋，越具体，越正经，除过赵德铭，全愣住了，他们瞪着眼，咬着牙，使着很大的劲听他，也是越听越兴奋，越正经，越向往。

"啊呀！你疯了吧？"行政说，"怎么说起狂话来了？你都分配好工作了，怪不得老雄说你们等也等不得共产！"

"你越说越远，"赵德铭笑得死去活来，用手帕擦着眼泪说，"你都说到外国去了啊！"

"我一点都不疯！我说的我们王家沟往后的话！"王加扶固执地说，瞪圆了眼，用袖口揩着他嘴角里的白沫子；想起他跟他白发苍苍的聋老人旧前所受的难，以及减租以后他家里还是不能很快地得到足够元气，四福堂的灰色院前前后后空着几十孔石窑，而他们一家人还是老鼠一样挤在拳头大的两个小土洞里——他和婆姨娃娃住的窑里，罗列着囤囤罐罐，锄耧镢耙，而聋老爸和拴儿二拴住的窑里，脚地上堆满了喂驴的碎干草。想到这里，他好像受了甚么委屈一样，鼻根一酸，眼珠子湿涔涔得起来，说句良心话，他等不得那个社会到来。

维宝、福子和存起几个津津有味，天真的娃娃一样做着他们的补充计划，商量着谁办合作社，谁赶牲口运输。他们商量的结果，只有老雄一人没有甚么合适的事做，因为你总不能说有一种专门骂人吹牛皮的工作；要他到合作社去吧，那正好，捞几个钱全漏他腰里了，而众人可没有四福堂那么对他好……

"啊呀，"有人提起，福子忽然叫道，"四福堂怎办哩？"

"不要你忙！"维宝说，"大家到印都和面店①，找杜聿明和王相臣去了。放下日本不打，跑到那里受美国的训练。"

"你们又过左了。"赵德铭制止着，用眼睛指了指王克俭，要他们说话注意。

他开始拿理论来克服他们对未来社会的过早的陶醉，首先指出中国革命是长期的，曲折的，复杂的，这是他从书本里学得烂熟的一条。其次，他说王加扶所说的那些办法是苏联已经实行了的，那是社会主义：集体经济，集体劳动；而边区今天是新民主主义：个体经济，集体劳动，而且还做不到普遍。从新民主主义到社会主义需要多少年，他说恐怕毛主席也说不准。

他说的他们听不大明白，只有"集体"因为听惯了知道之外，其余的甚么主义、阶段、过程，诸如此类一概茫然。

"鸡体狗体咱先不管，"福子说，"你只说有那么一天没吧！"

"有当然有。"

"你约莫一下，"王加扶好像等不及，"大约说我们这辈子赶得上吗？"

赵德铭约莫也不敢约莫，这超过他的"理论水平"太远了。

正说着，院子里有了一群婆姨们喊喊喳喳的声音，存起的婆姨带着一组妇女识字班来了。这王家沟的妇女主任，因为常有登记填表的事，为了方便起个官名叫郭香兰，但村人都仿照行政、农会、模范、排长的办法，很多都只叫她"妇女"，或存起家、存起媳妇。避免耽误赵

①印度和缅甸。

德铭的工作,村干部匆匆忙忙都起身走了。他们和她们在门台上碰了面。妇女给模范说,希望他傍晚早点回来;因为她看烟囱或是炕洞那里似乎有了毛病,要他整修一下好做夜饭。她的风度、神采和她抛向模范的含情的视线,引起了农会的无限羡慕。他从光辉的未来的憧憬一下倒回现在的现实:他婆姨直到他来开会时还坚持不给三拴吃药。……

十六

种谷工作布置好之后,王家沟人人在盼雨,从早到晚不时地有人仰头看着天气,人们见面,互相要求对方推测。他们按老习惯,从风向的变化、布谷鸟的啼声以及炊烟的浮沉判断下雨的征兆。老汉们很多都要求存恩老汉根据皇历上的甲子、乙丑、丙寅、丁卯之类,在他的指头上决定这个可能性;年轻人则诚恳地请教赵德铭,新社会一切公家全有办法,难道这下雨的事都想不出一点办法吗?风不能让它不刮吗?照最近的天象看来,恐怕等到四月初一也不定有雨;每天早晨山头上笼罩着稀薄的尘雾,呼啸着森凉的春风,显示一场大风又在预料中了。

北方大陆气候春天可说是风季,特点便是缺雨;陕北处在西部塞上,更是如此了。受苦人盼雨好安种,怕风摇坏了根浅的禾苗;然而天气常常使他们盼望的失望了,害怕的来临了。村干部在学校里填表的那天后晌,众人到地里不大会儿,便刮起风来。起先还不大,突而是北风,忽而又掉转西风,山坡上耕翻过的地里,旋风兜着圈子,山洼里雾腾腾地飞扬起透明的风尘。未过一个时辰,忽然,遮天没地的暴风从西北方向以排山倒海之势袭来了!

暴风从伊克昭盟鄂尔多斯部的乌审旗一带越过了长城,顺着无定河滚了下来，又以飞快的速度向黄河沿岸推进了。风挟着长城内外的沙粒和牛、羊、骆驼的粪屑，把它所经过的空间完全填塞起来，使天地接连了，山头上来不及往回跑的受苦人睁不开眼睛。暴风呼叫着邪魔野鬼的调子，扫起地上的尘土，使边区明媚、爽朗、愉快的山野暂时间变得地狱一般黑暗。风扯着人的衣襟，摘着人的头巾，沙子射着人的眼睛。从村东南回家的人被风阻挠着，直不起腰；而从西北方的则被风推送着，站都站不住。河沟里树枝摇曳着，似乎要挣脱树干随风而去的样子；枝丫间，喜鹊辛辛苦苦筑起的巢，被风毫不费力地拆掉，那一根一根衔来的干枝枯草都纷飞去了。池坝里水面上盖了一层尘土，涟漪的河水和蓖麻油一样混沌。

受苦人不到半后晌，全跑回家了；到家里便是揉眼窝，吐唾沫。拦羊的费力地把羊群集合起来，急忙赶到山沟里才一遍二遍地点数，看是否有迷失了或被风从山崖上扯下去的，然后用叉把子敲着羊的屁股，拼命嘶声叫着，赶回羊圈去了。妇女识字班走后不久，教员便放学，学生娃连队也不站，乱七八糟跑回去了。赵德铭担心他挂在村里的黑板报的安全，他跑去时，它已经没有了；他在附近河沟里用手帕捂着嘴，弯下腰去到处寻找了一阵都是徒然。有一个后村头的人从前沟跑进来回家，看见他边跑边问：

"你寻甚哩？这么大的风……"

"黑板报嘛，"赵德铭万分着急地说，"难道这是一张纸，风能吹起走吗？我不来看，谁着心哩？都顾往回跑啦还……"

"嘿嘿，"那人笑着站住说，"你不要寻了，你到明儿也在这里寻不上。我碰见模范提回家去了，他说风掼得黑板在墙上呱嗒呱嗒，再一会就掼成几块了……"

说着，全跑回去了。这一天天不黑，村道上便不见一个人影。在窑里，风还推着门，打着窗户，窗纸噗噗地震动着，一夜人都睡不好。老婆们嘀咕着一个古老的传说，说这古战场上似乎今天又拉开了火线；村干部叹息着这天气简直和反动派一样，有意捣乱他们布置好的工作；其他受苦人因为担心禾苗被摇死，心里十分不安。

人睡了觉，不知风在甚么时光才住了。

第二天早晨，众人起来惊奇地发现竟是几点雨压住了风的。虽然刚洒遍地皮，风向却变成了东风，从雨点洗刷过的树叶上观察，一会儿又像东南风，甚至南风。因这几点雨，天气没有变凉，倒更温和了。太阳出来以后，天空比前几天显得更蓝更高，地面上显得更明媚更爽朗，有一股潮气使人身上十分舒畅。不知在哪里躲过难的小鸟都出来了，叫唤得更悦耳，飞跃得更活泼，从灰色院飞出的四福堂少财主的"侦察机"，盘旋得比平日更久。布谷鸟刷刷地从村子上空掠过——布谷、布谷、布谷……虽然啼声比较清脆了一些，急促了一些，但仍然没有受苦人注精会神期待的那一声——哗哗哗，仿佛咽喉上噎着水似的声音。

受苦人都高兴了，似乎这一风刮得倒使一场春雨为期不远了。王家沟有些人打早跑上山去，要依次看看自己的冬麦、春麦、豌豆和扁豆等受灾轻重；另一些人则觉得可笑，"看它做毬！"他们粗鲁地说，"看不看刮过去了。"井边上和村道上，尽是拉谈着头一天的暴风，说笑话似的叙述着自己在暴风中的挣扎。拉谈总是归结到最近下雨的可能性上来了，有人甚至拿"风是雨头，屁是屎头"的俗话做了结论。总而言之，大多数都感激公家，庆幸定期集体种谷的决定；否则，昨天以前一准有不少人安种了谷，经过这一风埋了老深，要是不重新种过，你等到明年这时也见不到谷苗！

宣传和鼓动旁人参加种谷变工队的村干部，这早晨大受众人欢喜，尤其是农会。王加扶既不忌口，又不会掐算，但他得到远超过存恩老汉所得到的敬佩，似乎他已经是活神仙了。维宝和福子在含蓄方面较差，见了他们曾经极困难说服的人便问："怎样？听我的话听对了吧？"对方总是又害羞又喜欢地含笑点头。天气的遽急变化使善人在老汉们中间的威望也开始动摇了，因为按他的子丑寅卯推算，今年是宜干种不宜等雨，原因是清明那场雨下在"甲子"日里了，再一场雨便在一月以后。现在众人说："他的掐算快信不得了，那场雨恐怕下到他自己的'胛子'^①上了。"然而，无论如何，老汉心地总是善良的，有人说头一天后晌风才起，他看见势头不对，便不辞劳累爬到村子对山上，拿一炷香念了禁风祛灾的咒语。

"啊呀，恐怕就叫他念坏了哩！"有谁怪叫道。

"他念完，还没回到家，大风就来了。"那看见的人说。

一阵哄笑从桥头边的人市上爆发起来。

约莫快到吃早饭的时光，村里上山看夏田的人陆续回来了。桥头上众人包围起他们，问禾苗受灾轻重；都说不妨事，几点救命雨下好了，全站起来，说枝叶洗得很干净，看起来倒精神了。

不大一会，行政和善人两个老汉从后沟出来，他们是不知在哪里碰到走在一块的。存恩老汉边走边说着甚么，王克俭边走边注意地听着。因为好奇，一群人又转去包围了他们。

"怎样？善人？"有人问。

"唉！"老汉叹着气摇头，手里捏着一把沿路拣来的，风吹散别人家的柴草，说："这号天气我没经见过，小年听老人们说同治十一年有这么一回，也是几点雨压住大黑风的，那时节也是十个八个人在一块

---

①肩臂。

变工……"

"啊？"福子倒感到了兴趣，惊奇地问，"那会怎有变工队了？"

"光变工没队。"老汉也故意俏皮地说，"同治四年回回造反，杀得人头遍地；同治八年就是大瘟疫，一家一家挨着往完死，先死的有人埋，后死的全喂了狼。狼吃完死人又吃活人，同治十一年上，狼进窑吃人，你三个两个人又不敢上山，只好人多些变工做吧……"

他说得一眼一板，有些人听了点头。赵德铭说他是王家沟一本活历史，明清两代哪个皇上在位多少年，他都背得出来。其实这没有甚么奥妙，因为他搬历书搬熟了。现在，他想拿这个比喻，来说明目前的变工也是被逼不得已的，并非毛主席所说的自愿原则，这话他对行政已经说过了，这里却不便明言。

"那些狼后来哪里去了？"福子又气愤地问，"全吃得胀死了吗？"

周围的人全嘻嘻呼呼笑了，福子却一本正经盯住老汉，等待他的回答。

"嗨！"善人摇了摇辫子盘住头巾的头，说，"有罪过的人一吃完，玉皇大帝就收它归山了还……"

"你说这话是甚么意思哩？"王加扶觉得他话里有话，也忍不住严正地问。

"嘻嘻，"存恩老汉窘迫了，"没意思，你不晓得我常爱说古朝？玉成？"

"哼！"王加扶冷笑了一声走了；心里想别人组织得好好，他却又在说这种打散的话了。

"哼！"许多人都跟着冷笑了一声，四散了。

老雄蹲在他大门外边的硷畔上，看见只剩下行政和善人两个过桥，这才下坡来了。王克俭看见他来，给存恩老汉说了句甚么，两人连忙分路，各回各的家了。老雄下来，独自在桥边上孤零零地东张西望站了一阵，又返转回去了。……

早饭以后，王家沟的大路上到桃花镇去的行人络绎不绝：有贩炭的，有卖粮食的，有牵着光脊梁驴条子去卖的，有笼驮里装着些猪娃子的，带着土布的、麻绳的、风箱的，挑着一担干炉饼子的，也有胳膊窝挟着一个空褡裢去买甚么东西的，自然少不了还有些人走在半路上还不知自己去做甚么的。满沟都是拉话声，吆喝牲口声，以及头戴红绿布条的驴公子兽欲勃发的嚎叫声。桃花镇每年两届骡马大会，春季在春耕结束的三月二十五，秋季则在秋收完毕的九月二十五，受苦人大一点的生意这两天做得最多。并且，照例的一台大戏是少不了的，所以受苦人耕完了地，有事没事要去挤一挤，虽然在成千累万的人群中挣扎一天比受苦还乏，甚至挤丢了一只鞋回来，也是有过的事，但人总是由不得去。

王家沟去的自然也不是少数，吃过早饭村里便有互相呼应的声音，邀约着一同起身；另外也有独自混在外村人的行列里说说笑笑走了的。平时不大出门的王相仙这天也骑了他的小红马，白净的洋草帽下边闪着黑墨镜，手指上套着红缨马鞭子去了；老雄骑着他的黑驴紧跟在后，不停地打着驴屁股，竭力追赶着有几步走的小红马，众人在后面鄙弃地喊喊喳喳议论着。

王加扶今天不去了，正是嫌人挤办不好事，他在头一天便去给三拴买了药，可惜这药至今还没有给病人吃。现在他捎着镢头上地，快快不乐地在桥上站着看了一阵，到前沟里想把存恩老汉早晨的话和存起拉一拉，又想请妇女主任把他的婆姨"克服"一下，便上他们家里去了。

他到存起家里，"妇女"正在给模范褡裢里塞着一个她自己织的土布，她要求他把土布卖掉，回来时买一架延安新时兴的加速轮纺车。

这纺车王家沟的木匠王存善还不会做，他说只要他有一个样子照着，他可以试一试。王家沟有是也有一架，那是王存发去年冬天在延安做冬工给他老婆带回来的，银凤给人夸耀："出线可快哩，纺一天顶三天。"她娘却嫌她瞎嚷叫。妇女去看过一回，那老婆说：快是快，出线太紧，又容易断。你老是要接线子，和普通纺车也差不多，并且还不好使唤。而她却老是使唤着，王存善向她暂借几天，她连他仔细看得次数多了还不高兴，唯恐这家具普遍起来众人都好。妇女现在要模范买一架，意思便是想在纺织组里推广一下。

"啊，"存起说，"存发和他老婆那一对配得那么合适！"

"合适，"王加扶看见妇女对工作的热情，更伤心地说，"全合适，存发和他老婆，善人和他老婆，行政和他老婆，老雄和他老婆，全合适。你们两口子也合适……"

模范脸上堆起幸福的笑容。

"你不合适？"妇女笑问，"你是劳动英雄，看拴儿娘的多能做！"

"懒是不懒。"王加扶长吁短叹说，"我而今来还是朝你'妇女'告状！"

他惹得年轻的两口子都笑了。他原来准备和存起拉完话顺便告诉妇女的，但话引话引起来了，他便把关于三拴的病因、经过和目前吃药的问题说了一遍，说得他们两口子都又连连惋惜地咂着嘴，不知说甚么是好了。

"我去，"妇女道，"我就去。拴娘的怎那么不听话哩？"

"看你说得转她嘛！"王加扶灰心地说，"我看她和你们才说的存发老婆辈数不同，要不倒是一对好干姐妹！"

两口子忍不住笑了，都说那是绝不相同的，即使是狗也看谁的狗，何况还是夫妻呢。模范提议王加扶不要上地去了，和他一块到桃花镇大会上游散一回；心里不痛快，散散郁闷也好，况且地里并没有甚么紧活，种谷的工作也布置停妥了。

"哎噫！"他又不以为然地叫道，"停妥了？我还正要给你说哩。"

他溜下炕栏，站在脚地，一反拉谈他婆姨时的情绪，气愤地、激昂地叙述着存恩老汉早晨在桥边人市上所说的话：他不知道同治年的回乱、瘟疫和狼吃人，与新社会有甚么关系！善人本心也许是没有甚么恶意的，但他的古脑筋所想到的没一点是处。王加扶提醒存起对村里的种谷变工不要过分乐观，你稍微露一点空子，他们便溜掉了，而且可能还影响一部分人，譬如王存发老汉早晨在桥上便仰起头看看天，说："啊，好天气呀，要不是变工，我一两天就想种……"

"因此这回要小心，"王加扶结束着说，"可不要再不按表上填的实行，一次二次，我实在没有脸见区乡工作人员的面……"

"不能，"模范说，"我看这回不能。都说的应应验验了嘛！"

"看吧……"王加扶不敢肯定地说。

存起要起身，他又拉王加扶一块去。

"不去了，"王加扶说，"年轻时爱去挤，而今不爱了，拴儿去了。"

"维宝、福子们走了吧？"

"早走了。他们来叫我，拴儿跟他们走的。你早些起身吧。"

说着，两人先后出了门。妇女在瞎眼婆婆那边窑里取了两包挂面，用纸包着，上面贴了一小块红纸，准备到他家里去。

"你这是为甚？"王加扶在院子里挡住她，不要她拿，"我家里有啊！"

"为你们没？"妇女手里拿着挂面避躲着他的手，以免他碰碎，说，"这是个礼当嘛！"

"甚么礼当？一个吃奶娃娃，按存恩老汉说，不够十二的还不算人……"

"你听他哩！"存起冷笑道。

"你叫她拿上吧，玉成，"瞎老婆婆用棍子在门口探着路，说，"你见谁空手去看人家的病人？"

说话间，妇女已经绕过王加扶出了大门。王加扶一路走，一路嘀咕着，知道这样，他又不来叫她去"克服"他婆姨了。

下了坡道，走到大路上，他们看见王克俭过来了，引着他的两个外孙——毛虎和狗娃。

"相跟着，行政。"存起站住等着他们，说，"这两个外孙也去挤啦？"

行政走上来说，他们不是去赶会，而是要回家；因为担心着自己堆下来功课，他们在外婆家住的兴致随着时间的延长日渐淡漠，以至不安起来了。为了免得他一个一个往回送，他要他们在今天桃花镇的会上，跟着他们本村赶会的人回家。

"那你们怎起身得这么迟哩？"存起又问。

"唉，"行政轻轻地叹了口气说，"你还不晓得我老婆？一早起又是吃这样，吃那样；吃了饭，又是拿这样，拿那样……"

"对嘛，"王加扶笑道，"外婆亲外孙，那和鼻涕流到口里一样，是个自然的理嘛！"

"嘿嘿！"王克俭局促地笑着，返转身向落在后边的两个娃娃叫道："好好走嘛……"

他们腿短，肚子又塞得鼓鼓，跟不上他。老婆提议把黑燕皮大驴赶着，给他们两人伙骑，他说这提议太可笑了，赶去的唯一可能的结果，便是给人群把它肚里骡驹子挤坏。

"你头前走吧，"他对存起说，"我们外爷外孙得走鸭子步。"

王加扶心里想：行政这回的变工大约不会有问题了，早几天有人担心他叫外孙点谷籽，现在，外孙也回去了。……

十七

这一天去桃花镇赶会的人，除了带着买来的牲口和物品，卖得的票子，以及怀里塞些饼子之外，都带了一件相当动听的消息回来了。人们在市集上和归途中尽拉谈着这消息，回到王家沟，又向没有去的人报告。赵德铭的读报组很久以来便是只谈论着边区的生产消息，现在又有新的材料了。

伊克昭盟发生了大事变，蒙古人不堪反动派的蹂躏，杀死了他们派去的"蒙旗指导官"，收缴了他们的武装，鄂尔多斯部草原变成了战场。除过现驻长城内外的傅作义、马占山、陈长捷和何文鼎所部之外，宁夏的马鸿逵也奉命由西线包剿，而在北线包头五原一带的日本人，则隔着河套参观。在无定河流域的山头上，受苦人近日每天都看见飞机南北飞行着，金属的嗡嗡声震荡着天宇。众人以为它们又在给那些从察绥、雁北甚至晋西溃逃下来，挤在河套里边的残兵败将输送单衣，因为他们与大后方的交通线最近便的只有边区蔚蓝的苍空了。在桃花镇会上一听到这个消息，众人才恍然大悟，并且据传说，连胡宗南本人也急急忙忙从省里飞到榆林去了。

这是确凿的事实，新到的延安的报上也报出来了。晌午过后，后晌戏开台以前，程区长还登台讲了话，说明这边区邻境事变的意义。他说国民党那些军阀老爷太不对了，不在原来的防区坚持抗日游击战，却挤在荒漠的塞上担任由北线包围边区的职务。他们加在绥蒙人民身上的政治压迫和经济负担，使具有蒙古利亚英雄气概的同胞无法忍受，才挺起反抗；而他们却不仅拒绝共产党的调停，相反还像一贯把自己造成的一切纷扰、骚动甚至恨不得连自己不小心伤风咳嗽，统统算在共产党账上，诬赖"异党"从中煽动。受苦人听了，气愤地评论着，用耕地时骂驴的粗鲁的话语臭骂反动派，都说他们太没人味了。

但总是有极少极少一部分人只是听着，含蓄地笑着，保持着诡谲的缄默；而在没有外人的僻静地点，却贼头贼脑拉谈不完。这帮人不知是神通广大，耳朵特别长，抑或只是有些与众不同的希望，他们似乎总能得到一些除过公开嚷叫以外的机密"消息"。通常这种"消息"的来源总是秘而不宣的，有时开始只是一个人的希望或估计，经第二个，第三个人，才逐渐变成"消息"，以至更详尽，更"确实"。传递的人极为谨慎，只告诉那些嘴牢的，与自己有特殊关系的，可能相信的，和听过之后有作用的人，因此，你在表面上几乎完全看不见有甚么事情。

王克俭在会上一听程区长讲话，便觉得不对，一种战乱的预感开始在他脑里活动。进攻边区的谣传已经不止一次，"收复二区"（陕西第二行政区,指绥德分区）的口号在榆林和正川曾经不断地公开喊叫过，但总是紧张几天便没事了。这一回他看阵势有点不对，那边说"鞑子造反"是这边煽动的，宁夏马回回也出动了……他这想法和存恩老汉早晨的话自然而然联系起来了。

王克俭立刻想到减租斗争以前，他常跑四福堂时王相仙说的话——自古以来没有见过政府能由老百姓自己选，想要谁便选谁，不想要就叫他下台,这算甚么官呢？至于参议员,那更是高贵,旧前全县只有两个,一个是杜聿明的老子杜举人，另一个是县城西街春寿堂老东家高和庭；杜举人到过京里，而高老爷则只到省城。现在，乡上也有参议会，王家沟竟有五个参议员之多。都些甚么人呢？一年到头赤脚，走在跟前一身汗臭，开腔就是毯、尻一类的粗鲁话，真是把高贵的"参议员"三个字都糟踏了。王相仙曾告诉过他，新政府连印都假的，县政府的印是梨木所刻，笔画老粗，他并且拿出旧的地契给他比较。那是甚么印？省上发下来的铜印！这印在民国二十八年日本人大进攻，黄河渡口万分危急之际，旧政府跟何专员（兼保安司令）乘八路军在黄河沿岸抵抗的空子，撤退时一起带到榆林去了。这一点王克俭完全相信，他并且听说那印在榆林还继续生效。从榆林来的人告诉他，那小小的沙城里有几十个县政府，从雁北、晋西跟陈长捷逃去的不挂牌子；跟何绍南逃去的却挂着十来个县政府的招牌，因为房子适宜的关系，绥德和吴堡隔壁，清涧和安定对门。他们在那里既不征粮收税，也没有去打官司的，但也照常办公，一天只是计划着"收复二区"，并陆续派进来些秘密的"联络人员"。

王克俭听着程区长的话，左顾右盼，看见周围所有的面孔都那么相信、镇静、坚决……他不禁羡慕起那些人的"简单"和无忧无虑来了。而他自己不行，不管听了甚么话，都有自己的一番打算；随机应变，因此他向来不吃亏。听完了讲话，他不安地想从人群里挤出去，不知说了多少声借光，他才满头大汗挤了出来，摸了一把腰里，钱包还在，绕过一些粽子和凉粉摊，便到戏台后边去撒尿。

正在朝墙根撒尿间，后边轻脚轻手来了一个人，站在他旁边也掏出要撒！他转头一看：老雄！他想离开他，但已经撒脱了。

"听见了没？行政？"老雄一边解裤腰，一边欣喜地问。

"听见了。"王克俭会意地说，脸通红低着头，眼盯着尿流，一股异样的感觉使得他怪不舒服，仿佛他做了甚么可笑的事情。

"我给你说，你可是不要给旁人说啊！"老雄抽脱裤腰，只是不尿，左右看了一眼，没有人，便连忙对他说："这回有理由了！平了鞑子，返转就收拾八路军！调集了那么多中央军，打日本不行，八路军可没法招架，过几天就见高低！……"

"真的？"王克俭抬起头来，看着老雄得意的面孔，将信将疑地问。

老雄看见他竟还怀疑，很不高兴，一点尿也没撒，把裤腰填到裤带里便走。

"骗你！骗你！"他不高兴地把一只手伸到背后摇着，边说边转角走了。

王克俭见自己的疑问造成了不愉快，很是尴尬。他还想知道得更清楚一些，于是很久以来第一次破例、恭敬地叫了两声："四爷！四爷！"老雄返转身站住，半寸长的眉毛下边，两颗眼珠子定睛瞅着他，等待他开言。

"你这是从哪里来的'消息'哩？"王克俭凑上前问。

"你不要问！"老雄不耐烦地说，"信就信，不信就拉倒！你身上边区票还多少哩？"

王克俭以为他要借钱，顺势在腰里摸了一把，说，"不多几张了。"

"花了它！"老雄坚决地手一挥说，"过几天成废纸了。"说着匆匆忙忙便走，仿佛他今天倒一下子变成了忙人。

王克俭从戏台后边出来，惶惶惑惑地在一个干炉担子前面站了一阵，终于蹲下来掏出钱包，尽他所有的边区票数了几十个干炉，满满塞了一褡裢，背在肩膀上走了，心里还很是庆幸，因为据他估计，老雄这消息知道的人一多，到后响边币就要落价；那个傻瓜卖干炉的还用笑脸感激他的惠顾，实际怕是吃了他的大亏。

他背着一褡裢干炉，满会场寻找着他的两个外孙；在傍响午时，他才一个一个找到他们本村的人，托付给人家，带他们回家。现在他一定要找到他们，因为照这样看来，他是没有必要参加变工了，而且必须争取在大动乱以前安种进去。他估计和去年夏天边境紧张时大约差不多，大规模的各方面的战斗动员又要来了，谁还顾得管人家变不变工呢？

他一边走，一边想，越想主意越坚决。他走遍市场——饮食摊、杂货摊、粮食市、炭市、牲畜市，又到庙里。他站在高处眯缝起眼睛瞅着戏场里蠕动的人群，唯恐他们已经跟着人家回去了。但他最后终于把他们全找到了，他给人家说怕他们走不动，过两天他赶驴送他们回家。人家当然没有甚么话说，只是两个外孙不愿返转再去了，他们在外婆家里住得已经腻味起来。他拍着裆裢里的干炉说转了他们，在半后晌，路上还很少行人，而村里更是和平日一样孤寂的时候，他已经带着毛虎和狗娃回到家里。寥寥几个人看见他们，却没有被人注意。

但回到家里，却引起老婆和女客们的诧异，一听说是准备明天种谷，更加莫名其妙。她们惊奇地问他发生了甚么事情，使他突然改变了计划；他不要她们过问，理由是她们不懂得甚么。她们又问两个娃娃，毛虎和狗娃也说不出究竟，只听见大人们拉谈"靰子造反"，也知道区长讲话的事，却不了解其中的有联系的全部含意，更不明了这与种谷有甚么关系，只管他们又掏出干炉啃起来。

有些人得到一点机密的"消息"，即使不广为传播，也由不得告诉自己的知己。王克俭不然，他是个很小心谨慎的人。民国三十年第一次乡选，他初当行政的时候，虽是地主提得他是候选人，他也不敢再上正川赶集去了；因为他认为自己既当了干部，似乎已经成了共产党，他害怕万一给那边的国民党扭住，他便吃不消。随后，村里渐渐出现了一些老雄所谓的"暗部"，说话办事都与众不同，他才松了口气，好像已经退出了组织，开始走起正川。凭良心说，他并不讨厌共产党，只是害怕国民党。当甲长的时候，他屁股上挨过不少马棒，人家骂他："驴肏的！"他鞠躬；而他还是个国民党员！当每一个甲长必须入党的时候，保甲训练员给他填了表，他在上边按过手印的；旧政府一跑，保甲一倒，他这"党员"也没有人再问了，党证也被他老婆糊了老鼠咬破的纸囤。第二次乡选后，边区严格实行三三制，干部统计表上要填他是国民党员，他坚决不干，跑回家去抱了那个盛些黑面的纸囤给工作人员看，结果还是填了"无党无派"。现在，老雄这"消息"带给他的不是欣喜而是恐惧，他有甚么必要告诉旁人呢？

他回来立刻换上家常衣裳，因为第二天便要开始种谷，一种开便要紧张几天，所以他准备担几担干土垫垫驴圈，好像他和楞子要出门几天不能回来一样。他到院子里，看见鸡刨着柴堆，企图在豆秸里觅食遗漏的粟籽，小鸡竟在驴槽里搜寻吃剩的几颗驴料，把鸡屎也拉到驴槽里去了。王克俭看见好骂呀，跳大神一样把它们驱逐了，有的见阵势不对仓皇溜出了大门，驴槽里的来不及逃，飞上了墙头，被酸枣刺扎得疼痛地叫唤着。老婆在窑里听见，连忙跑了出来；她关心鸡和老汉关心驴一样心切，因为这是她经管的唯一的牲畜，为了一只丢蛋的小鸡，她甚至耽误了正经事，尽一天跟在它后边，瞧它到哪里去下蛋。她出来莫明其妙地问老汉：

"你怎么了？啊？鸡惹着你……"

老汉没有理她，只是担了一对筐子，拿了铁锹和镢头走了。他一连从院子旁边的土崖上掏了两担干土，倒进驴圈里去。当他正在驴圈里往碎拍着土疙瘩，用铁锹往平摊着土时，存恩老汉从大门进来了。王克俭担土的时候他看见的，他来照例只是想打听一下桃花镇这回会上哪一样牲口较快，粮价的涨跌，以及棉花的行情……

"你来得正好。"王克俭说，停止了摊土。

"有甚么事哩？"善人走到驴槽外面问，一只手搔着辫根下的痒。

于是王克俭隔着驴槽把得到的"消息"告诉了他。王克俭这"消息"比老雄的更加完备，听起来更加顺耳。他从伊盟事变的起因、经过、目前的势态、发展的趋势归结到进攻边区的部署，最后说得连自己都简直难过到极点了。他惋惜着这几年的升平盛世将要结束，匪盗会复炽，保甲会恢复，抽丁会重来，训练员会委派，征粮征借会一月一回，军队会跑到驴圈来抓差……总而言之，从王家沟起沿无定河二十里以上乡村的情景，全会原样在这里出现，而在他的语调和情绪上，看出他对边区新社会的依恋。

"大叔，你说这算甚么世事哩？"他两手托着铁锹把，又把全部上身的重量都压在手上，颓丧地歪倒头说，"日本人和中国人也打，汉人和鞑人也打，鞑子和回回也打，你说这算甚么世事哩？……"

他盯着存恩老汉，仿佛等待着回答。存恩老汉在初听的时候，兴趣还十分浓厚，并且因为他早晨关于世道变乱的话毕竟成了预言，对王加扶对他的那种态度很是抱屈；但到后来，他越听脸上的气色越是不对，以至于好像支持不住一样，两肘支着驴槽沿，也歪倒头沉思默想起来，王家沟他是第一个容易忧时叹世的人。

王克俭说着，存恩老汉又略加思索了一下，站直身来主张把这"消息"告诉农会，要他办工作注意些；虽然他早晨对他态度不好，但他总是不记恨人的，何况是王加扶。

"他是咱王家沟头一个好人啊。"善人激动地说。

"你给他白说。"王克俭反对，觉得老汉这主意简直是可笑，"人家党里头的人除不信，还要说你造谣言，你和自己去告自己的状一样。他早是另一个心眼的人了……"

"唉！"存恩老汉叹息了一声，问："那你说怎么办哩？这世道……"

"种谷，"王克俭坚决地说，"抢种进去，出了苗只要锄上一遍，到秋后揪回来就能吃，总比一乱种不进去好得多。"

"对，"老汉说，"你这主意对。"

两人一得到协议，存恩老汉便连拉闲话的工夫也没有了。他们又说了几句话，约好往后有甚么新的"消息"互相照顾，他便走掉了，因为看形势，情况是相当紧急了，他看见这天后晌沿无定河又上去一架飞机。

存恩老汉走后，王克俭垫罢圈，从大门外边调回了驴，喂着草，他老婆从破窗孔看见善人一走，便出来死跟着老汉，问他们拉甚么话。王克俭不告诉她，先说她没有问的必要，随后又推说拉闲话……

"哄谁？"老婆瞟了他一眼，"隔着窗子我全听见了，又是榆林，又是飞机，不是说国民军又要来了？"

"谁说？"王克俭坚决否认，"你说话要当心自己的脑袋！谁给你说国民军要来了？婆姨女子，尽多事！"

老婆见他又快要冒火，再不缠他了。她走着，一种恐怖感觉整个控制了她，手里的倒线木拐子颤抖着。

傍晚时分，王家沟的大路上又是络绎不绝的行人。桥边的人市上，从地里回来的人和赶会回来的人聚集了一大堆，好像一群噪闹的麻雀一样，嚷着草地里发生的事变。楞子从山里下来，捎着镢头站住听了一阵，很是感到兴趣。有人说蒙古人是一种"九反"的民族。每个鞑子都是兵，只要王爷的命令一来，把牛羊交给鞑婆，骑着马便上阵，因此得出的结论是：这一回很够老蒋平一气。一个走过草地的人以他亲眼看到蒙古人对待邪恶者的残忍手段，来证实说：把乌审旗王府驻扎的国民党人员杀得一干二净是完全可相信的。另外一部分人反对以蒙古人民族性来解释这次事变，他们的看法是一句众所周知的俗话："人逼造反，狗逼跳墙"，倒不怪蒙古人性暴。赶驴贩炭的大汉王加明最赞成这种说法，他说正川一带乡下有这么几句话：打下粮食是军阀的，养下小子是老蒋的，取得个好媳妇是保长的……老百姓活得有甚么劲呢？大汉说和他一块走路的无定河上游的人拉谈起来，全羡慕下游是天堂，有些人盼八路军上去情急，甚至偷偷地给关帝庙许愿。

楞子听得走不开，直至人散才回家来；回来便把他所听到的东西，毫无保留地全传出来了，最后要求他爸估计一下：八路军能打上去吗？

王克俭心里想：甚么打上去嗳，恐怕要打下来了。但他嘴里没讲，只说楞子：

"好好吃饭，吃了饭看看锄楔得稳不稳，刀子不快磨一磨，明儿要种谷……"

"怎么？定了期了？"楞子奇怪地问。

王克俭告诉他决心不变工了，楞子这才明白为甚么毛虎和狗娃又返转来。他没有问题，原来便不愿和让儿们那组搅在一块，现在不变更好。楞子是个再直杆没有的人，他肚里的心肠恐怕连一个弯都不拐，吃罢饭就收拾锄头，收拾完就同媳妇睡去了。

老汉点了灯笼，捉着毛褡裢到空窑里去装谷籽。这所谓"空"窑只是不住人而已，其实比住人窑还要丰满，从门口的窗台起直到窑掌摆满了东西：醋酱坛子、酸菜缸、面箱、谷囤、办红白事用的各项家匙、桌凳，以及碾磨上的用具——笸箩，簸箕等等，全按他老婆的次序摆设着。比起四福堂，他简直是穷鬼，人家一类东西占一个窑，至于粮食则有三个大石窑；但比下有余，王加扶他们家里有甚么呢？你一进他们的小土窑，一切破破烂烂的浮产全对你公开了。王克俭在他的"空"窑提高了灯笼一看，禁不住叹了气，一时又百感交加。光看他这浮产，新社会这几年他的日子算过圆了，要甚么伸手拿甚么，一年除过出一次公粮，其余全填到这窑里来了，工作人员来吃一顿家常便饭，还要丢下粮票，你用粮便到政府去拿，嫌麻烦便等到秋天在公粮里扣除。而现在，这新社会不能长久了……

他站在摆谷籽的地方，考虑他在这地里种甚么谷，那地里又种甚么谷——大红谷、小红谷、白流沙、红流沙、大揸谷、小揸谷、干捞饭、红胶泥……红谷适宜于向阳地，流沙适宜于背阴地，掐谷则多种在平塌地里，因为每一卜都支出很多的穗子。狼尾巴谷的确是好，他去年冬天牵着他的驴到绥德参加生产展览会时还看见过穗子，名不虚传，驴毯一样又长又粗，刺芒和麦芒一般，松鼠和麻雀看见只能羡慕却动不得。但他还没有弄到种子，王加扶有，说好明年分配给全村种，到明年又不知成甚么世界了。

当他正一手提着灯笼，一手从好多个小囤里抓起谷籽识别它们的种类时，他老婆鬼鬼祟祟进来了。因为窑里堆满了东西，脚地很是窄狭，她差不多是肚皮擦着他的屁股挤进去的。

"黑天半夜，你做甚么？"王克俭掉转头问，厌恶地瞅了她一眼。

"你不要管我。"老婆神秘地说，尽管自己侧身走到窑掌角落里去了。

王克俭没有理她。他开始装白流沙谷籽，用一个小合子升舀着，数着数。装满了一头，又给毛褡裢的另一头装着红流沙。两头全装好之后，他提起灯笼一看，他老婆不见了。他以为她大约偷偷摸摸取了个甚么走了，出去便要锁门。当他喀喇一声关上门时，里边却连忙惊叫起来，跑到门口：

"你怎么把我锁在里边了哩？啊？"

"你捣甚么鬼啊?!"老汉在外边大声鄙弃地责难着，重新掀开了门。

老婆一把把他扯了进去，那么有劲，那么急促，好像她退回了二十多岁，变成了一个多情贪色的婆姨，因为窑里有许多女客不便，拉他进去干某种神秘的勾当一般。王克俭怪火，莫明其妙地盯住她，心里想谁还有心思和她搞那一套名堂。

"你嚷甚么啊？"老婆责备他，"怕人家不晓得吗？你死心眼……"

王克俭提起灯笼照了照，这"活心眼"的头发上顶着蜘蛛网，肩膀上擦着尘土，原来她竟钻进窑掌拐角处那个蹲着才能进去的暗窑里去了。这暗窑，口虽小，里边却够宽敞，摆着十几条大缸，大多放着小米、麦子和黑豆，一两个放着贵重衣物和首饰银器，平时它被净粮食的扇车掩护着，一到乱世便封了口，泥得和全窑到处一样，你不长透视的眼睛又看不见。而平时,他可以把任何工作人员和干部带进窑里，一个一个大囤大囤指给他们看，说："就这一点蚂蚁家当，这是谷，这是麦子，这是黑豆，家具不小，刚盖住底，我也不晓得我打得那么些粮食全哪里去了。"他这样做的目的，只是希望众人在公粮评议会上关照。

"你进去做甚？你？"现在他盛怒地质问，没有停止瞅她。

"我的一对手镯和女客们的一些零碎银器全放进去了。"她满意着自己的机动，说，"国民军可是没八路军规矩，见甚要甚，给他们拿走了，我死了光手腕进棺材？好贵的东西，叫你给我另置，嗯，可没那么容易……"

"你再记个甚？啊？"王克俭问，声音虽小，却带着愤怒的申斥。他看见楞子媳妇从门前闪过，便连忙佯叫着："走，走，锁门了!"

但媳妇似乎发现了甚么有趣的秘密，低头嗤嗤笑着溜进她自己窑里去了。王克俭啪一声扣上门，下了锁。

人在真正的恐怖中，有时倒还能听之任之地过活，唯独在自己制造的恐怖中,愈来愈加重着恐怖的气氛。老婆的这种防备措施使他感到：似乎大事变在这苍茫的黑夜便要来到。他回窑以前，仰头看了看布满星斗的天空，浮动着几抹云彩，种谷的主意是最后拿定了。……

十八

第二天真好天气，太阳一天没有露面，一层淡灰的、稀薄的云彩绸绫一样飘浮在天空，树枝和花草在轻微的南风中摇摆着，一场春雨是不远了。

这一天王家沟有八家种了谷。行政和善人是不要问的，存恩老汉自己点谷籽，他儿子王加祥拿锄，和他们同组的几家也想种，无奈他们的学生娃死也不去点籽。存发老汉一见有人种谷，便不等教员"有组织地分配点籽娃娃"了，仍然带着他那个冬天便要出嫁的银凤吃过早饭上了山；王加钧也在早饭后锁了门，照旧和他婆姨合作去了。老雄从桃花镇回来路过袁家石矼时，便雇了两个娃娃，不说他贵子在正川念书，即使在家里也向来不上地点籽。因此，在整个七八家中，只有三个学生娃在吃过晌午饭后，无声无息便没到学校里来。当同学们到学校报告了教员的时候，他们已经被逼着，噘起嘴在山峰遮隔了的山径上走去了。

这三家竟是老雄那几个侄儿。他们照春耕时一样按小组变工种谷了，只不过不等全村决议日期；同组的行政连声都不吭便管他自己种去了，他们还有何顾忌的必要呢？不过，把责任推到行政身上这只是他们在后晌才开种的一个原因，而主要的倒是他们三弟兄还不一致。还在桃花镇的会场上，老雄便把他想象中的进攻边区的严重形势，告诉了两个大侄儿存恭和存谦，要他们无论如何都必须约束存让，使他能顾及到他的行径可能引起的恶果。老雄说得很伤心，声明依他们对他愈来愈坏的不逊，他本可以不管他们的；但他们的老子都已去世，他不关照他们便对不起长眠在老坟里的祖先，"大人不记小人仇"，他说他不能像他们一样毫不保留一点骨肉之情，说得存恭存谦十分感动，很是羞愧，晚上便要让儿一块到他们四叔面前认错。让儿起先不相信那种消息，要去问维宝；他们不依，说这等于去控告他们的四叔。随后，存恭拖着他的袖子，存谦在后边推着，好歹把让儿弄去了。他蹲在脚地歪倒头一言不发，老雄以为多嘴的让儿这才算认识到自己的错误了，喟然长叹着，宣布过去的事不提了，只要往后认教便好。他教训他们自己过日子要紧，不要跟着众人瞎打浑，并且说，依他的眼力观察，抢种谷是刻不容缓的了。第二天早晨，老雄吃过饭匆匆忙忙骑了驴上正川打听更详细的"消息"去了，存恭存谦死跟着让儿，说服着他，不给他接近旁人的任何机会，等一吃过晌午饭，便逼迫他去种谷……

破坏决议的行为陆续都被众人发觉了。最先被发觉的是存发老汉和王加钧，一来他们上地迟，路上自然会碰见很多人；二来他们还并不是偷偷摸摸去的，却以为这是光明正大的行为。有人碰见他们，企图劝说他们即使不顾惜自己的面子，也应为全村的名誉着想一下。他们听也懒得听，深致不满地说：打早便上了山的行政和善人没有人问，却来劝止他们！他们并且声言从这两个人的行动判断，每一回嘴说集体集体，到头来总是集不好体，他们没有点籽娃娃，何不早点动手，瞅好天气干种进去呢？众人这才知道事情原来如此……

事情传到王加扶的耳朵里，已经是受苦人从地里回来吃晌午饭的时候了。模范和几个人跑到他的小土窑里给他一说，他立刻放下饭碗，手里挟着筷子发了呆。一群人七嘴八舌给他报告着各人所知道的情形，向他提供着意见，要求农会采取紧急措施。王加扶听着，长长地叹了口气，连连不断地摇着头。说话间，福子和维宝也来了，只听见维宝在院里便一边走一边用怒不可遏的声调说："开大会，马上开大会！……"而福子粗钝的声音不断愤怒地哼，哼，哼着，两人进来了。脚地很窄狭，存起看见众人挤得农会的婆姨、娃娃都没处停站，提议大家都到学校里去，等王加扶吃罢饭再说。众人又羊群一样挤出窑到学校去了，王加扶饭也没吃，放下筷子跟众人一块走了。在村道上，他被前后左右围拢着，有多少张嘴同时给他说话，他不知听谁的话是好。到学校里，赵德铭一听，气得脸色铁青。他听着，愤恨地咬着自己的下嘴唇，听完之后，当王加扶征求他的意见时，他却体软地在他铺盖卷上躺下去，连眼也合了，仿佛他已变成一个病人，一大群人站在脚地是看望他一样。但当两个学生娃跑来向他报告王存恭、王存谦的小子和王存让的女娃都点谷籽去了的时候，他猛一冒坐起来，问：

"走了？啊？"

"走了。"一个学生娃气得喘着气照实说，"他们不愿意，老子们硬叫去的……"

"啪！"赵德铭在炕桌棱边上急躁地拍了一下，说："看你们王家沟算甚么村子呀，我的老天！全边区找不出第二个……"

众人都互相惊怪地看看，全疑惑地说："怎么他们弟兄也种了？一春都没断过变工嘛……"

"而今还是变工，"另一个学生娃脸色紧张地说，"我们看见他们一条路上走了。"

"你们为甚么不问他们：变工不等定期一齐种哩？"有人问。

"问了，"学生娃说，"他们说行政净日弄他们，他们还等定甚期哩？"

"你看！"维宝伸出两只胳膊，展开两手，对王加扶说，"咱们头一回在这里开会，我说得甚么？到底还是从后门走了！行政引开众人走！"

"唉，"福子叹了口气说，"我早看见行政请女客引外孙，就是请小姨子做伴，不安好心眼……"

"昨儿到桃镇会上送回去了嘛，"王加扶奇怪地说，问存起："你没看见？"

"谁晓得他又引回来哩？"模范灰心地说。

众人喊喊喳喳说：心里不想变工总是有办法瞒哄人的，他要这套把戏已经不止一回了。王加扶提出他的怀疑：是不是伊盟事变对行政有甚么影响呢？所有别的人都说没有这个可能，一则伊盟事变的消息在昨天才传到这里，而他请女客带外孙来却是一听说要定期集体种谷便开始了；二则那是草地的事变，离这里还好几百路，不像去年夏天一样，那边既没摆出有进攻的架子，这边也不作战斗动员……王加扶一想，也有道理。他红了脸，向所有在场的人，特别是赵德铭和维宝表示，工作弄坏的责任由他一个人来负，一切错误都是他的"缺点"所造成的，而他的"缺点"现在连他也不知道有多少了，随着工作一点一点暴露出来。他说得众人全又怪不好意思，都说这干他的甚么呢？赵德铭笑了笑，没有说甚么，心里想："农民干部就是这样，事先你和他说不通，错了又一切全是自己的错！"

维宝主张召集大会的意见，王加扶认为只好等到黑夜。你临时又召集不起人，有些在家里，很多人却上地去了，还有晌午没回来的，何况破坏决议的人一个也不在家。众人同意了，便散了，要他快回家吃饭去吧……

这后晌，王家沟很多人没有上地去，一方面是由于气愤，简直无心去做活；另一方面也的确地里没有甚么紧要活做了，只等着种谷。众人都到桥边的人市上去拉谈，人愈聚愈多：有些在附近山头上受苦的人看见，不等天黑便也回来参加进去。快到傍晚时分，桥边上差不多聚集了村里的大多数人。人们不说别的，只拉谈种谷的事情，仿佛伊盟事变已是很久以前的历史事件了，没有人提它。人市上的喧嚷声恰象附近一卜大树上麻雀的吵闹声一般，稍远一点你听不清楚任何一个人在说甚么，实际上每个人的嘴巴都不停歇，竭力用自己的嗓子压倒别人的声音。看样子，人人都脾气不好，缺乏忍耐性，仿佛都有一肚气，都不怕惹人了。唾沫星子在人群中飞溅着，人们顿着脚，甩着胳膊，似乎要把那座小桥弄坍才能甘心。赵德铭不等放学，便跑到桥上来。他手里还拿着本书，却读不下去，跑来指责破坏决议的人的愚悍、自私和目无组织，所有他知道的形容农民落后性的字眼，这回是全安到那些人头上去了。他这一番话虽然是一时难以克制的气愤话，但他却无形中刺激了众人对那些人的鄙视和憎恶的情绪。六老汉一听到，便提着他打钟的枣木棒来，准备向农会交代，因为他感到每回组织得挺好，实行起来便差了劲，而现在竟连一天也没有实行，便乱种开来，他没有劲再打这个钟了。

约莫有过半数的人认为这是一件替王家沟全村丢脸的事情，维宝、福子和存起们便是标本的例子，每当大路上有一个过路的人走来，他们便连忙制止众人，不让喧嚷这件事情，以免被传到各处去变成笑柄；等到行人走过去之后，众人才又继续嗡起来了。

王加扶吃过饭，息了息，让他的脑子冷静了一下，也来到人市上，他一来便变成中心人物，许多人扯着他的袖子，向他提出各种各样的建议。他一会被扯到这边，一会又被扯到那边，照那样继续下去，他那破夹袄的袖子是非被扯破不可了。

"怎么办？农会！"一个叫作王加甚么的说，"要是老是坏了村事没人问，老哥，说实话吧，我往后也不光你的面子了。"

"哎，"有人掀了他胳膊一把，代替王加扶质问，"你说话把点理吧！你变工是为给农会光面子，还是为你自家？……"

"哼！"另一个人在旁边不服气，"为自己也不能精精哄憨憨嘛，憨子等'集体'，精人是'袖里藏宝剑，杀人不露锋'……"

"谁是憨子？"第三个人又不同意，针锋相对地说，"想要精明的人才憨哩！你看今黑夜开会，众人斗他们吧。"

众人便是这样说东的也有，说西的也有。六老汉坐在桥边的石墙上听着，情绪低落地执不起头来。他喉咙里响着痰，摇着头，带着显明的同情对王加扶说：

"你不要难过，咱王家沟的工作，把毛主席请来也办不好，不要看全姓王。"

"一娘养九种！"在他旁边坐的存万老汉站起来，展出九个指头，用他喊羊的嗓子嚷着。他这后响也没有赶羊上山崖去，只让它们在桥附近的沟滩里啃着水草，而他自己却坐在桥上的人群中高谈阔论。"我领导的这一群羊，"他用烟锅指着吃草的羊群，继续对王加扶说，"全不会说话，还有奸顽不听喝喊的，你领导的人更不用说……"

"怀娃娃婆姨赶集，"一个脸上有一片黑痣的人俏皮地说，"人里边看不出人。"

"尽扯闲淡！"头上笼着昨天才从桃镇买来的羊肚子手巾，招喜那组的一个年轻人不满地截住，一把把王加扶扯到另一堆人跟前，问，"你说怎么办吧？要是不寻办法，我们这组明儿一早就种！"

"寻办法。"王加扶说，一会儿朝左，一会儿朝右，应付着所有的人，说，"今黑夜开会商量。吃过夜饭就开会。唔，开会。一定开会。……"

"农会！"在桥的那边一堆人议论了一阵，最后天佑站起来，仿佛是他们的代表一样叫道，"农会，过这里来，我们有话！"

"有话就敞开说嘛！还怕人听见？"桥这边有人说。

于是天佑得到他们那堆人的同意，郑重其事走到桥正中间，向人们宣布："我们有两参议①人提议：撤换行政！王克俭使不得了……"

---

① 两居民小组的人。

"对嘛——"

桥前桥后的人齐声响应，仿佛春雷一般震动了山谷，大树上的麻雀一下子吓得不噪了，好像一朵灰尘似的仓皇逃逸了。羊倌王存万的羊群被这一声莫明其妙的爆炸，惊得纷纷四处逃散开去。准备做夜饭的婆姨们跑出院子，都奇怪地朝人市上张望。

人市上又乱嗡嗡地评论起来。

"揣到病根了……"

"不屙屎就不要占茅圈……"

"新社会不同旧社会，行政要行端立正……"

评论着，全看着王加扶。王加扶嘴唇动颤着，说不出话来，看着赵德铭。他料想人们喧嚷着喧嚷着，一定会喧嚷出问题来，现在果不出他的预料。他心里一想，王家沟除过王克俭，你还找不出一个更合适的人当行政。积极分子全不识字，不会写不会算，虽说成立了识字班，嚷着文化翻身，但冰冻三尺，绝不是一日之功，马上接手，一定拿不下来，反给乡政府增加麻烦。到政府去结公粮公草的账目，当合作社里王家沟的股东代表去查账分红，都不是拿指头能算计了的数目；而上边来个信，下边有人要到区乡上去割路条、打介绍，都没有办法了。除过王克俭，有是还有几个识字的人；王相仙文墨还不浅，老雄写算都行，众人要他们当吗？存恩老汉也凑付，但他只适合当庙会的会长或纠首，办公事怕连王克俭也不如，王克俭虽说不积极一些，但他总还没有他们那些毛病，众人也能要他当，他当得也还差强人意，粮草款项，账目一清二楚，只是认识上、领导上差一点而已。减租以前，王加扶在四福堂当伙子时，曾亲耳听见他向王相仙辞了多回，王相仙不答应他；减租以后，他又向王加扶说："这一下好了，你兄弟成了咱村里的头目。换了我吧，新起来的人不少了。"王加扶还批评他不对，说自己和财主不一样，替众人办事，众人说了算，并且保证农会支持他，帮助他。其后，福子和维宝虽然经常噘着嘴，嘟哝他不好；但乡上区上也是和他一样的意见，团结他，影响他，教育他，帮助他进步，他和老雄不同，不是地主死心塌地的腿子。而现在天佑竟不管工作，乘着众人都被意气蒙蔽了理智的当儿起来煽动，解他送粪变工时的那点恨了。王加扶原想最多不过众人在会上批评他几句，让他以后不要再这样便好了，但现在事情已嚷大了。

王加扶看着赵德铭，赵德铭脸红了，似乎感觉到弄成这个形势，他的尽量指责刺激了众人的情绪也应当负些责任，甚至应负主要的责任。王加扶是很了解农民的，一到完全被感情和意气所控制，讲道理便是很困难的，领导也不认领导，想起的便说，火上来便硬干，旧社会常因几句话遭命案，便是这个道理。他把赵德铭拉在一边，离开人群十来步，拐过弯，对他说变工自愿是毛主席定出的原则，他们说了参加，不通知组长偷偷摸摸种了，只能批评他们这点不对，却不能强迫他们怎样。因为教员嘴会说，他要求他对众人宣布：黑夜开会讨论种谷的日期，分配点籽娃，批评那些破坏决议的人，追究他们不光明正大的责任；至于撤换行政的问题，那需要上面同意，因为他是政府系统的人员，群众要求改选的时候，经区公署同意才能重新投票。

赵德铭转来，站在桥边的石墙上向众人一宣布，立刻被雨点一样的质问所包围。

“那算甚么民主？老百姓做不了主？”

“赵同志，”一个人语气顶温和，态度却够强硬，“我问你，行政是给我们王家沟办事，还是给区上办事？我问你……”

“新社会，县长也是为人民服务，”另一个引用了一句口头禅，说，“光管要粮要款的年头过去了！”

"你们瞎吵!"赵德铭不满地说,"瞎吵就是民主吗?要跟道理走嘛!全照你们,边区的工作都吵乱了。不能光讲民主嗳,还有集中哩!没集中的话,甚么问题也解决不了。

"你刚才来吵得比我们还凶,而今又返转说我们,嘿嘿……"有人认为他可笑地说。

"我常听说民主,"另一个莫名其妙,"不晓得还有'脚踪',又不是偷吃了谁的果子,树底下看脚踪?……"

人群中又爆发了一阵低沉的哄笑,赵德铭无可奈何地摇着头,说在这里和他们谈不清楚任何问题,这原本是拉闲话的人市现在居然变成了正式的集会,王加扶开始维持着秩序,要求众人不要闹笑话。但当赵德铭刚刚要继续说话,便被下边不满的话堵住了。

"不要老是问题问题,说'具体'吧!"

"'具体'怎么样?"赵德铭这回着实上点火了,感到他的自尊心也受了伤害。"具体'就是要在这桥上改选行政吗?人到全了吗?连写信告诉一声上面也用不着吗?"

他这一个一个问题像一个一个封条,把下边所有的嘴巴全给堵起来了,一时人群中鸦雀无声。这才给一个结巴子提供了说话的机会。

"好,好吧,"他困难地说,"马,马,马上写,写信!"

"马上写信!"好些个响应这结巴子的提议。

王加扶一看,事情终于弄大了,不得不找乡长或乡文书来解决。桥的那边,有几个直杆人赌气了,捎起镢头便走,嘟哝着他们不是来受谁的气的,宣布他们不准备变工种谷了,明天便开种,也不管旁人的闲事。这些人中间有王加盛和铁箍,他们不仅已经开始说话,而且采取起一致的态度了。存起一只手扯住他们一个,问他们受谁的气,难道教员没有说话的自由吗?何况赵德铭说得并非不在理,只是众人吵得他上了点火而已。

桥这边，人们已经推出了送信人，因为天快要黑，找了两个，要农会和教员到学校去写信，那里纸笔方便。

王加扶临走又重新招呼众人，黑夜的大会不管回信如何都照开，以便讨论日期和分配点籽娃娃，希望各参议员和变工组长都尽到自己通知和召集的责任。他要求大家都不要赌气，以免害了大事，因那几家便影响了全村的计划，更是王家沟公众的耻辱。大多数人噢噢地答应着，叫他快写信去吧。维宝和福子也要跟他们去写信，存起叫住了他们。这是改选行政的事，他不愿被人怀疑村干部在里边捣鬼；因为很久以前，还是春耕刚开始的时节，便有人提议换模范当行政……

农会、教员和送信的人刚走了一会，众人正待要散去，善人父子两个从前沟里进来了；因为整整点了一天谷籽，存恩老汉累得连腿都瘸了。他们走到桥边，一群人马上把他们重重叠叠围拢起来，仿佛他们是正月里扭秧歌的一样，连几个已经走开的人都返转回来，在外边伸长脖子往里瞅。

"种好了吧？"在圈里福子无情地问，"按黄历今儿宜种谷？"

"好不好，总算种进去了。"存恩老汉还若无其事地说；他一天没有回家，老婆送得他们在地里吃了两顿饭，从山上下来看见人市上一群人，以为他们还在拉谈伊盟事变，便加添说："老天让我活到秋天，打得谷子，碾成小米就成吃嘛，嘿嘿……"

"你看咱王家沟谁活不到秋天？你看？……"有人问。

"我不是十殿阎君，捉着凡人的生死簿子！"

"你大概在手上掐算着了吧？……"

"你们和他扯甚么闲淡？"维宝推开众人，正面地提出问题，"那黑夜开会讨论定期集体种谷，你竖了胳膊没，啊？后来你参加了变工队没，啊？"

"竖了胳膊，参了加了，怎么样？"老汉见维宝来势汹汹，很有点奇怪，"我种了，你能教我把点到土里的谷籽一颗一颗全捡回来？"

"你这算句话？大爷？"

"你叫起称呼喋我？啊？你是排长，你……"

"我怎么喋你？"

"我说的不是话是放屁？啊？新社会有喋人的道理？走，见行政去！"存恩老汉说着，恼怒地连辫子都要站起来了，一把揪住维宝的袖子，问两旁的人："你们见克俭回来了没？啊？……"

所有在场的人全哈哈大笑了。他的一个侄儿用了好大的力气从人缝里挤进去，剥开了他揪维宝袖子的手，说：

"伯伯，你怎么了？鬼跟上你了？"说着，转向众人，要求原谅，焦急地宣布："不能和他较量，他脑筋太古了，大清年的黄历还全保存着，常翻得看哩嘛！边区新出的黄历他还不要，嫌没宜做甚宜做甚，尽是这个纪念，那个纪念……"

"哈哈哈……"

十九

打发走送信人之后，农会和教员商量了一下，确定在黑夜的会上主动提议第二天开始种谷，以免夜长梦多。说了一顿，王加扶晦气地叹息了一声，回家吃夜饭去了。当他走过小桥时，人市上已没一个人影，空余下一些旱烟的烟灰和受苦人唾下的痰沫。触景生情，他连连地摇着头，一股说不出的抑郁由心中油然而起。

一件事情的成功，说起来很简单，大小轻重不等，似乎每人都有功劳；当一件事情弄糟了的时候，那检讨起来原因便多了，免不了互相埋怨或自己埋怨自己的现象。王加扶到这时为止，发现他的另一个更重大的缺点是太老实了，心眼太死板了，给行政当傻瓜一样骗了。原来别人的确早已在有计划地做鬼，而他还被全村组织起来的理想所迷惑，被虚假的成功所鼓舞，憧憬着赵德铭所说的将来的"集体农场"。现在他看起来，真要弄起那种农场，也不是自己的能力所能领导了的；照适才人市上吵闹的情景，一天不打架，天也不能黑。目下在他眼前浮动的已经不是甚么农场的远景，而是种谷变工队危发的前途。天已经阴了一天，到傍晚阴得相当厚了，一层一叠的云彩越过村子对山的上空，渐次向村北铺展开去了。今黑夜的会开不好，那便等于宣布明早晨是乱种谷的开始，而且你今后也不要想再组织这样大的变工了。

看形势，会议的症结将不在如何进行变工和点籽娃娃的分配，而是破坏决议的人的处理问题了。要是乡长和乡文书在乡政府，那好了，自己受一顿批评，也不要把工作弄垮；要是他们不在，送信人找不着他们呢？倘若回复到组织种谷以前的变工情况，那么他忙了这些天得到的仅仅是闹了一个大笑话。赵德铭写信，他用指头在纸上指点着，要求他信上提到最高的严重程度，并且暗恨自己不识字提不起笔。信写好之后，他拿在手里再三叮嘱送信人，在可能范围之内必须找到乡长或乡文书；要是乡政府写信请示区公署改选行政的问题，他们便直送区上拿回信来好了。他叮嘱着，直至他们把自己的任务极正确地复述了一遍，他才把信交给他们。……

现在他带着一种纷乱的心情回家，心里想赵德铭这年轻学生性太强了，他是只适宜于成功而不能遭受挫败的，结果使他和村人的关系也有了裂痕；要知道，旧社会一说二打，众人跟绵羊一样；但当他们不害怕任何人的时候，你的脾气大，他们的脾气比你还大，老百姓是连脾气都解放了！

他进到他窄狭的院子里，家里人等不上他，已经开始吃饭了。好像是轮流一样，他愁苦的时候婆姨快活了。她早已接受了郭香兰的意见给三拴吃了药，三拴的痊愈不仅打扫了积压在她心上的忧虑，而且似乎对自己的汉和新社会都有了进一步的认识。这是一件怪事！这药面的神妙所给她的刺激已经是第二次了。第一次是减租，她不相信；她认为即使减了，也不得太平，因为据她的经验，财主总是惹不得的。她曾把减租比做从蜂窝里挖蜜，从山水里捞河柴，利益是有点的，但却是危险的事情。现在，三拴的病好了之后，她才完全相信公家是可靠的，对"工作"的观念也似乎约略有些改变，仿佛只因娃娃和家务的拖累，她才不能变成像郭香兰那样的"分子"。

"你这劳动英雄当成二流子了，"她见他进来，颇怀好意地批评他，"参议员儿在外面呐喊黑夜开会，你没听见，你到哪里去了，还不赶紧吃饭？……"

"我晓得！"王加扶接住她递来的碗筷，冰凉地心不在焉地截住她。

"啊呀！"她见怪了，翻起眼皮来，近乎谄媚地问："这又是不叫你去开会？啊？"

她没有得到一点恩爱夫妻应有的温情，王加扶好像完全没有听见，他脑里充斥了另一种思绪，端一碗饭蹲在碾盘上吃去了。这对婆姨是一种莫明其妙的轻侮，她愤然把头一拐不理他了；而这时在他身边三拴突然哇地哭了起来。一摇脱病魔，三拴便恢复了他的顽皮，他丢开自己的小木碗不吃，却用双手去搬女娃的大碗，似乎她碗里的东西更好吃一些。他把一碗热饭搬倒下来，全部浇在自己胸腔上，透过褴褛的衣衫，他被烫哭了。

"你怎么了？啊？"婆姨正不高兴，一巴掌落在女娃的毛头上，"端上碗不好好撑你的肚皮，倒在娃娃身上?!……"

女娃受了这不公道的惩处，咿咿呜呜哭了起来，一边嘟哝着自己的冤，请求拴儿和二拴两位哥哥作证。他们一递一句指摘被袒护的捣乱者，说他一好了便忙调皮捣蛋。

"鸡娃跑了？啊？"聋爷爷奇怪地问，"跑了往住捉呀，打娃娃做甚？"拴儿和二拴哈哈大笑，说爷爷不仅耳朵，连眼睛也不好使了。打人的和挨打的也嗤嗤笑起来，又全乐了。

"你们给我闹！闹！"王加扶在碾磨上烦躁地咬牙切齿说，"闹！"说得退得更远一点，蹲到大门口吃去了。

他心里有事，他在考虑用一种甚么妥善的办法克服变工队垮台的危机，因此他不能忍受他们的纷扰。在王家沟，只有他们，只有白发苍苍的聋老爸、婆姨和娃娃，他得罪得起，得罪了他们于"工作"没有妨碍；当他们吵吵闹闹的时候，他嘶声喊叫几声，一切问题全解决了。他有心脱下一只鞋，除过聋老爸和三拴之外，照脑瓜盖每人给他们一鞋，但他没有工夫，他一边吃一边想着怎么办，吃罢饭很快便要开会了……

大门外边响起了熟悉的脚步声，维宝来了。他也是关心着信写得是否够得上实际的严重性而来的。他气愤地告诉农会存恩老汉竟然敢扯他袖子，并且断言这事情一定有其他内容，让儿的行为是太反常了；说不准老雄在里边也有点份儿，这老家伙今天一早骑驴上正川去了。最后，维宝表示非常不满赵德铭乱发脾气，起先他对破坏决议的人所发的脾气已经有点过火，而后来他竟对反对破坏决议的人也发起来了。维宝说形势已经严重到这步田地，存恩老汉那组全体，模范那组的王加盛、铁箍，王加诚那组的天佑父子，约莫有十多家已经在装谷籽，会要是开得不能使他们满意，后果便不要问了。

"你看弄成甚么样子了！"排长非常焦急地说，拍了一掌大腿。

"不要紧，"王加扶安慰似的说，"等送信的回来再说。"

他告诉维宝，关于老雄做鬼的事目前只能怀疑，不能明言，以免转移了目标；倘若果有其事，它总有水落石出的一天。说罢，他用捉筷子的手掀了维宝的肩膀一把，要他出去再串几家门，看看村里的动静。

"对！"维宝答应着，又收集"材料"去了，高大的身影消失在刚发芽的枣树林子里。

王加扶又吃了两碗饭，提着烟锅便到学校去等送信人的消息。照排长收集的"材料"看来，他估计要是乡上不来一个人，会开好的可能性很小，难免要照春耕的样子变工种谷了。会议会像在人市上一样，吵得稀烂，最后无结果而散；因为只有赵德铭会说几句"理论"，但他必须是在顺利开展工作的时候，现他生气得头发都要着火了，一封信写了好几遍，写三五句又揉了重写，可见他的心情之乱了。而王加扶自己呢……

"百姓管百姓难啊，"他一边走一边自言自语说，"咱不会说，和众人一样……"

"嘿嘿……"村道上边谁在一堵矮墙上轻轻笑了一声。

"谁？"王加扶仰头问，"存喜叔吗？"

"唔。"王存喜答应，烟锅上的火星在夜色中辉亮，显示他在实行"饭后一袋烟"的生活规程。他吃着烟，逍遥自在，然而却带着诚恳的同情说："咱王家沟，你是头一个忙人，顾了公来又顾私，劳动英雄，名不虚传……"

"传甚名嗳？"王加扶说，"我怕背后嗐的人还不在少数……"

"谁能嗐你？"王存喜奇怪地问，俯身向下严重地说，"谁嗐你，我说谁就不是人！可是，我看你这劳动英雄当上几年，能捞一脑白头发；旧前愁你日子过不好，而今又愁众人过不好……"

王加扶听了，不由得伸手摸了一把笼手巾的头，轻微地嘘叹了一声，然后叮嘱对方早点来开会，便朝前走了。村里有人说这样知冷知热的话，对他简直是一种安慰和鼓励，他心里顿然宽敞了许多。

当他走过小桥，又拐了两个弯，到四福堂菜园子下边的大路上时，突然有四五个人迎面走来了。听见他们说的话，他一下子紧张起来——送信人回来了。

"怎么？寻上他们了没？"他拖着那双沉重的鞋急走上去，问。

"咱王家沟的洪福大。"回答的是福子和存起，他两个吃过饭便到学校去等回信，送信人一转来，便和他们一齐来告诉王加扶——幸而出他意料之外，他们碰得真巧，不仅乡长在乡政府，区长也来了，他们吃过饭霎时就到。

"霎时就到，"送信人之一重复说，"叫咱们只管召集人，等他们来就开会。"

"用不着等，"另一个送信人甚至更剀切，"管保咱人还不齐，他们就来了；我们走时，他们已经吃饭了……"

"怎么？"王加扶惊喜地问，"区长怎么到咱乡上来了哩？"

"嗨！碰了个端嘛！"两个送信人同声骄矜地说，仿佛这倒是他们的功劳一般，开始互相争着叙述他们所知道的一切……

原来程区长到六乡申家坪一带去巡视种谷工作，晚上住在本乡。照区上干部的分工，本乡是那个曾来传达种谷指示的张助理员领导，这时他婆姨恰巧中了产后风，被寻回家去了。当区上干部分派出发的时候，大家都说本乡大约没事，用不着来人；但区长不放心，说他路过住一夜看看。他们这一回分头出发巡视的任务是：要看看各乡在组织好以后，实行变工时有甚么问题，必要时具体帮助解决。他到乡政府时，乡文书没有在，李家坪那一对冤家夫妻闹离婚像打摆子，总是去不了根，现在又复发了，他被找去调解。乡长才从家里转回乡政府，他抽组织好以后开种以前这个空子回去安顿了一下家务。区长问他，他还说："没甚么问题，表全送上来了，组织得全顶好！"他们送去了信，乡长一看便红了脸。在这里两个送信人一致反映，赵德铭在急躁中所写的信没有说清楚问题，使区长弄清真相的，倒是他两个尽力所口述的"具体"。区长听了，当下便给乡长"整风"，"没问题，没问题，"区长说，"坐在家里自然没问题，光看表格不去深入，问题就来找你的麻烦……"

"你看，"王加扶听到这里，恍然大悟地拍了一掌大腿，对福子和存起说，"咱和乡长不是害了一样的病？这回从头到尾就没好好和行政拉谈过一回嘛……"

福子和存起惋惜地咂着嘴。

"霎时就到。"送信人还在重复着夸功，结束了他们得意的报告，十分满意着自己的成就，回家去吃饭了，福子和存起到全村传布这个好消息。

王加扶好像把一个苦恼的负担交代给区长一样，立刻轻松了百倍。程区长是延安大学行政学院的学生，王家沟有一个在延安包工的给行政学院刷窑见过他，据说几百学生里也是前几名。年前参加减租问题考察团来到本县，县上看他好作风，有能力，考察团返回延安时硬要求留下了他。先是在县政府一科担任副科长，随后便把他安到这个边境区上来。这人其实在旧社会没甚么资格，未进过正式学校的门，他之所以能够进新社会的大学，完全是由于他的革命历史、品质和才能所显示的发展前途。王加扶看他对于一切工作的毛病，像一个七十岁的老儒医看病，手到病除。毛主席能行，王加扶没有见过真人，不知他万能到甚么程度，然而程区长和他很熟，他在他眼里也是圣人……

王加扶带着迅速恢复了的情绪，十分有劲地走到学校里去。教员窑里已经充满了喧嚷声，不等六老汉打钟便来了很多人，把赵德铭那盏麻油灯堵挡得从外面看去黯然无光，只见窗纸上蠕动着硕大的人影。喧嚷已经不像人市上那样嘈杂、气愤，而是一些乱七八糟的高谈阔论，还夹杂着笑声。王加扶进去的时候，许多人庆贺似的说：

"上上大吉，讨起好卦来了。"

"还是'即日有雨'哩。"有人又添上一句卦辞说，"外边天阴厚了！"

王加扶用笑脸回答着每一个人，把他的烟锅插进烟布袋里去，装着烟，走到教员跟前。

"怎么？"他问，看了看窗子，"外边天阴得漆黑，一会的大会窑里开哩？还是院里开哩？"

赵德铭半天没吭声。他好像吃得太饱，挺着肚皮，背靠铺盖卷躺着，嘴里噙着一个不知朝谁借来的烟锅，仿佛也在实行"饭后一袋烟"的生活规程，帮助消化。其实他简直等于没有正式吃饭，热了一碗晌午的剩饭吃了，便一直躺到现在——他已经给众人气饱了！区长要来的消息对他没有起了对王加扶那样的作用；相反，他听了送信人的话更加重了苦恼。在别的村里没有出岔子的时候，王家沟发生了自己不能解决的问题，已经尽够在总结工作的会上供大家研究了。当然，他对这工作要负一部分责任的，区长已经批评乡长了，不知他又将如何批评他。究竟怎样才算有"群众观点"，他是愈来愈搞不清楚了；区长曾经说过：任何工作搞坏了，责任首先在干部，不能推到群众甚至反动派身上去。赵德铭始终觉得新社会未免把老百姓提到天上去了，他们有些人简直落后到出你意料之外，你能替他们负责任吗？程区长却又说过：那也不能怨群众，因为你对他们了解得不够，你的计划超过他们接受的程度；你要实行你的计划，首先必须从提高群众的认识做起。现在，赵德铭想到：王克俭、善人、存发老汉，你去提高他们去吧！你甚至要他们不妨碍你的工作，他看也只好耐心一点等他们死！王家沟这村子太不好，下半年无论如何也要求三科把他调换一下，他们即使全村跪下挽留，他也不干了。并且，等开始种谷以后，学校一放忙假，他便回家去看看，他为甚么不回去看看他娘和媳妇呢？她们已经捎了多少回话了……

"你说，"王加扶吃着烟，又请示似的说，"窑里开哩？还是……"

"哪里都好，"赵德铭烦恼地说，"要不就等区长来再说。"

"窑里怕挤不下，"王加扶事务式地说，转向众人，"你们看眼下不会下雨吧？"

"啊呀，说不准！"有人说。

"外面不下也太黑，"另一个说，"还刮点风，灯又点不住……"

"啊哈，"第三个说，"听说哩，看戏哩？点灯做甚？"

王加扶在脚地上一块大炭上蹲下来，眼角里偷扫了赵德铭一眼，很是为他的情绪惋惜。以为他是因为人市上众人对他不客气的态度而难过，王加扶很替村里的人抱愧。他对众人说：

"往后有事，咱们不要乱吵，吵顶甚哩？不管开会、拉谈，朝人家念书人、工作人学习，一个说罢再一个，咱总是山驴野马一样嘶声叫唤……"

众人不知道他说这话的真意，立刻又七嘴八舌吵起来。等不得打钟便来的这些人，正是人市上吵得最凶的那些人，他们好像打官司的人一样话多，唯恐自己说少了吃亏。

"吵到理字上，"有一个三角脸的人点头晃脑说，"毛主席来也还是吵！"

"用不着毛主席，"另一个光嘴巴说，"程区长来就办事了……"

于是，原来蹲在那里只管吃烟的人也插上嘴来了。有的推测区长会重办所有破坏决议的人，另外的反对，说行政是主要的，他是个干部，其余的怕反一回省便拉倒了。有一个头上长一颗山药大的瘤子的人站起来，用烟锅指挥众人全不要说话，听他的；他说连王克俭也没事，他算摸清新社会自愿原则，宽大政策和民主团结的底子了，否则他不敢一次又一次哄骗众人不变工⋯⋯

这人说得众人哈哈大笑，连赵德铭也忍不住笑得抿起嘴来。

在笑声中，有两个穿粗蓝布制服的人从耳门里进来，窑里所有坐着的、蹲着的，统统恭敬地站起来。王加扶抢上前去，用两只生硬的手抓住首先进来的那个人的一只手，热情地摇晃着——

"老程同志啊！⋯⋯"

二十

福子和维宝没有用好大工夫，便把程区长要来的消息传遍了全村，等到钟响了的时候，学校里已经拥挤若市了。根据他们两个收集的"材料"，从人市上散去以后，村里大致有这么几派意见：一派非常激烈，大多是年轻人，必须要破坏决议的人对王家沟的名誉负责；另一派是存心不愿变工，觉得吵一吵很好，吵烂了包自己种自己的谷；第三派心里很难过，公家提倡定期集体种谷原是好方法，不料想反弄得这样乱。⋯⋯听说区长要来，各派人都又保持着谨慎的缄默，竭力想知道区长的意思如何。虽说已经宣布会要在院里开，但区长不出来，人都拼命往窑里挤，教员窑的窗外也簇拥了一大堆人，好像在看影子戏。

黑夜没有月亮，山沟里本来够黑，加上阴云愈来愈低沉地压在山头上，河道里更像密封的地窖，黑得没一点缝隙。六老汉听说程区长来了，打过钟，瞎子一样摸到学校里来，大约已经是到会的最后一个人了。他很想挤进窑里去和区长说几句话，一方面表示他的敬意，另一方面对于变工队的问题提供一点意见，他的意见向来是到王家沟来的各级工作人员所尊重的。但他要挤进去的时候，连中窑里都水泄不通；人挤到这样程度，你进窑便热出一身汗。

"让开点，喂，"他说，推着旁人，"你们都长在一块了吗？院里好宽敞的场子，又没下雨，挤在窑里受罪！"

"嫌受罪你出去嘛……"有人拐过头来说，随即被众人制止了；因为他们唯恐他们的耳朵遗漏了后窑里说的任何一句话。

然而六老汉还是继续挤，当挤到中窑的当间时，他是再连一寸也无法推进了。耳门外边的人动也不动，似乎连理他的工夫也没有。他想返转出去，也在门台上挤到窗口听听后窑里的谈话，必要时自己也隔着窗子发表点意见；因为他觉得自己既是打钟的人，在开会以前向区长表明自己的认识，乃是责无旁贷。但他刚刚做着挤出去的企图，便遇到远甚于挤进来时的阻挠的斥责，于是，他只好和众人一样，伸长脖子侧耳捕捉着后窑里通过耳门传出来的说话声……

程区长本人倒很少说话，他除了发问，便是听着乡长、村干部、教员和众人的回答，不断地嗯嗯着，表示他听明白了。看样子他一点也不着急，好像这事没有一点严重性。他把种谷变工的布置情形从头至尾问明白，听了村干部和教员的回答还不满足，又向挤在脚地的人征询和对照，好像他来的目的只是调查而已。最后，当他再不提什么问题，开始考虑着什么的时候，急性的人便探询着区长的办法。

"众人说怎就怎，好不好？"他笑道，学着本地的土音。

"好卦！"有人嚷道，"开会！"

"开会，开会……"

"开会……"

乱七八糟的声音到处响应起来，窑里的人互相推拥着，挤出院子去。有一个人不小心挤掉了一只鞋，等人都出去之后，他进来摸了半天，才在远离开挤掉的地方找到了。乡长随着出来，受区长之命主持会场，检查人数，区长和村干部、教员还有些问题要单独谈一谈。乡长出来，六老汉要进去，他挡住他，要求他开完会再和区长见面。

乡长把维宝带给他的灯笼举高一照，满院蠕动着人，却认不清谁的面目来，他叫起每个参议员的名字，要他们报自己的人数。

"我这参议全来了。"有福首先说。

"我的也一样……"木匠王存善继续道。

"全来了？一个也不短了？"乡长仿佛是问全院的人。

"谁参议上的人没到全，张声啊！"模范提议着，然后说："我的总是一个也不短了。存高我哥眼痛，黑夜开会，他总是不来的……"

于是又有一个参议员报告：四福堂东家不来，先说打发伙计王三来听话，回去禀告；随后他说区长召集会，王相仙又犹豫起来。究竟来不来还不一定，倘若必须来，他马上去"请"，反正他这个参议员倒霉，一有工作，也顶给四福堂搅了点工；财主虽说没减租以前那么拿板弄势，臭架子还是不小。正说话间，王三来了，说：

"不要叫去了，睡了！"

众人说："睡了就拉倒吧，反正他也不管咱众人的事了……"

此外，老雄没有到。他一去正川总是黑夜人睡定的时光才回来，他的两个长工虽是外村人，却全来了。有人问张二和赵大，他到正川做甚去了。他们说："他不管到哪里，还给我们说做甚？"

这时一个因为有肚痛的老病，到春天还穿着羊皮背心的参议员，从人群的后边走到前边来。他一边走一边唉声叹气地摇头，到门台下边的时候，他转身向着众人。

"我有甚么法子哩？"他诉苦似的说，"不来！怎么也不来！说众人看刀捅哩，还是棒抢哩，他就那一条老命了……"

"谁哩？"众人奇怪地问，"怎那么凶……"

"再有谁？"参议员不满地喃喃道，"咱王家沟的善人嘛！"

"啊啊！"有人忽然领悟地说，"存恩老汉……非来不可！"

"你再叫上一回，就说区长有请！"许多人凑笑说。

"我不去了，四个活的才抬一个死的！"参议员泄了气，一只手揉着他的肚子。

"好我的众人了！"善人的小子王加祥站起来哀求，一会儿朝门台上，一会转向院里的众人，不知朝那边说最有效力，"你们不晓得我爸的旧脑筋？一碗水倒在地下了，搅不起来了。他点了一天谷籽乏得也够受，黑夜又连饭也没吃，还能来开会？千不对万不对，都是我一个人不对，我不该听他的话。往后我们家的事众人不要找他了，和我说，我活的日子还长久，新社会公家把二流子都改造了，我不能转变？"

"说得好听！"招喜说，"取得真经是唐僧，闯下乱子就是孙悟空？我叫去！"说着走了，跟他走的还有他手下的两个人手。众人用笑声送走了他们。

"好了。"乡长忍不住笑，问众人，"还有没来的吗？"

"行政？"有人提示，转脸在周围寻觅着。

"克俭哥。"他那个居民小组的参议员王加诚叫了一声。

"唔。"王克俭在一个最黑暗的角落里站了起来，轻微无力地应了一声，随即又蹲下去，好像他连站的一点力气也没有了。虽然如此，他吸引了所有的视线，都看见他模糊的影子了。

王克俭这一天算倒了楣。他和楞子一天之内抢种了六垧谷，超过了任何变工队的速度。他们下山时累是累一点，但还满意自己一天的工作，他对楞子说照这样再过一天，他们便完成了计划，可以从从容容送外孙们回家了。他并且拿这点安慰毛虎和狗娃，轮番亲昵地抚摸着他们的头，企图巩固他们的情绪；他们在晌午以后一开始感到力不胜任的时候，便发觉自己是被愚弄了。回到家里，两个外孙全爬在他们娘肩膀上痛哭流涕，指着他们身上所有疼痛的地方；而王克俭自己又发现他已成了全村的公敌。他不再懊悔，也没理由懊悔了；因为他为这回种谷反复的次数太多了。现在，眼前的事实使他开始怀疑起老雄的"消息"，不过，村里的人他倒并不怎么害怕，顶多不过撤换了他的行政，这在某种意义上来说，反倒揭了他的"愁帽"，虽说不及自己辞退的光彩，但他今后会感到轻松则是一样的。他于是自己壮着自己的胆子，大模大样到学校来了。当他一发现区长竟也来了的时候，他沉不住气了，心笃笃跳着，眼皮直哆嗦，脸发烧得象烤着火，脚跟有点站不稳，老雄的黑影子在他脑里浮现，莫非他和他变成一案的人了？众人对存恩老汉的态度无异于给他颜色看，他感到案情的严重超过他的估计，当参议员叫他的名字时，他像一个胆怯的犯人一样应了一声，与其说站起来，毋宁说耸了耸身子。虽在夜色墨黑中，他还是怕人家看见他的窘迫，下巴顶着胸腔垂倒了头，只希望撤换了行政便安然无事，他算谢天谢地了……

模范在人群中察看了一转，最后喊叫："叫区长出来开会吧，人到得差不多了。"

程区长一只手插在裤袋里，另一只愉快地拢着头发走了出来，随后跟着农会、教员、福子、维宝等人。后两个人出来便跳下院子，混在人群里去了，只有王加扶和赵德铭留在门台上。赵德铭从中窑的教室里摸了一条长板凳，搬出请区长坐；但程区长已经和王加扶并摆蹲跪在门限上了，还在拍着后者带着不少尘土的脊背和他说甚么亲热的话。赵德铭把一条板凳空放在门台上，也挤到区长跟前笑眯眯地蹲踞下来。

　　教员已经恢复了他的愉快。区长没有当着村干部的面，给他甚么"精神上的打击"，说他只是年轻，书念得不少，但却才开始接触实际，虽说出身农村，因为从小念书，对农民的了解还是不够，多受些锻炼便好了。区长甚至于夸奖他的优点，说他肯干便显示他有出息，说错和做错是干部工作中必然的现象，只要自己认识到错误，有决心改正便是好同志。程区长说没出息的是那一种同志，他们自己不肯干，总喜欢摆资格，履历的或者学历的资格，指挥旁人，工作人出一点岔子，很会抱怨旁人和下级。他说得赵德铭感佩莫名，沉痛地反省到自己或多或少也有这种毛病，希望区长今后多多具体帮助，说他旧前念过不少为他的理解力所达不到的理论书，半通不通，到王家沟是一点也没有用上。他们说得王加扶羡慕得不行，也要求区长给他"整风"。程区长笑了，拍着他担水挑粪擦破了夹袄的肩膀说，他的"风"很好，有许多值得大家学习的地方。王加扶简直受不了这句话，觉得这对他几乎是讽刺，非要区长指出他的缺点不可。他又用两只手抓住区长的一只手，似乎不说他就不放。区长这才笑说他做工作希望太高，心太狠了，想一下子把全村都弄好，实际却办不到，只能一步一步来，模范村有模范村的条件，这些条件是要慢慢创造才能具备的。他举出减租以前和减租以后的王家沟比较，王加扶一下子豁然贯通了，放开区长的手，害羞一般说减租以前连他也谈不到甚么"思想"，毛驴一样给四福堂受苦。最后，区长对他们说，群众和过去不同了，只要不是过左的、违反政策法令的盲目行动，让他们说话。他说他同意王加扶对老雄在这事情里的作用的估计和态度，有甚么材料暂时不要嚷叫，注意一点便行了。他问他们：要是改选行政，会选到谁的头上；他们一致认为没有旁人——模范。于是，众人全出来开会了。

他们一出来，乡长便宣布开会。这人三年以前是和王加扶一样的人物，放下镢头背起粗蓝布挂包以后，在县区上参加过不少会议，接触过不少有"文化"的人，也学了那么一套。他首先批评自己对王家沟照顾不够，能力也差，所以工作出了岔子，应由他负责；其次，他要求众人按着次序自由发言，区长和他是为了解决问题而来的……

"完了，把咱的种谷变工队还是好好搞起来。"这是他的最后一句话。

他的话音刚一落地，便有两个人到前边来抢着要发言。一个是王存发老汉，另一个是王加钧；老汉因为行动迟缓，他挤上来时，王加钧已经占了先。

"唉！"王加钧叹了口气，把烟锅插在腰带里；抢住了发言权，他又不知从何说起。

"你要说嘛，你就快说！"存发老汉催促他。

"我说，"王加钧晦气地继续学着学生娃脱帽的礼节，手里捏着他从头上扯下来的手巾，"我等也等不得在全村老小们面前反一下省。新社会不兴打婆姨，我看还是非打不可！'三天不打，上房揭瓦！'众位不要笑，我这回上了婆姨的大当，那狗貪的硬要先种，妖精一样说：'咱村里的事，你又不是不晓得，说分配点籽娃娃，到时候谁管你？'她说赶紧种了她要坐娘家去，又说下了雨种，她嫌湿土地里又要踏坏她一对鞋，脱成赤脚，她还没那些女同志们胆大……"

"不要笑，不要笑，众人不要笑！"乡长伸出两只手制止着满院的笑声。

但他的制止很难生效，连区长在他背后也忍不住要笑。众人笑罢，王加钧继续给旁人身上推卸着责任：

"又说行政也种了，存恩我叔也种了，存发我叔也种了……"

"哎！"王加祥一冒站起来，叫着冤，"人说话要良心啊！我嫂多会和你说的这些话？啊？……"

"今早起……"

"今早起我们起身时谁也没碰见！你不要把你身上的虱子往旁人身上捉呀！"

"就是！"存发老汉也转过身来，攻击他的同盟者。原来他看见王加钧占了先，便想跑去直接在区长面前告罪，觉得这倒是一个根本的办法，不料想这边王加钧竟敢诬陷起来。他转身便愤怒地质问："是咱两个商量好一齐种的？还是我偷了驴，你才去偷鞍子的？凭良心说！"

"咱两人商量好，我婆姨说的嘛……"对方更正着，慌张地眨着眼皮。

"就是，你说清楚嗳！……"

"乡长，乡长，"有人在下边不满地喊叫；"这不是一池水，都跑来洗身子！天阴得黑压压的，眨眼要下雨，还不赶紧商量咱的正事？"

"甚么正事？"另一个更加不满地反对，以为他提议隔过这事不谈，便讨论种谷，所以肯定地说，"这就是正事！"

"就是嘛！人市上吵得甚？"那人解释着误会，暗示地朝行政蹲的角落里瞟了一眼。

这时去叫存恩老汉的招喜们返回来了，所有的眼睛又集中在他们身上。有人笑问："怎么？你们也没有叫来他？"

"都脱了衣裳睡了，"招喜说，"只听见窑里呻唤……"

"大门外面石墙上插一炷香，扣一个碗，"跟招喜去的一个补充道，"怕又是叫老婆给他送病来……"

于是满院又乱嗡嗡起来，笑声里夹杂着评论。有的说老汉受了一天重苦，可能是真病，有的则说是假装。众人又不遵守开会的秩序了，三三两两议论成一片，正嚷得乡长无法维持之际，区长站起走到门台边上。

"好了，好了，区长讲话了！"乡长使劲呐喊着，压住了哄闹声，感到轻松地退后两步。

原来散乱在满院的人群一下子都挤到门台下边，好像区长要分发甚么东西似的。王加扶和赵德铭也站起来，一左一右立在他两旁。只有少数几个人远远落在后边，停留在原处未动。王克俭依然蹲在那个角落里，埋头挖着他的指甲缝，让儿弟兄蹲在东墙根，一来至这时便一直未动；存恭和存谦监视着让儿，不让他乱走动，也不许他说话。

程区长站在门台边上，看见院里肃静得连受苦人气粗的呼吸都可以听见。按照事先说好的程序，他是准备在众人提出问题以后才讲话的；但现在，他一看这个零乱情形，便不得不先讲几句。从存发老汉、王加钧、王加祥们的争执，众人对存恩老汉的态度，看出他如不指出问题的中心，会议便会不得要领地拖延下去。

"我给你们提点意见，要不要？"他客气似的征求着同意。

"不要，我们都挤来看你长得丑俊？"说话的是六老汉，他这才有机会和区长直接说一句话，引起了一片笑声；但他还继续唠叨着："盼不得你区长一天来讲上一回话，把我们王家沟的工作也指拨得像个样。唉……"

"拍手！"王加扶在旁边表示着他天真的拥护，说着便把手里的烟锅交给嘴嚓住，自己先实行起来了。

一阵噼噼啪啪的掌声从人堆里爆发起来，吓跑了窑檐下栖息的所有的鸽子。程区长反倒怪不好意思，抽出裤袋里的手摇着，带笑制止了众人鼓掌。

二十一

"你们种谷还准备变工不变呢？"程区长突如其来问。

"不变我们就不来开会了！"下面有人干脆地回答。

"那么你们不好好讨论变工的问题，嚷甚么呢？"区长又问。

下面回答的方法便多种多样了。有的说：出了问题解决不了啦，单看着区长的办法。几个人甚至企图向区长告冤枉，准备详述一下自己参加变工队自始至终的忠诚，借以陪衬出那些破坏决议的人之不可原恕。但他们被旁人阻止着，不让他们用无休止的自夸自诩来浪费时间。维宝和福子鄙弃众人绕圈子，不直截了当提出问题；王加扶和赵德铭关切地注视着下边，看谁会直然提出。有几个人几回准备出口，但掉转着看看王克俭那个倒霉样子，又怪难为情，嘴唇动颤着，没有说出口。王克俭像一个避雨的人，深深地埋下头去，那些自夸自诩者的每一番话，都等于在诅咒他。他用全副紧张的精神密切注视着，看哪一个平时和他有怨恨的人会首先提出他的问题来……

突然，不是别人，正是傍晚在桥边人市上最后发言的那个结巴子说话了。他在人堆里神色不变地说：

"众，众，众人尽瞎吵！区，区长！我们嚷，嚷，嚷着要改，改选行，行，行政哩……"

众人有趣地盯着他费力地说完，又都转脸望着区长。

"有多少人赞成呢？"区长问，随口说："赞成的举手！"

"举！"不知谁喊叫了一声，便一齐竖起胳膊来，有一个因为竖得太猛，披在肩胛上的破棉袄都溜到地下去了。

区长让王加扶和赵德铭下去数一数。因为人挤得很紧，又紊乱，两个人数的数差着三四人，但全在九十以上。最有趣的是存发老汉、

种谷记

王加钧和王加祥等人，不知是出于何种不可思议的动机——想把责任全推到行政身上呢？还是向众人谄媚？也举了胳膊，惹得他们身旁的人好笑……

程区长叫众人放下手，声明他代表区公署宣布接受众人的要求，王克俭撤职。好像庆祝行政下台一样，众人又全天真地拍起手来。掌声停止以后，区长用通俗的话语说明：边区是讲民主的地方，但是不管在哪里，没有经济的民主，便没有政治的民主。他举出减租以前边区的两次普选（乡、县、边区政府的三级选举）的例子，那时候，群众必须经过宣传动员，众人才来投票，甚至需要干部或积极分子到地里去叫他们；老百姓因为忙过穷日子，不愿误工，钻在最不被人注意的地方避免当选，其次便是群众还害怕地主，不得不跟他们跑，投他们所提候选人的票，因为他们不愿放弃他们几千年在农村里的统治权，而自己又不愿抛头露面，所以便提出可以替自己办事的人，至少不会反对他们的人当选，这些人做行政工作是"应卯"，不能替众人服务。减租以后，群众翻了身，真正成了新社会，无论甚么工作都和以前不同了，因此旧前选起的人，有很多不能使群众满意。他的结论是王家沟这一回大闹行政，是很自然的事情，一点奇怪都没有。

他说得众人心里像熨铁熨过一样舒服，有人笑说区长不会掐算，但他可是摸清众人的心底了。突然，招喜在人群中竖起一颗拳头，大喊：

"欢迎老程区长的话——"

"欢迎老程区长的话——"众人张大嘴巴吼叫，六老汉年老，激动得挤了两颗眼泪。

程区长接着谈到王克俭个人的问题。他说王克俭不是一个坏人，据他的了解，他在旧社会没做坏事，在新社会更不做坏事；但他也不愿意做好事，只管他自家过好日子便行了。听说他给四福堂讨租粟看见租户哭鼻子，他自己也很难过；但是他不参加减租斗争，他心里记着地主的很多坏事，你从他喉咙里伸进手去也挖不出来，只说他看租早应该减。减租以后，他甚至当着区长的面也不止一次说过新社会的好处，但他却不愿积极工作；不知是瞧不起，还是怎样，不愿和积极分子真心诚意打成一片工作，总像猫头鹰一样，独自在黑暗中过活。公家和众人忍耐地等待他转变，而他却显示出很少转变的可能。他不仅不好好工作，而且给少数人引邪路……

"我说得对不对呢？"程区长问众人。

"对，"存发老汉首先回答，用手指着他胸口："句句说到心上了。不是行政，我鬼也不敢种谷……"

"我不是？"王加钧赶紧接上说，"有踪就有路，我不是照他的脚踪走？"

"墙倒众人掀！"楞子不服气地在人群后边说，"你们全往我爸身上躺！你们两个全是好的？"

许多人都不满意地嗌着楞子所鸣的不平，存发老汉和王加钧更甚，勇猛地转过头来，伸长脖子经过人群的头顶齐声质问：

"我们不往农会身上躺是？啊？"

这时候，王加扶在门台上似乎看见让儿在东墙根竖了几竖身子，想站起来的样子；但他始终没有站得起来，存恭和存谦一边一个扯着他的肘子。王克俭似乎勾倒头斜眼扫了一眼让儿们的动静，随即恢复了原状。王加扶正想向区长建议给让儿说话的机会，区长已经重新开始讲话了。

"这几个老乡，"他指着存发老汉、王加钧和王加祥说，"往后不要学坏样好了。我听说有人还要求处罚他们，我的意思算了，认错就好。怎样说？"

众人都笑着表示同意，直乐得那两个悔罪者闭不上嘴巴。

"让儿弟兄哩？"有人提出问，"他们还叫学生娃点了籽，怎办？"

王加扶斜了身子一看，让儿弟兄那边又在动颤：他想站起来，又被扯住了。存恭把他交给存谦看住，自己站起用身子挡住他们，向前边说：

"我们弟兄死心眼，行政早起一种，我们后响才种，盘算他和我们一组，连句话都不漏就丢了我们！我们种是种了，可是还变工……"

"算了，算了。"区长挥着手制止着他们的唠叨，越发肯定了他的认识。

这时几个积极分子心里感到区长的制止未免过早，失去了由众人的追问弄清楚究竟是否有老雄做鬼的机会。但区长已经开始解释新的问题，他指出变工的自愿原则是永远不变的，参加自愿，退出也自愿，但必须光明正大，不能偷偷摸摸，那样便是捣乱变工了。当区长宣布：有谁要求退出现在可以提出来的时候，王加扶在他旁边着了慌，心里想："你太胆大了"，连忙注视着下边，看有谁能提出。院里众人都转头四顾着，却没有人开腔。六老汉代表大家似的，骄矜地说：

"谁要是而今才退出，当初就不参加嘛！"

"对啦！"许多人赞成说，其中有一个人加添道："行政把我们全当憨子，只他精，他不领导我们罢了，连跟都不跟我们走嘛。"

"行政常说，"一个满脸麻得可以擦着洋火的人忍不住笑了，"行政常说他是老婆穿双老汉鞋，不赶紧……"

一阵笑声淹没了麻子的话，笑声里夹杂着几个人的窃窃私语，直至一个尖嗓子的年轻人要求发言时，众人才平静下来。

"那么，咱行政要不办了，我有几句话献到明处。"尖嗓子开始说，掉转头看了看依然蹲在那里的王克俭，好像打招呼要他听着似的，继续道："我看是今年正月二十一吧，我连日期都记得，赵同志给我订农户计划，行政帮他打算盘。为了要两年的比较，才能算出我耕几余几，我和我的婆姨掐指头算着，行政不耐烦了。'毯！'他说，'约莫着写上就是了，反正我们办我们的公事，你过你的日月！'说着，就撩起襟子，伸进去一只手，要和我捏指头，就像是做买卖一样，逗得赵同志直笑。早是我那个婆姨不想订，搬起纺车就串门去了。当下没订成，还害得我和婆姨吵了一顿。我那计划终是没订好，冬天公家检查，选举模范；我虽不想望当模范，可还是个不爱受批评的人。行政要换了，凑着区长、乡长、赵同志都在这里，我先说响，我负不起这个责。对不对？赵同志说话？……"

"对。"赵德铭在门台证明，嘴抿着笑。

"大叔，"尖嗓子又返转叫着王克俭，问："我没咬口你吧？"

王克俭仰起头看了看，又低下去。

人堆里七嘴八舌乱嚷起来。有人警告天快要下雨，而且时间也不早了，提议赶快选出新的行政，好讨论种谷的事。但不少人反对，说行政马上要交代，有不清利的事需要说明白，免得往后胡赖。于是许多嘴巴抢着发言，大汉王加明，为了使他的话尽先说完，并且使全场人都听见，觉得他的个子还不够高，甚至于跑到门台上去。

他说的是一件他自己至今还觉得冤屈的事情。那是正月十五给各庙上（龙王庙、山神土地庙、老爷庙和破破烂烂的灵官庙）点神灯的时候，常年纠首存恩老汉提着罐子，挨门逐户集油。谁也晓得，纠首总是嫌每家人都给的少；到他门上，他不肯给，话也说得残刻一点，两个人吵起来。大家知道，存恩老汉不大和人吵闹，但替神办事，他却不惜惹人。两个去见了行政，行政竟也评倒了大汉，说他对神事布施的吝惜等于给自己造罪，而龙王爷下雨，从来没有听说别处都下了，只剩下大汉地里沉干……

"这是什么话？啊？"王加明现在厉害起来，并且重新诉述自己的苦状，说："公家嫌我吃嘴多，还减免我的公粮，龙王为什么专和我作对哩？我没多的油嘛，要有的话，唉，众人不要笑话，娃娃邑在炕上，婆姨总是黑摸着打扫，有一回没打扫净，给我摸上一手。我觉着不对，放鼻子上一嗅，啊呀……"笑声截断了他以下的话。

"完了没？"天佑问，"完了我也说上几句。"于是抱屈地咽了口唾沫，把他开始和王克俭变工的故事摆开来。他爸一再阻止着他，说那点事实合不着在稠人广众中，当着区长的面给行政伤脸。但天佑人又年轻气又粗，固执地一气说完了它。

"他参加变工，从头到尾就是耍滑稽。"他的结论是，"我看他有意拿他的驴给我难看！"

"够了，够了，"有些面软的人觉得难为情起来，劝说，"叫他退位就是了，不要误咱的正经事，你们看天气……"

众人抬头一看，一疙瘩一疙瘩的云块重重叠叠压在山头上，天低得似乎站在窑顶上便可以摸着。众人全同意了，几个等待发言机会的人把他们早已涌上喉咙的话又咽了下去。六老汉提议应该给行政一个说话的机会，以免往后抱怨众人用木匠的一面斧砍了他，并且附带声明：他要是从此进步起来，到秋后第三次普选，众人还举他当行政。区长大大地赞赏六老汉的这种正确态度，说边区政府委员会决议从十月起全边区实行第三次普选，进行工作大检查，正式的行政主任要等那时产生，现在选的是代理行政。乡长叫了一声，王克俭站起来了。

王克俭已经度过他内心的紧张，除了有些人的"报复"激起他的气愤之外，他差不多可以说倒很庆幸这个结局——区长和众人都没有把他和老雄联系起来看，他已经摸到他倒霉的底子了。他站起来，脸虽说还发烧，心已经不跳了；人有时在自己的面皮被揭破以后，反而有种不怕羞的镇静。王克俭便是这样开始说话。

他对区长的指摘毫无辩正，也未解释，囫囵一句全承认起来，归罪于他的旧脑袋。没有提起种谷的事，因为他不能往老雄身上躺，扩大事态。至于当行政的事，他不得不郑重辩明一下是非，声明他是准备着进步，朝众人学习，但却不希望下次重新当选；想着众人会选不会写不会算的模范，便负气地加添说，旁人办一办，他看一看。为了要给众人一个他这回种谷与老雄没有关系的印象，他提起他当行政的起根落尾。他首先请众人回忆一下何绍南初跑，新政府刚开始的情况，那时候不是河防吃紧，便是何绍南做着回绥的准备，他当的这行政是没人干的事。名固然是王相仙提的，往他碗里点豆的却不是他一人，而是大家。他从一开始便要求辞退，一直辞到现在，现在众人的决定恰恰合了他的心意。现在，边区稳住了，足以抵抗来自任何方面的进攻了，旁人也办得了了。只有一点，他觉得未免冤屈：众人只知揭他的短，仿佛他在这几年中办的全是坏事。他首先声明他不是表功，然后举出一件事实——公粮本来很轻，但他希望王家沟更轻，在全乡的公粮评议会上为着本村每户和旁村人比较财产和收入，他不知替村里人撒了多少谎，和旁村的行政争执得面红耳赤，特别是白家沟的行政，至今两人在乡政府开会碰了头，还不大愿意和他搭话，而评议会上的情形被传出去，白家沟、李家坪、马家渠都有人碰到他，便要他作"说合人"和王家沟与他们比较过的人换家产。

"我为自家的事也不惹人……"王克俭最后痛苦地沉吟。

"对！"乡长听得怪生气，"对！只有公粮评议会，你到得顶早，话顶多！选出评议员是为了公平合理，你叫王家沟的人轻一点，哪个村子重一点？啊？我看你种了一天谷，说话也不少了，息一息吧！"

"我还有一句话，"王克俭讷讷说，眯缝起眼睛找寻着谁，他找到了。"天佑！"他非常和气，近乎亲热地叫道，"你还年轻，正好活人了，年前你跟前又添了个小子。你把良心掏出来说话，不要看天阴得黑墨墨的，往后蓝天还要出来，你把我说得太不像人了嘛……"

"怎么？你还受屈？"原来不许儿子伤脸的王加荣倒愤怒地出了声。

"爸爸，叫他说完……"天佑阻拦着，正想扩大事态。

那几个劝解的和事佬也气恼了，挤进来一把把王克俭推到人群后边，愤懑地要求他自量一点，他又噘起嘴蹲下去了。人群中又嚷起来，王加荣和天佑父子两人则是拼命叫，声言：不说要下雨，即使要下刀子也得把真相弄清白。但因时间和天气关系，区长告诉乡长，赶快选出新行政，讨论种谷工作……

选举新行政的工作是简单、迅速、顺利地进行了。照规程应该提出三个候选人，然后再行表决，而且占选民半数的妇女也要投票；但众人不同意这样麻烦，理由是既是代理行政，只需竖竖胳膊便行了，至于妇女，没有人能够在这样的黑夜动员来她们，何况稀疏的雨点似乎已经开始跌到脖项里来了。下边一哇声叫喊着模范的名字，有人甚至代替主席付了表决，胳膊竖得像麻林一样。门台上，王加扶和赵德铭高兴地眯缝起眼睛瞅着下边的人群，企图发现存起在甚么地方。

几个人把存起从人群中扯了出来，推他上门台向众人宣布接任，他扭扭捏捏不肯上去。在门台下边转向众人，他一边结着被众人拉拉扯扯弄脱的腰带，一边局促地抱怨众人开他的玩笑。

"我有甚么条件当行政哩？"他奇怪地问，开始举出他的缺点来："我一不会写，二不会算，才开头认字，连我的婆姨也不如，问赵同志……"

"不用问了，"赵德铭在门台上自动说，"我给你当文书，王克俭会写会算，甚么都想叫我代办！……"

"对了！"众人不约而同地嚷叫，"不要搬价钱了，雨来了。"

"你给我当文书，"存起转过身问赵德铭，"放了假你也不回家？"

"到那时你大概学得差不多了吧？"有人笑问。

"啊呀，"存起说，"我心懵啊！"

"你婆姨心灵，"有福说，"叫她帮着你办！你是行政，她是妇女……"

"要不就选她哩！"招喜打趣地提议。

人群中震荡着一片哈哈大笑。雨点愈来愈加稠密，门台上的人商量了一下，宣布回中窑教室里去讨论种谷和分配点籽娃娃，众人便不管存起再说甚么，年轻人推推拥拥挤进窑里去抢好位置，老汉们随后进去。除过王克俭和楞子之外，连存发老汉、王加钧、王加祥、让儿弟兄们也都进去，讨论如何分配点籽娃娃去了。

中窑里正在喊喊喳喳议论着的时候，存恭和存谦忽然发现，让儿不见了。两人用四只慌慌张张的眼睛满窑寻找着，到处都没在，他上哪里去了呢？心里捉摸着：也许他不高兴，独自跑回家睡觉去了。存恭让存谦开会，自己在人们不觉察中，偷偷溜出门去，想回家去证实一下自己的估计。存恭一出得门，在墨黑的院里走着，便听见教员住的后窑里传出来让儿哭诉的声音。他不能忍受被众人鄙视和脱离大家而孤立的痛苦，更不能想象从此永远和他厌恶的四叔处在同等地位的耻辱，他把他们提前种谷的一切经过，毫无保留地全对区长和乡长说了。他的要求只有一点，便是希望公家原谅他的两个叔伯哥哥存恭和存谦，他们胆太小了……

存恭悄悄摸到窗外，爬在窗台上用一只眼睛从破窗孔向里一瞅：坏了！他大约撑持不住，不由得两手在两腿上轻轻一拍。

"谁？"乡长转脸向外边问。

存恭连忙蜷曲在窗台下边，屏住气，慢慢把两只家做鞋脱下，一手提了一只，光脚片溜墙根摸出大门去了。他赶紧跑到他四叔那里去通风——老雄还没有从正川回来，谁知道他在那边有些甚么别的不可知的事务，太谷婆姨告诉侄儿说，要是人睡定还不回来，他便没有当天回来的可能了……

这黑夜的会一直开到深夜才散。会议在王加扶和赵德铭主持之下，顺遂地分配了点籽娃娃，又经新任行政王存起的提议，通过了一条新规程，便是每组除原有的组长，再选出一个工头。组长领导变工的日常事务，工头则专负检查谁种得不合格之责，以便及时纠正。他的理由是人手一多起来，即使没有心奸的人，手轻手重也会造成苗架的不匀称，因为这是头一回集体种谷，弄好弄不好都会影响来年的组织。"好意见，"众人都说，"行政和行政不同了。"最后，一致决议不再规定死日期，只等着下雨；并且因为大多改用按地算工的办法，不必一定要像按日算工那样，清早上地做整日子，所以众人都要求：不管前响后响，雨一住便开种……

在窑里开会的时候，不时有人出院里来看天象。雨滴了几点，又住了，只在院里泼起一股使受苦人陶醉的泥土气息。天空的云彩，还在调兵遣将，似乎总觉得还没有布置妥当。云彩翻滚着，互相汇合着，分散着，又与另一块汇合起来。一切云块的方向都朝着村子北边，电光像光的带子在山顶上迅速地闪灼，其迅速的程度使人的眼睛来不及看出这带子的形状。山头、村子和树木在闪电中忽而明朗地恍如白昼，忽而又归入无边无际的黑夜中去了。

散会以后，众人从窑里出来，全站在学校的院里仰头看天，估计着雨会来的迟早，在村道上走着，争执着，打着赌，但没有说雨会落空的。有人说："东明西暗，等不得撑伞。"另外的说："云十翻，冲倒山。"总而言之，回家的人都带着一种轻松的心理：明天要种谷，一切都停妥了，只看天公是不是帮忙……

只有存起的心情有些特别，他又像兴奋，又像不安：弄来弄去，行政终于落到他头上来了。他走着，感到重大责任压在他身上的分量，情绪和平时完全不同了。回到家里，他点着灯，带着一种颇为忧虑的调子，站在脚地把这件事情告诉他的已经睡了一觉醒来的婆姨。婆姨从被窝里抽出一只白嫩圆胖的手，似正经又似打趣地用食指压了压他的鼻尖，说：

"我看你不好好识字怎么办工作？人说你，你还强——慢慢，慢慢……"

存起给她说得怪不好受，两个肘子支着炕边，在婆姨枕头跟前的炕栏上趴倒身子，歪转脸对她说：

"我要好好识，上回在桃镇买的纸不是还有两张，你明儿给我另缀个本本，叫赵同志把咱村里的户长都写上，我先识会。你要帮着我些啊！"

他这娃娃似的天真使婆姨笑了，两手把他的头搬倒，使他的被日头晒得粗硬的脸蛋碰着她的纤细的嘴唇。好像要把这一吻永远贴在他脸蛋上一样，好久，好久，她才放开他，被幸福迷惑着，柔情地低声呻吟着：

"睡吧……"

"等等，我出去再看一下天气……"

约莫到四更天的时光，滂沱大雨下起来了。

二十二

雨一直下到天快亮的时光，睡在窑里的人们才听不见那滴沥的声音。春天不像秋季的连阴，没有多余的淫雨，往往一时三刻便可以下得饱湿了。

第二天早晨人们起来，天还没有放晴；但云彩已经白晃晃、轻飘飘地向着王家沟东南的山丛中飘逸去了。院子里低洼处汇集的水洼子上，可以看见还滴答着几点稀疏的退云雨。被雨水冲洗过的大地出现得清爽而有生气，园子里的菜蔬，大麦，路旁的春草和村里树木的枝叶，都似乎在这一夜发育成长了许多。

小河涨了，变得像阴沟里淌出来的脏水一般浑浊，从山渠里冲下来的腐朽的芦草根，鸟雀孵过卵的破蛋壳，以及从道路上流下去的羊粪珠、驴粪渣……都在河水中漂走了。无法计数的蝌蚪在人们不知不觉中变成了青蛙；它们不知是逃避不洁的河水沾污，抑或出来享受这雨后清晨的舒畅，都爬到地上来，在沟滩里、道路上彼此交错着，作无目标的跳跃，使得早晨下河沟来的人脚下很是不便，似乎稍一不慎，一跷腿便会踩烂几个适才蜕化的小生命……

受苦人到处活动着，拉谈着。他们起来，差不多每个人都是遵照着这样的顺序活动的，出得门限便仰头看天象，判断是否还有下雨的可能；随即拿了一把镢头到大门外边的空地上掏一两下，看看雨是否下饱湿了；然后有的去井上担水，有的拿着准备用以种谷的锄头，到小河里找一块适合的石盘磨起来了。在王家沟的沟里，从村前头王加明的坡底下起直到村后头灵官庙下边，约莫有不下一百处磨农具的地方；不知从甚么朝代起，他们的祖先使用锄头、镢头、镰刀和铧磨下的痕迹，虽说被浑水淹没着，他们闭着眼睛都可以找到。裤子卷在膝盖以上，站在打到腿肚的河水里，满沟都是这磨锄的人，锄头在石盘上发出的刺耳的金属声，形成了充满全村的大合奏。虽在早饭的炊烟萦绕中依然飘着几点疏雨，但河沟里的人戴着破草帽紧张工作着，因为雨一住，天一晴便要种谷了。

存起这一天起得怕比六老汉还早，一种责任心时刻在掀他，使他睡不着。他起来便去找王加扶，王加扶和婆姨还在拉着两口子的亲密话，穿着衣裳，存起听了，心里无限地喜欢，他隔着窗子便和他拉谈起来。等王加扶起来开了门的时候，福子和维宝也来了。四个人都说要召集各变工组长，到学校里去讨论，求得一致的意见，才不致紊乱。说罢，他们便分头去招呼着旁的组长，到学校去了。

区长和乡长在学校里睡了一夜，打早便走了。教员起来笼火，要给他们做饭，并且要求他们等路稍微不滑时再走；但区长忙，用冷水擦了把脸，出去看见天不会下了，便坚持要走，申家坪可能还有问题在等着他。区长既留不住，乡长也要一块走，两个人卷起裤子，鞋脱得插在脊背后边的皮带里，赤着脚踏上了泥路。

六老汉这一天算起迟了，正如他所说，人一上年纪便不算人了。他累得起不来，躺在炕上呻唤着、咳嗽着，老婆一只手给他端起那个已经脏得不像话的颜料筒子，让他唾痰，一只手捶着他干瘦的脊背，数说他与其受这个罪，何如不去开会呢？他喉咙里响着痰，嘴不能斥责她，眼代替着嘴，瞪他。咳嗽总是一阵一阵的，那一阵过去，擦了挤出来的泪珠子，六老汉便起身了。有福担水，得福磨锄去了。六老汉等不得通知他何时打钟，自己赤脚拄了棍去找干部。他去找王加扶，没有在；婆姨说和存起一块走了。他又到存起家里，也扑了空，妇女说一起来便出去了。六老汉返转回来时，沿路向小河里磨锄的人打听他们的去向，并且毫不掩饰他对他们的不满。

"做甚哩？"他翘起胡子埋怨着，使人听起来，他像又在教训有福们，"地下得湿溜溜的，眨眼天一晴就要上山，至而今还不见他们的面，钻那里去了？啊？"

"你那个毡帽该脱了，"有人故意打岔他，逗笑说，"这都快到四月了。……"

"没工夫跟你们扯淡，"六老汉却一本正经说，"他们都哪里去了？"

"谁哩？你说谁哩？"另一个站在河水里的人停止了磨锄，怪好笑地问。

"农会和行政嘛！一早就不知他们往哪里钻！……"

"你问的哪一个行政？"对方瞅着狡狯的微笑，故意逗他。

六老汉火了，折转身便走。走了两步，他又转过身来。

"年轻人忘不了要笑，我说的存起嘛！哪里去了？"

磨锄的人这才告诉他，用不着他挂怀，他们早已召集了各变工组长到学校商议去了，他的有福也在那里。想来他们商议的结果，一定会叫有福告诉他的，所以他似乎没有爬一道坡上学校去的必要，因为路很滑，要是滑倒滚下来，那么……

六老汉不听他那套，他又是准备开他最后一个玩笑。他拄着他的棍子，在小青蛙乱跳的路上直端到学校去了。他很困难地爬上了被人溜得很滑的那一道坡，抓了两手泥才到了大门口。但他刚进得院子，一群人便从中窑里出来了，众人还在和赵德铭拉谈着什么。

他们已经议定了，都认为必须等几点退云雨住了，太阳出来，或者即使不马上放晴，也要使地里的雨水多渗一下才开种，免得人到地里把土都踏成了泥。这样说来，说不准要等到半上午，甚至吃过晌午饭才开种。因为王加扶和存起都要照顾各人的小组，并且，锄虽说有人代磨，谷籽总是自己装；所以决定由赵德铭一人前后联络，求得统一行动；打钟的事，也由他通知六老汉，或者他自己去打好了。

众人看见六老汉进了院子，举了两只泥手，踏着一双泥脚，好像他才从什么泥坑里拔出自己来，全由不得笑。

"叫我好寻你们呀！"六老汉自己还是很正经，两眼瞅住王加扶和存起，仿佛他是他们的总领导人一样，问道："你们算拉谈好了没？"

"好了，"王加扶说，"你见赵同志的话打钟。"

两旁的人却还是忍不住笑，笑得连有福都怪不好意思。

"笑甚？"六老汉却只是不满地说，转身向西边川塌里用一只泥手一指："看！"

众人转脸一看，西边天际间已经露出了蓝天。云彩慌慌张张退着，蓝天一会又被退过的云彩遮住，一会又在另一处露出，移动着方位，改变着形状。众人异口同声说快回家通知各人的组员，吃了饭好动弹。赵德铭送他们出了大门，也回了自己窑里。

早晨学生娃一个也没来，学校里又只剩下他自己一人。好像每一样工作告了结束一样，他轻松地舒了口气，收拾了一下窑里，等着吃自己做的饭。想起昨天以来他自己感情上的变化，觉得好比受了一回教育，很失悔他昨天后晌的无谓生气。现在，他们每个人对他又全是那么可亲，即使破坏决议的人，他现在也明白不是个人可憎的问题了。让儿黑夜对区长的哭诉使真相大白，他奇怪老雄完全靠空幻的希望支持着自己，而不学白家沟的白三先生那样认清潮流的现实态度，他能支持多久呢？假使他所希望的形势永远不会到来，那么他将会怎样呢？赵德铭从这件事情，对王加扶也有了进一步的了解：你不要看他是个老粗，他有眼光，有气魄，总是不慌不忙，看得准拿得稳，可是他连自己的名字也不识。人类里边有的是人才，可惜旧社会全埋没了他们。

"王家沟的群众条件很好。"赵德铭想起程区长黑夜睡觉时和他谈的话，"工作的好坏全看领导。你住在这里不光教学，还顶上学，你有文化，也多少有点理论，可是你必须学习他们看人，看事，看问题的立场，王加扶他们就是你的先生……"

赵德铭收拾着窑，扫着地，努力捉摸着区长这些话的无限含意，感激着区长对他的鼓励。他希望改选行政以后，王家沟的各项工作都有些新的开展，并且接受区长的指示，改变过去对王克俭冷淡的态度，争取他进步；他人并不坏，他的思想行为是他的阶级、他的经历和社会关系凑合着促成的；但这些都可以随着时代和环境起变化。区长举出别的许多地方行政也有中农，甚至有富农的，但他们不和王克俭一样，不是因为他们比王克俭更精明，更开展，而是因为他们上述的条件不同。赵德铭等人们都走后，自己独自一人冷静地一想：的确。他不禁感叹着人的世界是多么不简单啊……

他刚扫完地，揭开罗锅看饭的时候，听见院里响起一个人赤脚走动的脚步声。过了一会，四福堂的伙计王三从中窑里拐进来了。

"怎么？"王三奇怪地愣住了，"都走了？"

"谁哩？你寻谁哩？"赵德铭一手拿着勺子，一手拿着锅盖问。

"区长嘛！东家请他吃饭，还当成他等天晴了路好些方走哩。二财主说请乡长和你也一块去，那么他们都走了，你自己去吧？"

"哼，"赵德铭鄙弃地冷笑，"我做甚去？"转来搅着他的饭锅。

"你走吧，"王三走至跟前动员他，"四个碟三个盘，正川烧酒，你为甚不去哩？比你这米汤好吃呀！你吃了，他小子也不能给你算钱！"王三像所有财主的伙计一样，背后全是主家的老子。

"不去！"赵德铭笑着，摇头；忽然想起来，问，"保险还有老雄陪客？"

"不对！"王三头一摇，神秘地说，"你没猜对。掌柜的还没回来……"

"怎么还没回来？"看见王三的神气诡谲，赵德铭追问。

"你问，我晓得？"王三嘴里这么说，眼里却显得他晓得。

赵德铭看见有鬼，扯他的袖子硬要他说，保证替他保守秘密。王三大约也是由不得要说，否则他会装出没有事的样子。三扯两扯，他出到中窑里门口，一看院里没人，回来低下头去凑在教员耳朵跟前，低声告诉教员全部他所知道的秘密。

王存恭昨黑夜回去没有找到老雄，又到四福堂去问，看他四叔是否还给东家在正川办甚么事务，为甚么黑夜没有回来。他把让儿的告密行为告诉了王相仙，王相仙立刻变了脸，叫存恭连夜起身，赶天明到正川，叫老雄暂时不要回来，等等，看看公家的态度，至少叫他等王家沟这事众人放凉一点再回来也不迟，同时去把驴赶回，家里好用。

"这是为甚么呢？"赵德铭奇怪地问，"谁又没准备把他怎么样！"

"谁晓得他们还捣甚么鬼？怕不光这桩事吧？真是跳蚤钻尻，自走绝路！"

"那他在正川吃甚么呢？撇了家？也去领'难民费'？……"

"愁你！你到正川吃不开，人家接交的高门槛，团部和党部是平出平入……啊呀，我说时长了，要赶紧回去，我走时桌子就摆上去了。"

"摆上去了，你们主家伙计吃……"赵德铭故意逗笑说。

"唔，"王三在耳门上掉转头，不满地耸耸鼻子说，"人家吃我端！你在王家沟这才几个月，不清楚，'受死受活，也不要给四福堂做活，吃点油炸辣子，还要等老太太睡着！'这可不是我说的，听人家说的；我还没那个才情，编不了那么顺口……"

"好了，好了，"赵德铭笑道，反而关切地说，"亏你说时长了，你还像说不完。"

王三出了耳门，在中窑里走着，还在说："说不完，实在说不完……"

请客的走后，赵德铭开始切咸菜，准备吃饭。他心里想：奇怪！人类里竟有像老雄这样的人，他在干甚么呢？他想怎么样呢？而王相仙也真费解，他总是玩弄这一套把戏，对上一套，对下一套，表面一套，心里一套，好像旁人都是傻瓜！更费解的是存恭存谦弟兄两人，他们怎么那么胆小？他们对农会，对老雄态度好像都很好，又像都不好，他们不知是一种甚么立场……赵德铭把切好的咸菜用冷水捞了捞，放在菜碟里，摇着头，想不通，他不想了，开始吃饭。

正吃饭间，窗子忽然又阴暗下来赵德铭以为天又阴了，还会下雨，连忙端了饭碗出去一看，原来低沉地翻腾的浓雾充满了空间。对山的龙王庙像云中的楼阁一样，后山的山神土地庙则只露着一角还隐约可见，仿佛那里都变成离王家沟很远很远的地方了。河沟里的树丛被浓雾笼罩着，赵德铭连墙外的景物都看不清了。院里水涘子上早已看不见雨点落下，有一股轻微的，透明的雾气向院里浮来……

雾一起，天便不会再下了。赵德铭匆匆忙忙吃过饭，家匙也没洗，倒了两瓢水，把它们泡在罗锅里，关上门便走。他一边走，一边还用手帕揩着嘴，刚下得坡，六老汉便又一拐一拐朝他走来。透过雾气互相看见的时候，老汉站住了。

"你做甚去了？啊？"六老汉着急地用手拍着自己的大腿，"叫我好等你啊，当你忘光了！有几组不等打钟就上山了……"

"全吃过饭了？"赵德铭走到跟前问，关切地笑着他那着急的样子。

"今早天阴，做饭迟早不一嘛！"

"不要紧，"教员拍拍他的肩膀，安慰似的说，"今儿开始，早上又下雨，零乱一些不要紧。赶明儿就好了，你也不要见谁的话，照往常打就是了。"

"那我而今就去打了？"六老汉盯着问，得到肯定的回答，折转身子走了，手里还捏着他打钟的枣木棒。

赵德铭顺沟走了出去，的确有两组已在上山，每组大大小小约莫有二十余人，高低参差着排成一字长蛇队，在崖畔的山径上走去。有一队，种谷的大人的粗嗓子和点籽娃娃的细嗓子合唱着：

东方红，太阳升，

中国出了个毛泽东，

他为人民谋生存，

他是人民的大救星。……

赵德铭在路上碰见两个去找组长集合的人，肩上捎着锄，锄上挑着装谷籽的毛褡裢。他问他们唱歌的那是谁的组。

"维宝那组嘛……"两个人走着回答，匆匆前去了。

"不唱歌，只说笑的那组呢？"

"福子那组……"

赵德铭走到桥边，一堆人在那里等着集合，喊叫着行动迟缓的人，有人还端着碗在大门外边的硷畔上吃饭，边吃边回答着催促："就饱了，就饱了。"这时候，六老汉的钟声也响了，柔和、悠扬地随着浓雾飘绕在村里。桥上这组是王加诚领导的，大人们捎着锄不安地走动，娃娃们肩上斜挂着一个小布袋，或者肘上提着一个小柳筐，准备到地里装谷籽，都是神采奕奕。王加钧在抱怨给他分配的那个点籽娃娃，早晨无论如何叫，也不到他家去吃饭。忽然，那个昨天已经点了一天谷籽的婆姨下来了，拿了王加钧前天才从桃花镇带回来的两个干炉，硬要往那娃娃怀里塞。那娃娃嘴说："不要，不可，这是为甚？"眼却偷扫着干炉上的红点。娃娃的老子看见不要不行，便逗笑说："接住吧。只是你拿得太少了，担一担来多好看哩？"说得众人全笑了，王加钧脸通红，婆姨害羞，一溜烟跑回去了。娃娃的老子命令他把一个分给众娃娃"尝"了，另一个飞快跑回家去送给他妈保管起来，以后再吃，这是他参加变工队的利益……

赵德铭听着，看着，感到极浓厚的兴趣，发了呆。突然有人叫：

"你们看，你们看，毛虎刚给寻走一会，狗娃也给寻走了……"

赵德铭莫明其妙地转过身来，好奇地问："甚么？甚么？"因为他不知道毛虎和狗娃是谁，他学校里没有这么两个娃娃。忽见王克俭的老婆小脚急走着，追出大门，焦急万状地向着拐弯那边的前沟里细声细气叫着：

"马家女婿呀！做得你吃了再走嘛！忙还在一时三刻吗？"

因为隔着一道石砭，马家女婿的回答，桥头上的人没有听见，众人判断也许根本没有回答。人们议论，大约吴家女婿和马家女婿都是打早起身跑来的，吴家路近，马家路远，所以来的迟早不一，可是全忙着回去种谷，人家那里一准也是组织起"集体"了。

"千错万错，是你丈人一个的错！"王克俭的老婆又在堎畔上喊叫："娃娃没错，娃娃早就要回去哩，马家女婿，不要拷打娃娃啊……唉！"说着，叹了口气回去了。这一声叹息，桥上的人倒不是听见的，而是看见的；因为一般老婆们焦急万状时，叹气是连身子都扭动的。

于是众人评论王克俭，有人说他弄得众叛亲离，经过这回刺激，可能转变；天佑肯定他会死顽到底，直至他穿上寿衣。大多数人都反对天佑这种态度，连他老子王加荣也在内。他们拿减租斗争以前和减租斗争以后的王克俭比较，他已经大大地不同，除非像老雄那样的人，没有死顽到底的，人糊涂是一时，不能糊涂一辈子。现在他只有二楞一个点籽不好办，说不准明天便要求农会参加变工队。众人说："到明天看吧，反正新社会变化大，人是一天一个样。"王加诚对赵德铭笑说：再过若干年，众人都上了六老汉的年纪，只配打钟的时候，现在这些反动、顽固、落后的人护墓草怕已经长得很是丛茂了，而赵德铭现在的这一批学生娃里，将有人代替王加扶、存起、维宝等人而成为农会、行政和排长。那时再要组织甚么"集体"，不知要少吵多少嘴，少点多少油了……

　　说得众人都忍不住笑，娃娃们更是乐得跳起来，好像等不得他们的时代到来。赵德铭笑了一笑，突然一下子严肃起来，陷入一种受苦人摸也摸不到的深沉的默想中去了。王加诚的话使他想起填表那一天，农会由于兴奋而憧憬到的未来；那时他用"理论"把他们的理想推得很遥远，很渺茫；而现在，这理想控制了他的脑子。他似乎看见：他读过的一本苏联小说所描绘的那种世界的影子，在这里，在王家沟闪烁起来了。严肃了一阵，赵德铭突然又笑了起来，这种失常的态度很使众人莫名其妙。

　　一会之后，所有的人都集合起来，有说有笑地出发了。王加扶那队上了后山，存起那组出了前沟，招喜那组上了对山，有福那组进了后沟，王加谟和王存喜的两组早已不见了……受苦人肩上掮的锄，新磨光的锄片闪着光，雾已经被鲜红的太阳压进山谷里去，一股一股像炊烟一样渐次消失了。在雾的掩护中，云彩早已退得一干二净，天蓝得像新捶浆过的阴丹士林，没一点瑕疵，没一点皱褶，镜子一样覆盖在上空。碧蓝的穹苍，鲜红的太阳，黄褐的山头，以及深绿的树丛，互相辉映得五光十色。太阳照得大地冒着热气，好像用手抓来一块便可以吃的蒸糕一样……

　　赵德铭在中学里曾经不止一次听过外来教员嫌陕北山沟里的景物单调，北平来的同志谈景山，青岛来的同志谈海湾，上海来的同志谈公园，武汉来的同志谈黄鹤楼。……赵德铭没有离开过陕北一步，他想象不来那些地方的好处，好到甚么程度。他只被目前的天堂一样的景色迷惑了，陶醉了，他像受苦人一样爱恋着这家乡和家乡的土地。他在村道上像一个大将军一样轩昂阔步地走着，一个人放大了嗓子，骄傲地唱着一支全边区流行的，除过老汉、老婆和吃奶娃娃之外，全会唱的歌子——

　　边区的天，明朗的天，

　　边区人民好喜欢，

　　民主政府爱人民呀，

　　共产党的恩情说不完……

一九四七，五，二十二日

（本篇于 1947 年 7 月由东北华光书店印行。1951 年 10 月，由人民文学出版社出版，1958 年 12 月再版，1962 年 6 月 3 版。）

狠透铁（一九五七年纪事）

一

狠透铁越来越觉得他不能继续担任生产队长了。在合作化的几年里头，他的头发上落了一层霜，白了将近一半。他才五十三岁，还不到白头发的年纪啊。一贯没担过事的人嘛，一下子料理五十来户人家的庄稼事务，再加上社员们复杂的思想状况，劳神劳得他颠三倒四，说东忘西，常常到处寻找手里拿的东西，惹得大伙好笑。唉！身体也不行了，风湿性腰腿疼大大限制着他的活动，整得他每天早晨拱着腰圈着腿走路，晴天直到半前响才能逐渐恢复正常，阴雨天就更遭罪了。

他细想起来，实实难受。自己从一九四九年一解放在水渠村头一个和六十二军的地方工作队接头起，组织起农会，自己当着农会小组长；取消了农会实行普选，自己又当人民代表。人们不是说跟共产党走的话吗？不！从小熬长工一直熬到一九五〇年土改的我们这位老队长说："咱不能跟共产党走，咱要跟共产党跑。要楞跑楞跑！"的确，只要是党的号召，他使着狠透铁的劲儿响应；这股劲儿不是从肉体上使出来的，而是从心灵上使出来的。一九五四年春天，水渠村以他为首成立起十一户穷鬼的合作社，没有饲养室，借也借不来，盖又盖不起。牲

狠透铁（一九五七年纪事）

口不能集中，会给管理上造成多少困难！全水渠村的上中农，都拿眼睛盯着，看狠透铁怎办；狠透铁拧住眉毛，使劲地想呀想呀，也想不出个办法。最后他忽然想起来了，鄙视自己的愚笨，回到家里向老伴下命令："搬！"老伴不明白搬什么。他说："搬家！"他把家搬到同一巷子一个刚刚死去的孤老婆空出的破草房里，腾出他土改时分的地主的高瓦房做了饲养室。以后他只要一回家蹲在那破草房脚地吃饭，老伴总咄呐得他抬不起头来；因为他后来的行为表明，所谓搬家，只不过是把她和小儿子娘俩撵出去罢了，他自己则一直和饲养员一块挤在原来的小炕上，下炕就是新盘的牲口槽。而在收割的季节，提防失盗和防止不满咱政府的人破坏，老汉自己又睡在打粮食的场上用田禾秸子搭的临时窝棚里。那风湿症就是从那时在他不知不觉中侵入他的腰腿的。

老汉难受的是：自己吃了许多苦头，为的是合作化运动大发展，而当全水渠村高级合作化了的时候，自己却给人民办不好事情。他羡慕那些头脑灵动的人，羡慕拿起报纸念出声的人，羡慕在大社开会的时候虽然困难却也低头在本本上写着什么的人。他恨自己脑筋迟钝，没有能耐。要是拿起铁锹和镢头，唾两唾手干起活来，水渠村没有一个小伙子比得过他；但是在会上讲话，眼白眨白眨盯着旁人如流水般滔滔不绝，轮到自己没话说。为什么？脑子里空空的，旁人说的记不住，自己要说啥想不起来。有一回，他召集起队委会，要传达大社管理委员会布置的几样事情，最后觉得还有一样，他却连一点也想不起来了，只好用他那粗大的巴掌狠狠地咬着牙打击自己头发霜白的脑袋，愤恨地骂自己："你呀！你！鬼子孙！对不住党，对不住人民！"他说得那样凄婉、伤心，弄得大伙哭笑不得。

有几样事忘得简直使人寒心。春天，大社布置各队种洋芋。那次布置了好几样工作：关于进终南山背木料、关于养猪和防止猪瘟、关于牲畜配种、关于种菜老汉们的工分和关于种洋芋种子的准备等等。他就把种洋芋的事忘得光光。直到队里有人看见其他队整洋芋地，问他，他才想起这层事。副队长王以信明知道，也不提醒他。他从大社带回来"三包"合同，顺手放在屋墙上吊的一个放瓶瓶罐罐的木板上，听说老黄牛有病，就往饲养室跑。以后忙于别的数不清的许多事情，就忘记给队里交代了。副队长王以信和他一块从大社开会回来，也不提醒他向会计交代。直到夏收快到分配的时候，会计问到"三包"的底底，他才想起来了。他慌忙跑回家去一看，呀呀，幸亏纸片片被灰尘埋得几乎看不出来，要不然给老伴捞去剪了鞋样子，才糟糕呢。他一边打自己的脑袋一边走，回到有许多拿着权、耙、木锨、扫帚的男女社员的打麦场上。

上中农副队长王以信高兴地笑着说：

"老队长，你甭打。脑筋越打越昏。……"

他听得出来王以信是讥笑他的意思。他早知道副队长总给他穿小鞋，故意看他的笑话，从来也没提醒过他一件事情。有什么办法呢？自己脑筋不管用嘛，又怪不得人家。而且他心里明白：王以信面面光、嘴巴紧、不说闲言，心底并不喜欢这合作化。是被合作化的高潮推进来的人，谈不到什么社会主义思想！老队长并不生副队长的气，他对所有他认为是必然的事都不生气。他只生自己的气，因为自己是党所依靠的人，理应给社员办好事情而办不好，真急得他抓心啊。

他经常担心他会给社员造成大损失，这样能把他的心急成粉碎。他是实心实意想给社员办好事啊。要是大伙把劲使在一块儿，他有信心把事情办好。可惜水渠村以王以信为首的上中农集团，总给他捣乱。他们给他起了各种外号——跑烂鞋、烂牛车、狠透铁——损害他在群众中的威信。"你们爱说什么呢？我承认我狠透铁！你们骂我，就是称赞我哩！我得更加劲给社员办事。"他这样想。不过他不得不被逼一边使正心眼，一边使拐心眼，防止上中农集团使坏。这就使他的心和脑子更忙了。

二

终于发生了"红马事件"。

有一天，老队长在饲养室铡过草的地方扫院。啊呀，老队长！你扫院做啥？你扫院，却让那些挣工分铡草的年轻社员拍打了身上的灰尘，噙着烟锅回家去。你不会噙着烟锅在地上蹲一蹲，想一想队里的事情吗？不！不行！手里不做什么对他仿佛是一种处罚，他受不了。他已经习惯了一边做活一边思索，停住手，也就停住了思索。他扫着院子，一边想着如何调配第三生产组的劳力。

"老队长，"饲养员说，"先前富农的那匹红马不吃草，蛮退槽，许是病了。"

他丢下扫帚，进饲养室去看看。果然，红马两眼无神，脑袋扎地。他赶紧拉到离水渠村三里的邻村去找兽医。

傍午时光，他回来把红马拴在拴马桩上，对饲养员说：

"不要紧的。有火。兽医说一服药就行了。"

"谁去买药呢？"

"我去。吃过晌午饭就去。"

他回到家里吃晌午饭。老伴愣咄呐他，又咄呐得他抬不起头，说他既然"以社为家"，根本就不应该回家吃饭。又说他是睁眼瞎子，迟早要给队委会那几个中农装在口袋里卖了，等等，等等，咄呐得他心烦，好像有七十二个号筒同时对准他耳朵吹。

"人家叫你狠透铁,一点没叫错的。只要社不要家,忍住心不管俺娘俩。真正是,唉,家里不要家里,亲戚不要亲戚,咱算什么人家!我说:他大姐今日娃满月,你是去也不去?你听见了没?聋子!"

"我今日有事,改日我补去。"他说。这时他已经被老伴呱呐得脑筋错乱了,腰里装着红马的药方子,脑子里只知道"有事",到底有啥事,开始模糊起来了。

老婆继续进攻:

"你今日有事!你哪日没事?"

他笑了。话是实话,他心里想,农业社没有没事的时光。不管哪日,队里大小总能有点事儿。但他留胡子的嘴里却凶:

"你吵吵做啥?楞吵楞吵!"

老婆不怕他。一点也不怕。她更加猛烈地进攻:

"你是去也不去?啊?说一句响话!你要是不去,俺娘俩去啦。既去啦,就要在那里住它几天,看你上哪里吃饭让你'以社为家'去!狠透铁!"

他一想,不好!她娘俩走了,他回家冷锅冷灶,怎么行呢!

"算了算了!我去!看把你凶得那样吃人呀?"

他花了半后晌的宝贵时间,走了二十里路,到了窟陀村他大女儿家里。他一路难受,带着一种勉强的心情,恨他老伴的思想跟不上社会的前进,扯他的肘,在路上走着,在亲戚家喝水、吃饭和老亲家谈话,他都表现得心不在焉。他总是在难受,总觉得队里离不开他。他摆下人民的大事不管,却走亲戚,感到自惭。至于队里到底有什么事情,他忘得一干二净,甚至走的时候给队里的任何人没打个招呼。真该倒霉!

他急得很。日头快落的时候,他起身回家。我的天,他哪里还能在外头过夜呢？队里的马房、副业、各生产组白天的进度，在他的脑子里不是单独地、一样一样地出现，而是像搅成令人心烦的一团乱麻，堵在他的脑门上。老实说，他不放心队委会那几个中农成员，他们是应付差事，并不把农业社当作事业搞。他为了私事离开水渠村，又在外头过夜，良心要责备他。他坚决要摸黑回家……

亲戚全家总动员挽留他。拉拉扯扯。

"黑夜没月儿……"

"叫全窟陀村的人笑话俺，说天黑了还让亲戚走了。"

"你是和俺有意见了吗？"

"啊呀呀！"老队长心烦地想，这些人怎么会全是旧脑筋，没一点社会主义的思想儿！

他的大女儿在没有公公、婆婆和女婿的场合下，偷声说：

"爸爸，你甭那么别扭。人家不高兴你，说你狠透铁。"

"算了算了，啊呀呀！"他住下来了。

夜里，他睡在亲家的炕上，晃晃悠悠。不知怎么样，交感神经一错乱，他从什么高处跌了下来，跌坏了腰腿。他被人们用门扇抬着。上哪里去呢？上县人民卫生院去吗？完了！完了！他这回算完了！能活着也参加不成农业社的活动了。亲爱的农业社呀！他是从三户的互助组搞起来的呀！他为农业社费尽了心思，饿肚子，熬眼，磨牙，嚼舌头。他怎么能离开农业社呢？

他被惊醒来了，浑身冷汗。啊呀，多么高兴呀，原来是梦。是梦！是梦！他还能在队里工作。万幸！万幸！他用被头揩了脸上的冷汗。

他在枕头上仰头看看窗户，还黑。他简直等不得天亮。什么时候天才亮呢。他急着要回水渠村。

鸡啼了。天亮了。他醒来穿衣裳。

从他的衣裳里掉下来一个纸片片。什么东西？好像那纸片片是个动物一般，他猛一把抓住了它。

他的脑子麻木了。这是红马的药方子啊！我的天哪！

他没有等吃饭，连口冷水也没喝，赶紧往回跑。这回，主人说什么也留不住他了。什么风湿性腰腿疼！他路过张良镇买了药，继续跑。他跑得满头是汗，满身是汗。走儿步歇歇气，再跑。

庄稼人吃饭的时光，他回到水渠村。饲养室大门外的土场上围着一簇人。他听说："老队长回来厂。看，那不是老队长吗？"他心里捣鼓：一定出了什么事儿！

他跑到跟前伸长脖子一看，红马四个蹄子蹬展，死在地上了，上下嘴唇软囊囊地翻着，露出两排大板牙。人们告诉他：兽医没断清病，不光有火，是黄症，夜里死在槽底下。

老队长好像被一根肉眼看不见的棍子当头抢了一捧，栽倒了，他呜呜咽咽地哭了，哭声凄惨。

就在这红马事件以后，狠透铁不能担任水渠村的生产队长了。副队长王以信升任了队长，第二生产组的组长、王以信的户族叔叔王学礼，也是个上中农，担任了副队长。社员们希望从此搞好生产，看来，他们似乎比狠透铁有管理庄稼事务的经验。

新的队委会分配狠透铁担任饲养员，他咬牙切齿不服从。他要担任大社监察委员，监督队委会。真正狠透铁！大社主任和支部书记支持他，社员们同意了。……

三

人家有各种特长，譬如会计划、会办事、会写字、会算盘、会讲话……狠透铁缺少这种一个人可以为许多人服务的特长。他在给地主熬长工的时候，学会了操持农具，还有正直这一样品质。而这品质并不是一般人每时每刻都重视的，有时甚至因为正直更被一部分人深恶痛绝，好像结了不解之仇似的。王以信一伙子人就是这样。

一九五四年秋后，水渠村西头八户贫农和三户下中农成立起初级社以后，社主任狠透铁心下有个底底。他根据全县和全乡合作化的进度，计划三年到五年的时间，把水渠村中间和东头的农户吸收完。他预备尽先吸收贫农和下中农，其次再吸收比较进步的上中农。至于王以信那样的富裕中农，他预备到最后，譬如说五年以后，才考虑他入社的问题。狠透铁总觉得王以信成分虽是富裕中农。心地是富农的思想。这人说话做事都挺强，他一入社，一部分上中农，很可能以他为中心，扭成一颗疙瘩，和主任为难。狠透铁认为：五年以后，他的管理能力锻炼起来了，他在水渠村群众中的威信也高了，党员也增多了，他就不怕哪一个富裕中农或者他们的集团捣乱了。但革命形势发展的迅速出乎一切人的预计，当然也出乎狠透铁的预计了。一年以后，一九五五年秋天，平地一声雷，全水渠村除过地主、富农，一股脑儿涌进了十一户的小小农业社。那是一种真正的群众浪潮，任何人拿任何理由也阻挡不住他们。到这时，原来十一户的初级社的基础，比起七八十户的新社来，算得了什么呢？按照水渠村中间和东头的那些未经过很好教育的新社员的意思，要选王以信担任队长哩，狠透铁当副队长哩。因为乡上党支部委员会坚决反对这种违反阶级路线的做法，王以信的企图没有得逞。但他却可以在以后整个的巩固阶段，给正队长增加麻烦。唉唉！有什么办法呢？人家是人家活动的村中间和村东头部分群众提出的候选人嘛！

狠透铁担任队长的时候，觉得社员们对他还罢了。一旦离开了这个职位，水渠村的许多人对他似乎冷淡起来了，好像连他在初级合作化的那两年的奋斗，也是许多年以前的上一个时代的事了。他到饲养室、到豆腐坊，截然感觉到一种对他不那么热乎、不那么自然的气氛。监察委员和过去当队长的时候一样，拿起扫帚就扫院，蹲下就往豆腐锅底下填柴，但是人家和他没有什么话说了。王以信他们对群众说：前任队长是损害了人民利益的人。

"不怕低，单怕比"，低个子和高个子一比，才显出低来。新队长王以信比他脑筋灵动，会安排，打得开场子，相形之下，更显得他不行。他当生产队长的时候，千方百计，竭力团结副队长王以信，想一块把水渠村办成先进生产队；但是他们中间始终隔一道鸿沟，他的一片火热的心总是碰到王以信的冰脸。为了联络感情，他曾到上中农副队长家里去串门。王以信的女人甚至刚刚和他打过冷淡的招呼，就指着孩子骂："看你那松样子！也不尿泡尿照照自己能成啥事，把人家害得哟！……"老汉的心同斧头剁碎厂似的，走出副队长的院子。他心里想：这是不满意合作化啊，这不是光骂我。傻婆娘呀，你不明白嘛，全中国都合作化了，水渠村就是没我老汉办初级社，一样要合作化哎。那时候。他和副队长商量事情，得到的回答永远是一样的："你看嘛、你是队长！"分配给副队长的工作，永远是应付差事。开会的时候，王以信总是躲在不显眼的地方，叫也叫不到领导人应站的中心地点："你说嘛，你是队长！"事事处处，故意给他难堪。但是现在，王以信自己当了队长，几乎一下子变了另一个人：起早贪黑地奔波，饲养上、副业上、保管上，样样项项料理得井井有绪。只要有下爪处，总要做出一点比老队长管理的时候显然强的地方，给他难看。难看就难看吧！只要他们把队里的事情办好，正合监察委员的心思。他拿眼睛监察他们！

对他不满意的下中农社员，在村里散布一些很刻薄的话：

"让狠透铁折腾下去，咱水渠人都得喝西北风！"

"看他祖宗三代熬长工，哪来的本事领咱这大庄稼哩嘛！"

"他光会朝支部里黑告人，这是他的拿手戏！……"

富农乘机挑拨、扇风，假惺惺地叹气。

"唉！可怜我那大红马了，总也不出岔子，楞曳楞曳。想不到死到狠透铁手里！"

当村里谁都不提王以信的奸滑，贫雇农因为老队长的过失张不开口的时候，连地主也大胆起来了，公然咬文嚼字地嘲笑他从前的长工：

"坐井观天之人，焉能成大事！"

一股黑风笼罩了小小的水渠村。从一九四九年解放起一直奔波到高级合作化的共产党员，因为死了一匹红马，在村里没威信了。

"家有贤妻，丈夫不遭横事！"话虽这么说，为了走亲戚忘了红马有病的事，他可不曾抱怨过老伴。他想：娃他妈懂啥呢？给她盘费，叫她到北京去听上一回毛主席讲话，也不能把她的脑筋一下子改换过来。只怪自己脑筋不行了，做下对不起社员的事情了。但是现在，糊涂的老婆呀，她却对他气愤和抱怨起来了。

"好！好！这阵好！你真是背上儿媳妇逛华山，受了千辛万苦，也落不下好名。你再'以社为家'去嘛！"

每一句话好像一把尖刀子，直向老汉心窝戳去。老汉红着脸，感觉到难受，感觉到惭愧。并不是因为老伴羞辱他，而是因为他羞辱了水渠村的贫雇农。

他粗大的手掌摸着小儿子的脑袋，沉痛地说：

"娃呀！你哥土改那年参军，为的是保咱人民的江山。你爸在村里当个生产队长当不好，毛主席在水渠村靠咱，这阵靠不住，让人家上中农作弄了。你在学堂里好好把书往肚里吞，日后好补爸的亏空……"说着，老泪扑簌簌地掉了下来。

不管村里人说什么，老汉照旧出席队委会。他怕什么？他是堂堂正正的共产党员，毛主席的忠实人手！不管王以信他们爱听不爱听，他照旧发表意见。遇到他觉得不公道的决定，譬如改变他从前的决定，抬高猪粪价格对中农有利，压低人粪价格对贫农不利，他毫不客气地"监察"他们，要他们重新商议。王以信他们用很不高兴的眼睛盯他，他满不在乎。他想：咱抱一个大公无私，心里没一点见不得人的东西，怕啥？

渐渐地，他看出队委会有几个人有点烦他，好像他是队委会的累赘，怎样能摆脱他才好。

有一回的队委会，竟然没有通知他。他想：这是试探咱，要是咱不声不响，以后开会就不再叫咱啰。

他用笑脸向生产队长提出抗议。王以信支支吾吾承认疏忽。果然，以后再没不通知他的时候。

但是有一天，他脸上盖着一层尘土从地里刚回家，老伴就咄咄讷讷：

"你真正狠透铁！你不管人家队里的事情，就过不了日子吗？"

"人家队里？谁家队里？"

"王以信他们嘛……"

"哼，你尽胡说白道！"老监察瞪着眼说，"王以信他们根本是面面上应付哩，心里恨死了合作化。人家队里！我不管，不知他会搞出什么鬼！"

"你管！你管！叫人家说得你好听！"

"他们说什么呢？我一步一个脚印，不做坏事情。"

"人家说你是'搜事委员'，老傻瓜！"

老监察不禁一怔。怪不得他近来觉得许多人对他更冷淡了，在土地的路上走着和在地里干活，都有点不愿和他说话。他一打听水渠村另一个党员吴有银和一个团员王以鸢，才知道底细。吴有银说："搜事委员"的名词最先是从王以信口里出来的，由对监察委员有成见的几个人嘴巴广为播传，才弄得家喻户晓了。只有他一个人不知道。一般人不参加队委会，每日从家里到地里，又从地里到家里，除过对自己的工分特别关心以外，也不去细究与自己没有直接关系的事情。他们听说老监察是"搜事委员"，大约就是那样吧；因为照一般人的分析，以为前任队长可能对新队长有些报复思想。……这样从人情上一分析，人们就更加鄙弃他，认为他自己办不好事，就不该眼红别人。这使他在村里更没威信了。

老监察很重视这个发现。这是有意破坏他的威信，在群众中孤立他哩。后半晌他没上地去，提了烟锅到大社去找主任，要求解决六队（水渠村）的不团结问题。

忙忙碌碌的社主任正在给各队分配第二批化学肥料，没工夫细听他的谈叙。而且，王以信上任以后六队的工作局面，显然使社主任忘记了王以信担任副队长的时候不协助正队长的那一段事实。社主任急急忙忙说：

"好同志哩，咱一个共产党员何必和一个非党人士纠缠不清呢？有了问题，应当先从自己方面检查，疙瘩就好解，自己没故意搜事，叫他们说去！不怕说坏，单怕做坏。何必弄到队委会上，大伙眼瞪眼地辩嘴，越弄越不团结！年纪大了，省点气算了。我忙着哩，你和咱支书细谈去。实在对不起，老哥！"

他又去找支部书记。支书很同情他，说：

"你是不是有些神经作用呢？同志，眼下社员们看见王以信把六队的工作搞前去了，自己应该肚量大点，甭弄得自己在前头走，人家在后头指啊。红马的事情，社员们还没忘记。当然，王以信他们夸大事实，乘机打击你哩。可是咱本身的确有缺点，眼时怎能和群众说清楚呢？只好忍住点，看看情况的发展。同时，让红马的事情在群众脑子里淡了，冷静下来，咱再想法子恢复你的威信。再说，监察工作就是在是非里头钻哩，免不了闲言的。他说他的，你做你的。党支部了解你、信任你，你慌啥？嘿嘿，甭把你狠透铁的劲儿使在人事关系上啊！……"

老监察回到水渠村，白日黑夜使劲地想，狠狠地想，想他有没有个人的成分混杂在公事里头。如果是那样，当支书和主任忙得不可开交的时候，他为个人的事情麻缠他们，他该是一个多么可鄙的小人啊。他想：他眼红王以信吗？他留恋生产队长的职位吗？生产队长的职务轻松吗？当队长为了给自己占便宜吗？他把土改分的高瓦房腾出来做饲养室，有什么交换条件吗？他贪图权力、喜欢指使人吗？他爱听人奉承他吗？

他想了三天三夜从各方面检查了他自己，最后他有皱纹的眼皮包着泪水，望着泥墙上的毛主席像，用颤动的声音说：

"我在你像前明心，我肚里没草屎渣渣！我要和王以信斗争到底！"

他不相信王以信真正对合作化热心了。如果真热心，就应该和另一个更热心的人心碰心。"我没能耐吗？你可以帮助我。你嫌我扶不起来吗？这阵我不当队长了，你当队长，还为什么要打击我呢？难道我不愿意把社办好吗？"他不相信王以信的心地纯洁。他认定王以信打击他，就是打击共产党。社主任和支书不经常在水渠村住，所以感觉不到像他这个当事人一样深切。而且，他们忠心耿耿地希望把全社各队的生产搞好，他却老使他们失望。王以信眼时的现象，显然迷惑了他们，并且看样子，要尽量地继续迷惑他们。想一想吧：水渠村还有多少共产党的事情呢？如果把狠透铁从生产队的事务里排挤出去的话。破坏了他的威信，把他孤立在一边，弄得他说不成话，这是什么意思呢？死了一匹红马，就应该这样对待他吗？老监察无论如何想不通这一点。

"王以信，我不能向你低头！向你低了头，顺了你，我就叛了毛主席。你小子迷惑了我们那些年轻的领导人，迷惑不了我老汉！"

终于老监察和生产队长爆发了正面的冲突——在夏收中给社员们分配够数以后，竟然接连两次有六场麦子，在场里过斗入库的时候，没有把监察委员叫到场。

"为什么不把我叫到场？"从前为了照看公共粮食得了风湿症的老监察，怒不可遏地质问。

"没请到你嘛，"王以信并不示弱，笑着说，"谁知道你哪里去了？"

"为什么不早通知我什么时光入库？"

"当你自己会来嘛。"

"这不合章程，以信！粮食入库，应当把监察叫到场。"

"你甭搜事！狠透铁！俺们有舞弊，你好监察。俺们没舞弊，你少惹！俺们不是党员，可不比你低好几辈啊！"

当下把老汉气得说不出话来。这小子竟敢当面叫叔叔的外号！他咬着留胡子的嘴唇，肺快要炸了。拳手捏得骨节喀巴喀巴响，真想一拳戳得王以信鼻孔里淌血。但他使劲咽下去这口气——打人算什么厉害呢？有理变成了没理，还损害了党的影响。……

四

老监察独自一个人纳闷：一、二、三生产组两次打了六场麦子，几十石粮食入库哩呀。要是王以信他们正大光明，就要把监察叫到场入库。就算是找不到我，为什么不把各生产组的监察组长找到场呢？难道全队三个监察组长，连一个也找不到吗？胡说！

他恨自己。他用粗大的巴掌无情地打击他霜白头发的脑袋。在他和王以信辩嘴的时候，愤怒迷惑了他的心窍，说话如同用橡子戳一样，却忘记讲这条最有力的道理。

王以信，你不是说你们找不到我吗？现在他才想起来，你既然愿意叫我监察粮食入库，为什么不告诉生产组长把我留在场里做活？我上地去了，你们在村里怎么能找见我呢？

这完全是有意作弄。这里头一定有舞弊。新的库房在副队长王学礼的院里，更加深老监察的怀疑。

他跑去问会计灵娃。

"两回都没把你叫到场里去吗？"

"没。他们说不像分配的时候，当场要留各户社员的分配数字。这是入库，只记总数，何必耽误劳动。"

"那么给你报的是总数，不是一场一笔、分生产组登的账？"

"嗯。三场一笔账，一共报了两回。"

"啧啧啧，"老监察惋惜地咂舌头，说，"阿呀呀！你呀！你也是青年团员嘛，就那么相信他们？咱这是上中农领导，靠不住啊！"

"我心思过斗的时光有各生产组长在场里……"

"按队包产，组里不包产，他们管呢！再说，又不是按地亩分场打的麦子，他们为记产量也记住数目了。"

"那怎么办呢？"灵娃着了急，由于自己的过失红了脸。

"怎么办？"老监察灰溜溜地说，"慢慢调查吧！……"

他陷入沉思。过了一刻儿，他咬着牙说：

"是有私弊，他总要现形！"

他把胡子嘴巴对准灵娃通红的耳朵：

"你看韩老六怎样？"

"他跟他们跑……"

"对！就是这！要不，库房钥匙在他腰里，也不会有啥问题的！"

接着的一个张良镇集日，老监察早饭后蹲在村口的路边吸旱烟。等到韩老六提着竹篮篮走过来的时候，他站起来和他走在一块。

"怎么篮篮里放两个瓶子？"他问。

韩老六说："一个打豆油，一个打石油嘛！"

于是两个人就谈起张良镇供销社豆油的供应和质量问题。有时候成半月一月地脱销，空瓶子带回家；有时候油稠，并且带有苦涩味。韩老六用骂人的话批评供销社的工作人员，说他们全是"吃饱蹲"，什么"为人民服务"！只是好听。

"啊呀！"老监察不禁惊讶地说，"你怎么打发出这号话？人不应该忘本啊！良心到什么时候都是要的。我记得你解放前连粗米淡饭也吃不饱，年三十也不见其有豆油吃。这阵有办法了，怎么说话和富裕中农一个调调儿？你是贫农，也对新社会不满意？"

韩老六有点不好意思，但随即又嘴硬起来。

"怎？这阵都共产了。谁还置田买地啦？谁还给后人们积攒啦？挣得好了嘴算哩。"

"大伙都讲究吃，生产跟不上全国人的嘴巴，怎么哩？"

"算哩算哩！我说不过你。你能狠透铁！"韩老六用玩笑岔着话头。

老监察不放松：“你不该骂人家'吃饱蹲'。人民政府是咱的政府，供销社是咱的供销社嘛。”就在这个当儿，他突然问：“哎，老六，咱队在副队长院里存多少麦子？”

“嗯……嗯……嗯……”韩老六"嗯"了三声，才不肯定地说，“不是三十四石就是三十五石。”

“看看看！你这保管委员，还说人家'吃饱蹲'！”

韩老六红了脸，支支吾吾说：“反正钥匙在咱腰里，数字在会计账上。除过老鼠、麻雀吃，短不了一颗。”

但是嘴里虽然这样说着，韩老六的眼睛还是研究地盯着老监察若有所思的皱纹脸。这一点就证明他心底不正。

“你怎么单问副队长院里的库房呢？”韩老六问。

老监察心里想：有鬼就在王学礼院里。他也研究地盯着韩老六的瘦长脸。两个人的眼睛互相捉摸着对方脑子里的活动，观察着对方表情上的变化。韩老六不稳定的表情更增加了老监察的怀疑。

当他继续又问其他仓库的粮数时，保管委员威胁地顶他：

“好我的老监察！你是水渠村人，应该和水渠村人往一块活嘛。人家叫你狠透铁，你也就是狠。你和队委会的关系弄不畅和，全村都怨你哩。你一点也不为自个打算吗？以信对我说来：他和你高言传了几句，放开你的马跑，叫你到大社报告去。你想想，人家几辈辈都是从土疙瘩里刨金子的人，又没和地主、富农一样苛苦过穷汉，村里威信高，你何苦跟人家下不去？……”

老监察笑了笑，心里想：知道你韩老六的腿伸进富裕中农的裤腿里去了。

到张良镇上集的这晚上，队委会没通知开会，生产组里也没会。监察委员闩了街门，早早和老伴、娃子一块睡了。

唉唉！怎么能睡得着呢？习惯了半夜以后睡觉的人嘛！要说老年人没那么多瞌睡，就是有那么多瞌睡，也睡不着啊！为人民的事奔波惯了的人，一旦清闲下来，精神上的空洞、寂寞、苦痛，是够老汉受了。要是你一定要把这叫做"失意"，算是"失意"吧！党和人民交到他手里的领导权，现在被他所戒备的人夺去了。这并不是失个人之意。王以信一干子人处理粮食上的嫌疑，现在熬煎着老监察的心！

半夜前后，有人来敲门。长夜不眠的监察委员在炕上问：

"谁？"

"我！"是第一生产组的组长，共产党员吴有银。

老监察摸黑蹬上裤子，披了布衫，出去开了衙门。进门的不是吴有银一个人，而是六个人。青年团员灵娃和王以鸾、第二生产组的组长、第一和第二生产组的监察组长。

"你们半夜三更寻我做啥？"老监察疑惑地问。

吴有银代表大伙气呼呼地说：

"我们和你来商量个事情！"

七个人在土院子里蹲成一堆。刚上来的下弦月照着他们。

吴有银把要商量的事情从头至尾说了出来。村西头的大部分社员和村中间的一部分社员，想分队。为什么呢？村东头上中农占多数，村西头贫农占多数。人们认为东西头的不团结，是很难调和的。西头的人上台，东头的人为难；现在东头的人上台了，西头的人也学他们的样儿为难的话，怎样能搞好生产呢？所以，大伙觉着干脆把水渠村分成两队：东头一队、西头另一队；中间的，愿归东头，愿归西头，各由己便。西头的人仍然拥护狠心大叔当队长，看谁家搞得好？……

"就是这！……"六个人异口同声地说。

但狠心大叔听完以后，长长地吁了口气。

"唉——"他叹息说，"你们就给咱戳弄这号事情吗？我当队长的时光，东头的人闹分队哩。大社来处理了三回，才算不分了。这阵王以信当了队长，咱西头的人又闹分队吗？合作化以后，村和村往一块合哩，咱一个村里头闹分裂，对吗？快快快！快不敢再咄咄这层事。赶紧压下去！甭咄咄得东头人知道哩！"

然后，老监察很惋惜地说吴有银：

"有银！咱一个共产党员，要站稳党的立场，不应该闹分裂！有人想分裂，咱应该说服社员。"

吴有银很生气，很不高兴狠心大叔的指责说：

"你这个人呀，就是这一样不好！你怎样心思，谁把你也拧不过来！你想想嘛！人家粮食入库，偷偷摸摸入哩！既不叫监察委员，又不叫监察组长，连队会计也不叫到跟前。把公共的粮食当他们几个人的粮食办理哩！狠心大叔！你站的什么立场？你不知道？"

狠透铁在这些人面前，故意做出不重视这件事的神气，说：

"我知道！粮食入库不合规程，我已经对以信提了意见。下回他再不合规程，就成了大事实了。旁的问题，咱没根没据，快不敢瞎说！快不敢瞎说！"

于是，狠透铁大叔要求他们几个人：第一，不要咄咄分队，要是有人咄咄，只能解劝，不能添言；第二，在生产计划的执行上和活路安排上，王以信队长弄得对的，绝对要服从，弄得不对，还有群众和上级嘛，不可以把问题弄得更复杂，自己把自己拿乱麻缠住。……

吴有银等六个人，走的时候很失望很失望。他们答应听狠心大叔的话；但声明：弄坏了事，就怪不得他们了。

老监察送走了他们，闩了街门，到后边茅房去小解的时候，用粗硬的手指，摸掉外眼角挂着的泪珠。情况是够复杂了，处境是够难为人了。他祈祷党和毛主席给他力量，使他在水渠村作为一个正直的和正确的共产党员，克服掉一切困难，替党和人民争得胜利。至于他自己的名誉、地位，什么也不值！

五

谢天谢地！事情终于从副队长王学礼的儿子王凤鸣打媳妇露了点头。根据狠透铁的了解，并不是打得重。我们这个社会，即使从前当过土匪的人，在拷打人这方面，现在也不得不约制自己残忍的心性了，何况王学礼家是"温良敦厚"的庄户人家呢？问题是打得太突兀了，几乎完全没来由，引起四邻的怀疑。加上无论谁问询他们，又是讳莫如深。为什么呢？难道像王学礼那样一脸孔夫子派的严肃，还会和儿媳妇眉来眼去吗？至于外人，一般无事不进上中农的独家院，而且那媳妇又腼腆厚诚，也不是什么风流女子呀。那么除过男女关系，还有什么不可告人的秘密呢？

啊啊！终于找到了线索！原来，那天前晌，来娃他妈在王学礼家街门外的磨棚里磨面。半前晌时光，男女社员全上了地，水渠村里一片雅静。王以信和韩老六从巷子里过来，大模大样走进王学礼院子。随即关了街门。关的时间很长很长。后来，将近小晌午的时光，王学礼那倒霉鬼小儿子在巷子里耍得肚里饥了，要吃馍，却进不了院子。娃在街门外面楞哭，里头却不答应，也不开门，更增加了神秘的气氛。来娃他妈动了同情心，帮助娃叫门。街门开了，娃进去，王以信、韩老六和王学礼通统神神气气走了。来娃他妈注意到他们的眉毛上、头巾上、袖子上和肩膀上落着刚刚播弄过粮食的尘土，她更在意了。解了牲口，收拾了磨子的时候，来娃他妈又动了好奇心，决心进院里去借簸箕，实际上她带来了足够的磨具。

下面是来娃他妈和凤鸣媳妇有趣的谈话。

"凤鸣家，把你家的簸箕借我用一用。"

"哎呀，在楼上。等等，我给你取。"

"我自个取。甭麻烦你了……"

"不不，我给你……"

来娃他妈说时迟，那时快，三跷两跷，撅着屁股爬上了楼梯。

"哟哟，你家分得这么多粮食？"

"不，那是社里的粮食。"

"社里的仓库不是在前头的厢房里吗？"

"不，那，还有人家的。"

"还有谁家的？"

"不，那，我不晓得。……你死老婆子跑到俺楼上做啥？"

凤鸣媳妇的挨打，就是对她容许来娃他妈上楼的惩罚。可怜的腼
腆厚诚的小媳妇在挨打以后，哭得眼和红枣一般去找来娃他妈的时候，
老婆婆已经告诉过两个人了。至于那两个人告诉过几个人，那几个人
又告诉过多少人，连来娃他妈自己也茫然了。

"好我的婶子哩，"凤鸣媳妇越哭得厉害了，手里甩出去几尺长的
鼻涕丝子。"他们播弄粮食哩，我哪晓得他们做啥哩，嘴里给你胡交代哩。
他们说那是准备下交公粮的嘛……"

什么交公粮的！来娃他妈心里想，骗鬼去！准备下交公粮的，挪到
楼上做啥？即是交公粮的，怕人做啥？再说，全队交公粮才那点粮食吗？

但是她嘴里却宽慰凤鸣媳妇说：

"好娃哩，甭哭啦！怪婶子多事。你回去告凤鸣和你阿公说，我再
不给旁人说就对了。"

"只要你再不告诉人，我给你老扯身衣裳料子。"

"嘿嘿！看你说的啥话！能把人的牙笑掉！"

……没有费很多工夫就调查清楚：全水渠村肯定有九个人知道了。机密话说出去，比决了口的洪水泛滥起来还要神速和无法阻拦。王学礼和韩老六慌得脸上失了色，开始抱怨王以信，但是王以信不那么慌。看他的脑筋多么灵动，他的心眼多么稠吧，十个忠厚老诚的老监察同时使劲地动脑筋，也没王以信一个人的脑筋来得快。他叫副队长和保管委员连忙分头去堵那九个人的口。他带着表情教给他们说：

"快不敢乱说了！我们往公粮里掺了些生芽麦子，顶得把好麦子分给社员了。给来娃他妈那个死老婆子瞅见，就乱说开了。说得给狠透铁知道，快倒霉了！"

话不需多，只要有力。他们是为了水渠村的社员们的"利益"啊！这和王以信在大社开会总为六队（水渠村）的"利益"尽嗓门楞吵楞吵正相符合。这和他们企图瞒产、非法提高六队的劳动日报酬，也相符合。而老监察的确狠透铁地对公家和大社忠实，他那份虔诚，老天主教徒对上帝也比不上的。让他知道，那还得了！

从前的农会小组长、人民代表、互助组长、初级农业合作社主任和高级农业合作社生产队长、现任大社监察委员狠透铁，他的全部活动的精神目标都是提高群众的觉悟，努力克服群众落后的因素。但他的敌手王以信却把群众落后的因素当作资本，尽量迷惑、利用农民的自私、本位、不顾大局的一面。他到大社去，又把自己装作群众的代表。

王以信的诡计这回又投合了落后群众自私的一面。水渠村东头的都说王以信真好，而来娃他妈"真傻，乱吵吵什么！"于是这刚露头的事，还没传到村中间，就被深深地埋藏在最底层去了。水渠村照旧鸡啼、犬吠、牛哞、驴叫、人说话、娃娃哭、小伙子们唱、年轻妇女们笑，好像什么事情也没有发生过。夜里，王凤鸣仍然搂着他媳妇睡觉。

可怜了来娃他妈！老婆婆为了她的好奇和多嘴，可吃了点苦头。如果盘古开天辟地时留传下来儿子打母亲的恶习，她这回可不得了，来娃不把她打死，她也得躺在炕上哼哼一些日子。

这来娃是个蛮性子人。老婆婆自己也不知道她怎么会生出这样的人，外号叫"逆鬼"。只要他生了一张锄头的气，牙一咬，膝盖一曲，就把锄柄掰成两节，丢在一旁了。三十来岁，还是光棍汉，和他妈一块过着他是暴君、老婆婆是顺民的无冲突的日子。新社会给了他一切好处，只因《婚姻法》一样，他就不满这个社会。他爹生前给他订的媳妇没过门就解除婚约了，人家不愿意嫁给水渠村著名的逆鬼来娃。来娃在吃饭的时候、干活的时候以及和旁人在一块说笑的时候，倒也罢了；只要他一渴望起有个媳妇，陷入了单身汉的苦闷，他就不满社会，有时简直和动物一般简单、没有理智。"要不是政府出了新《婚姻法》，你的媳妇就跟了人家？"王以信的这句同情话，深深地刻在简单的来娃心上了。王以信当然不放松团结这样的"耿直人"，经常表现得和来娃很要好；因为来娃的贫农成分很好，说些不满新社会的话，政府也不计较。当来娃知道生产队长往公粮里掺坏麦子的时候，他很赞赏王以信对本村人的关心；而当王以信对他说他妈嘴巴不好的时候，他眼瞪了灯大，气得鼻孔出气像吹哨儿一样。

"你狗逮老鼠多管那闲事做啥？"他用骂人的话问他妈，"你告给狠透铁，还给你奖赏吗？"

他妈好歹没张声，只是愧悔地笑着。其实老妇人心中非常不平，因为她仿佛朦胧觉得王以信他们私吞的粮食里头，有她和她儿子的份儿。但她想到她会闯下大的乱子，吓得她浑身抖嗦，再也不敢拿重大的事体随便乱说了。宁肯少活十年，也不愿词讼牵连！……

不管王以信他们怎样封口，总不能封得像混凝土灌了似的那么没有缝隙。终于，风声传进了参加队委会的队会计灵娃耳朵里了，他把嘴对准老监察的耳朵告诉了他。

老监察找来娃他妈去的时候，老婆婆根本否认她在王学礼街门外套磨子这回事。老监察和她磨了半天牙，发现他即使把胳膊从她的喉咙伸进肚里去，也掏不出一点真情实话。她说道：

"你狠透铁？你狠透钢，我也没在凤鸣家街门外套磨子嘛！咱不能没窟窿生蛆，诬害好人嘛。"

六

群众的眼睛是雪亮的！但有时也有盲目性，这就全看指导了。当不正直的人以伪装的面目做了领导，用假恩假惠蒙蔽群众，以自私的目的利用他们落后的因素或看事情的局限性，造成一种是非不明的局势的时候，从他们中间会产生盲目信任、盲目听从……总之是为满足自己一时不正当的要求，任性地损害自己的长远利益和根本利益。我们已经有无数次经验，当盲目性变成主导的时候，大多数好的群众沉默了，他们谨小慎微地保持观望的态度："少说话，多通过，楞做活，早睡觉。"水渠村那些既不能达到分队的目的，又不得不接受王以信领导的社员，现在也归入这一类人里头去了。只有忠诚——对党和人民的事业的无限忠诚，牺牲过自己的健康还准备着牺牲生命的忠诚，被误解或被冤屈而不放弃努力的忠诚……只有这样的忠诚，才能在任何是非不明的时候看透底层，挺立在歪风逆流中二分一寸地前进。

老监察两眼不断地流泪，眼球通红，眼角里堆起眼屎。他到张良镇卫生所看眼，大夫问病历。

"落进去什么灰尘没有？"

"没。"

"吃过什么热性的东西没有？"

"没。"

"熬夜来没有？"

"就是黑间睡不着觉嘛。"

"有多少夜了？"

"七八夜了。"

"为什么睡不着觉呢？"

"唉！心里有事哩。"

"有什么事呢？"大夫问出医学范围了，好像他是巴甫洛夫学派。"农村合作化以后，已经消灭了私有制了。什么搁不下的心事，让你这样熬煎呢？"

老监察摇摇霜白头，只是挤眼睛。

"什么不可告人的事呢？"

老监察摇摇头，挤眼睛加叹气。

"一言难尽……"

大夫一下子变了态度，很不喜欢，甚至可以说敌视他这个奇怪的病人，给他一筒锡皮眼药膏，打发他走了。

"你看，"大夫用下巴指着出了门的老监察，对他的助手护士说，"这个人保险不是富农，就是富裕中农。舍命不舍财的家伙！他还留恋他的土地和牲畜，夏收分配了，看见他的收入减少，大伙的收入增加了，他咽不下这口气，把眼都熬烂了！"

老监察带着眼药膏，在白焰般的烈日之下挤着红眼，摸索到镇南头新修的粮食购销站里头。

我的天！在土围墙的宽敞的院子里挤满了骡子拉的胶轮车和牛拉的铁轮车。装粮食的麻袋堆积如山。有一台扇车如风般呼吼，弄得院子里灰尘冲天，呛得人喘不过气来。各农业社交公粮的和交购粮的社干，满头大汗地忙碌着。磅秤周围有人大声呐喊着数目字，房檐的阴影底下写水牌的人回答着同一个数目字，表示已经记上去了。那边的办公室里，从纱窗口传出的算盘声山响，如同爆豆一般。

老监察用手掌齐眉毛做着遮眼，在院子里拐拐弯弯寻找着道路，来到办公室里。

啊！屋里多么凉爽啊！他从腰带里抽出汗巾，揩了汗水。

"老汉做啥？"

"站长。哪一位是站长？我寻站长。"

一个穿衬衫的中年男子，从压着玻璃板的办公桌后面站起。

"来。你出来，我问你句话。"老监察一边说，一边跷腿出门限。

"什么神秘的事情？"站长跟出去的时候笑笑说。

老监察把站长引到一个远离人群的墙影底下。他的姿态和表情告诉站长，他是一个告密者。

"好麦子和生芽麦子，你们分别得出来吗？"

"当然。那最简单了。"站长内行地说，"首先颜色就不一样。好麦子发亮，芽麦子发暗。其次，分量也不同，芽麦子轻得多。最后，发过芽的麦尖，一眼就看出来了。"

"这些我明白。我是说你们，"老监察的胳膊一伸，指着堆积如山的粮食麻袋，"过手多了，怕顾不过来吧？"

"好玄！哪能呢？验收员的眼睛比针还尖。"

"蒙哄不了吗？"

"好玄！还能让芽麦子混进去入库吗？发热、发霉，一个老鼠害一锅汤。你哪个村哪个社的？"

"同志，你是……"

"什么？"

"党里头的吗？"

"当然！你告诉我吧！"

老监察把社名、村名和王以信所说什么，告诉了粮站站长。

"鬼话！"站长半袖衬衫的赤胳膊一挥，说，"烟幕！其中必定有问题！"

对！是烟幕，这个估计完全和老监察心里所思量的一模一样。问题是怎样才能把底细搞清楚。灵娃是拐弯抹角听来的，只听说来娃他妈见他们播弄粮食来，备细情由却一摸黑。来娃他妈又好像被魔鬼禁住了口，死不吐露，怎么办？

他从张良镇没有回家，直端到大社找监察主任。

"啊呀？"他的直接上级一见他狼狈的形状，大大惊叹，"怎么把你弄成这个样子？"

"害眼嘛。"

"有火？"

"心火。这件事弄不清楚，我这两只眼保不住要瞎。"

"什么事？你说得好凶险！"

他把发现的怀疑从头至尾说出来，监察主任一怔。

"咦！这集体偷盗，要有就是个大案件！"

"可不是呢。看是我说的凶险吗？"

"你估摸有多少人参加？"

"主谋是王以信，少不了副队长和保管委员！这号事，也不能人多。"

"你估摸能偷盗多少粮食？"

"唉，难估摸。我和灵娃算了一下，按那六场麦子的亩数看，他们入库的时候，至少朝灵娃能少报十石以上。少了他们图啥？"

老监察焦躁地叙述着，主张单刀直入，召集监察委员会，质问王以信他们为什么在没有监察委员在场的情况下粮食入库，号召他们坦白。"坦白从宽，抗拒从严！"如果他们拿掺混芽麦搪塞，问他们多少公粮里头掺混了多少芽麦，他们一定说不上来，或者说不一致，这样大伙分析批判，要他们彻底坦白，使他们低头认罪。他们底虚！……

"好我的你哩！"监察主任笑说，"你太心急了。几千年的单干社会嘛，合作化这才二年，一下就弄好了吗？心急了有时害事哩。头一样，农忙时节不能开长会；二一样，他们死不认账，咱们又没证人、证据，光是分析，开成顶牛会怎收场？"

"那么你说怎整？"

"你慢慢调查，有证人也好，有证据也好，咱报告上级，等派人来查时，再往烂扯！"

老监察带着对他的直接上级十分钦佩的心情起身回家。

黄昏中，乌鸦归巢，麻雀乱吵，庄稼人从地里回家了。老监察在水渠村口碰上王以信，一副胜利者趾高气扬的神气。双方都装没看见，他们没有打招呼，岔过去了。

在第三生产组的饲养室街门外的土场上，一群人围看两个人吵嘴。吵嘴和人们围看吵嘴，是落后生产队的特征之一。而第三生产组又是水渠村的落后生产组。老监察看见这个现象心痛，他没有把水渠村领导好，对不起党和毛主席。他注意盯着，看生产队长到吵架的地方去教育社员不；王以信连头也没回，直端回他院里去了，好像他是一个单干的普通庄稼人。老监察自己向吵架的地方走去，站着听了几句：原来只为二厘工分，骂娘骂老子。

"你们真没意思，"他难受地裁夺双方，"为二厘工分，不怕人家笑话？

一个劳动日值两块钱的话，二厘工分是四分钱，半个饼子！"

他说得看的人哈哈大笑。

"多少要公平合理！"争执的一方说。

"谁不公道驴日他妈！"另一方吼叫。

"啊呀呀！"老监察挤挤红眼睛，惊叹说，"这么愚鲁？要是没粮食的话，工分算啥？甭光争工分哩，应当争粮食！"

社员们显然没有听懂他这隐隐糊糊的话。

在回家的路上，他霜白头发的头脑里愤怒地想道：

"社员们累得汗水从头上流到脚后跟，日头晒得胳膊上脱了一层又一层的皮，为了啥？可怜的社员们三伏天翻地，后来种麦、上粪、锄草、收割、打场，好不容易啊！麦子打好，叫你们私吞哩？任你们胡捣乱搞，还算什么合作化？只要我老汉有一口气，绝不容情你们！看吧！"

七

水渠村风言风语：似乎狠透铁在调查王以信的材料，要"整"他了。一部分相信队委会往公粮里掺芽麦的人，很不满意老监察，说他"怀里揣牛角，总是朝里顶哩"。往外村调地，他坚持；队委会瞒下三十石稻子，他却不让。他们是"水渠主义"，过去传统的想法就是副村吃主村的亏，联村办社以后，土地、牲畜和大农具统一调配以后，他们把怕吃亏的警觉性提得比终南山高，有时甚至高到这种程度，没有吃亏也怀疑吃了亏，占了便宜也怀疑吃了亏，弄得滑稽可笑。王以信能在大社为水渠村的"利益"争吵，他们认为是好样的，"硬干部"；而老监察则是"窝囊废"，自己弄不好事情，还想"整"别人。

过了几天，又风言风语：似乎狠透铁怀疑队委会集体贪污了，正在找寻根据告他们哩。这一回不光少数人，而是更多的人摇头了。他们说王以信多"精灵"的人，怎么会干出那号傻事体，难道他不知道自己是上中农当队长吗？成分不好，还敢胡拧呲吗？有狠透铁在队里当监察委员，王以信会忘记这一点吗？再说，几十亩一等一级地、骡子、胶轮车都入了社，贪污那点点算啥？至子副队长王学礼更是温、良、恭、俭、让五德具备，学礼他妈七十高寿，吃斋念佛，只图死后升天成神，怎能和那种缺德事拉扯到一块呢？只有保管委员韩老六，旧社会在国民党军队里当过兵；但那是被拴去的，水渠村的人见过他出村的时候号得哇哇。即使韩老六见财黑了心，正副队长为了自己的清白，也绝不容胡来的，云云。

虽然这样，王以信、王学礼和韩老六脑袋擦脑袋商议过一回以后，还是决定不能放任老监察活动。

有一天，王以信找到老监察，亲热地叫道：

"大叔哎。眼好些了？"

"嗯，"老监察表面也不显露什么，说，"眼药膏见了效。"

"哎！"王以信开始惋惜地说，"年年一到这夏天，上河里水就小了。咱队的稻地上了二次肥料，劲并不足，稻子有些泛黄了，不知你注意到了没？"

"唔。好像是……"

"看水的人有麻达。为啥哩？上河里水越小，看水的人越要细心、谨慎。稍微粗心大意，水口的地灌得多，远处的地没水了。稻子这庄稼娇气！上了肥料水不足，能烧死哩。"

"自然。"老监察同意，"应当召集灌溉小组开上个会。"

"唉！好大叔哩！娘肚子里怀下的粗鲁人，开会就开细心了？你看来娃那号逆鬼，开会能教育得他不抬杠吗？好你哩，这阵人全抱的工分主义，像你这号以社为家的人有几个？"

老监察没作声，他不知道为什么给他灌这迷魂汤。

"我们队委会几个人商议，想叫你领导着看一晌水，等入了秋水大了，就不要你管了。"王以信终于说了出来，眼盯着老监察的表情。

老监察没作声，用眼睛回答他：知道你要对付我哩！

老监察明白，这是调虎离山计。这个计是很恶毒的。他们是为了农业社的利益，看你答应不？答应吧，看水的工作白日黑夜轮班，你只能沿水渠走，回家睡觉，在地里吃饭，哪有空闲去调查他们的私弊？不答应吧，"好！什么共产党员！挑轻松活干！长着嘴是说旁人用的！"王以信凭着韩老六那片嘴会在水渠村把他说得比狗屎还臭。"当初办社积极还不是为了指使人？什么社会主义思想？说得好听！"

王以信很得计地看着老监察作难的样子。

老监察想说他是大社的监察委员，要队里向大社打个招呼；但忠厚成性的老汉又觉得这样不好，何必和他们斗气呢？忍着气搞吧，看水的时间能调查调查，不能调查等看毕水再调查。……

他答应了。

看水三天以后，老监察才知道把他拴在看水的活路上的真正原因：大社来了工作组了，对农民进行社会主义教育哩；一个姓曹的同志住在水渠村，就在王以信家里食宿哩。

介绍六队干部情况的时候，王以信提到监察委员，又摇头又摆手，脸上做出痛苦万状的表情，表示简直不能说了。

"到底怎样呢？"曹同志更加想知道情由，王以信只笑不说话。

韩老六明白王以信的意思，把老监察当队长时怎样把大社布置种洋芋的事情"贪污"了，把"三包"合同也"贪污"了，把原来属于富农的大红马"害"死了……非常形象地叙述了一遍，总之是威信不高。

王以信微笑点头证实。他们闭口不提老队长为社用尽心血，损害了健康，抛开家庭，以社为家的高贵品质；更不说王以信当副队长怎样不帮助老汉、给老汉穿小鞋、故意看老汉的笑话……

"我们说的不算，"韩老六笑说，"你在水渠村调查这三件事情是实是虚？他在水渠村臭着哩，全仗共产党员四个字撑门面哩……"

当他们在曹同志面前诽谤老监察的时候，我们这位老同志似乎变得年轻了二十岁。他把裤子卷到膝盖以上，赤裸着突起青筋的小腿，掮着铁锨在稻地塄坎的三菱草上赤脚片跑来跑去。他在和灌溉小组的其他成员共同实行一种叫作"勤灌浅灌"的操作制度，保证合理用水。对于忠实于党和人民事业的人，只要工作一落到肩膀上来，他就燃起了热情之火，尽自己所有的能力，做到对得起党和人民。这样的人常常分不出神注意人家背后怎样议论他、诽谤他；因为他的全部精神都被他所面对的工作吸引住了，看起来倒像傻子一样。有人事后告诉他，他也许会大吃一惊；没有人告诉他，他永远也不知道旁人怎样议论过他。……

在王以信家里开队委会，曹同志说：

"是不是要叫监察委员也参加？……"

"算哩算哩，"贫农韩老六总是代替上中农王以信说话，"这几天水紧，他在那里看水哩，离不开的。我的天，成百亩稻地，敢叫减产吗？"

"按规程……"

"哎哈！规程是死的，人是活的嘛。再说他是监察干部，可以参加队委会，也不是回回非参加不可嘛。"韩老六狂妄地说。

王以信是只需要笑一笑，表示同意就行了。

这个从商业局抽调出来交给中共县委会统一分配下乡临时参加农村工作的曹同志，脑子里只计算着工作期满回县的日子，他什么也不坚持，什么也不争执，队干部说怎么就怎么。他每天拿出爱人的信看一两遍，像温习功课一样。这个钟情的人在机关里，也还没有写过入党申请书，到水渠村，他才不管你党小组不党小组哩。他完全按王以信他们说的向大社的工作组汇报。他早有一个埋在心中的概念：不一定是党员都好，是上中农都不赞成合作化；到水渠村"证实"了这一点，算是他的收获。他还没见过老监察的面就断定那是一个啰嗦、自私和别扭的老汉，狠透铁！王以信给他的印象极佳，正派、老练、有计划、有魄力，脸上永远是正人君子表情，眼睛永远在侦察别人的脸色，说话是经过精选的词句，如果非说话不可的话。曹同志赏识这个有涵养的农民，他每天注意观察他的一言一行，两个人成了意气相投的朋友。而水渠村大多数好群众，见工作人员住在队长家里，经常不到村西头来一回，也不把他当工作人员，好像他是王以信家里来的亲戚。

就是这个穿着府绸短袖衬衫和红皮鞋、手腕上防水手表闪光、说话用手摸摸偏分头的样子高贵的人，害得老监察天天在稻地里等待着叫他参加队委会，天天失望。……

实在闷不住了啊！老监察一天在回家吃饭的时候，抽空到王以信院里去找工作人员。曹同志在葡萄架底下的矮凳上坐着。两膝上铺开一本很大的书（实际是杂志，对不识字的老监察，都是书），眼睛望着窗口敞开的东厢房里，王以信的上县中的妹子王以兰在那里裸着白嫩的胳膊洗脸哩。

老监察笑嘻嘻地通名报姓以后，曹同志竟用看嫌疑犯的冰凉的眼光看他。那眼光使老汉骨头都发冷。

"想和曹同志谈几句话……"老监察勉强地说。

"好嘛。什么话？说吧。"

"我这阵还忙着，"老监察实际嫌王以信院里说话不便，他说，"你得空请到我家里来，或者到稻地里咱谈。"

"好嘛，以后……"

但是，这位曹同志一直到二十天期满离开水渠村，也没有找老监察谈过一句话。

八

老监察离开看水的工作了。是队长叫他离开的。

"大叔哎，"王以信十分有礼地说，"这阵稻地里不用你操心了，你还回生产组里吧。"

老监察心里想："对着哩！工作人员走了嘛！你们以为混过这股风就没事了吗？不行啊！娃子们！除非我死了拉倒，死不了总要和你们见个高低。真金不怕火炼！雪地埋不住死人！"

他有信心。他相信真理，相信党。他去找乡党委书记。他不去找社主任和支部书记了；他们对他的看法，他不服气。他们说："老汉在民主改革和初级社的时候已经光荣地完成了他的历史任务，在全部高级合作化的大局面里头，他已经无能为力了，再也不能起领导作用，只能在一般劳动中起点模范作用了。"这是什么话？老监察明白这个意思，这是对他客气的说法；不客气地直说，他就是和王以信争职争权哩。被同志误解真令人心疼！把忠实于人民的事业说成争名夺利真令人寒心！让别人在老监察的处境里试一试吧！但是老监察并不记恨社主任和支部书记。他知道他们怎样忙，被各种事务和数字弄得眼花缭乱，常常看不透事情的底上。老监察自己当队长的时候，有过一个活活的人被肥料、农药、农具、贷款、生产投资、粮食、牲畜、田间管理等等的实物和数字弄得懵头转向的体验，所以他能体谅他们。好心眼的人和好心眼的人之间，有时也有矛盾啊，并不是只有坏心眼的人才和好心眼的人矛盾哩。他不同意的是他们只看见王以信能完成生产管理上的表面任务，而看不见他心里头包藏着什么。他非常惋惜他们被几个真正争职争权的奸人蒙蔽了，那班人做一个麻钱对群众有利的事，都要向上级汇报和在社员会上宣布；为了扩大他们的影响和巩固他们的地位，不惜把一个麻钱的事情渲染大一百倍的作用，并且说要不是老队长弄得基础很差，成绩还要大哩。

老监察把他的霜白脑袋伸进乡党委书记屋子的门框，问：

"高书记，想和你说几句话，你有空空没？"

"进来，快进来！"高书记放下正写字的笔，满面笑容欢迎，"怎么搞的，苍老得这样快？"

老监察在高书记面前孩子般娇气地笑笑，摸摸他的霜白头。

"怎么？腰腿都伸不直啦吗？"高书记奇怪地又问。

老监察说："以前那风湿症，近时在稻地里看了个把月水，着重了。"

"怎么叫有风湿症的人干稻地活儿呢？"

"不怎的！"老汉平淡地说，"咱党员不干水湿活儿，人家说闲话哩！"

"咹咹！像你们水渠村八九十户的大生产队，劳力完全可以调配得开嘛！对有病的老年人和有生理限制的妇女，完全应当照顾嘛。社会主义最讲究合理……"

"我们那里暂时不是社会主义。"

"啊！你说的什么？不是社会主义是什么主义？"

"水渠主义。"

高书记哈哈大笑，问他到底有什么意见，应当直截了当地说。

老监察借装一锅烟的时光，思索了一阵，问：

"高书记，张良镇卫生所的大夫看病拿的那个玻璃棍棍叫啥来哩？"

"什么玻璃棍棍？"

"往这里一挟！"老汉做出往胳膊窝一挟的姿势。

"啊噢！温度表嘛。我说什么玻璃棍棍！那是看病人身上发烧不发烧，烧到多少度的。"

"我知道。我就是不知那东西甭往肉中间挟，比方说，放在肉皮皮上，行不行哩？"

"你真有意思！放在肉皮上就是空气的温度，不是身体的温度了。我看，你问这，话里有话！"

"就是。我捉摸了好久，咱们有些同志做工作就是这样。"

"说具体一点。"

"比方我们水渠村吧，和大社只隔一条小河，刮风的时候，做饭冒起的柴烟就在空中混到一块了。鸡叫、狗咬；驴嚎、打锣，都能听见，就是大社干部不去，光靠听汇报哩。去了也在那里不待，会开完就走了，看表面哩。这，这，这……"

"大胆地讲。我不会打击报复你。"

"这不是眼时的病，这病，根深了。"老监察受了乡党委书记发亮的眼睛和兴奋的情绪的鼓励，更加大胆地说，"你们乡上的眼睛只看见大村，看不见俺小村。跷腿就到大村里，分配人也先尽大村里，轮到俺小村，说：'算哩，他们那里没问题。'没问题，没问题，日后揭出来是个大大的问题！"

于是老监察坐得挨高书记更近一些，把来娃他妈发现的秘密，尽他所听到的有头有尾讲述了一遍，然后谈到王以信他们怎么分配他看水，不叫他参加队委会。说到曹同志听信王以信他们根本没理睬他的时候，他气得眼睛发直，脸色也铁青了。一听高书记说那个所谓曹"同志"，在县上大鸣大放的时候，攻击"统购统销搞糟了""合作化不好"

和"不要共产党领导"，这就是直接和他老汉作对哩，他牙咬得嘣嘣响，恨不得追到县城去咬他几口，才解恨哩。怪不得姓曹的和他没见过面就是仇人。

"你好！你他妈的在俺水渠村办的好事！王以信婆娘见天倒脏土有一堆鸡蛋壳，说是你保养身体哩！你他妈的保养好身体做啥？反对俺共产党吗？龟子孙！"老监察在高书记屋子里朝着县城的方向臭骂姓曹的。

这个天真的老共产党员惹得党委书记好喜欢啊。

当高书记取出笔记本，要把王以信他们的不法行为的要点记下的时候，老汉恨不得马上变成乡党委书记手中的笔，把主要处一下子全写在笔记本上；因为他知道高书记是多么忙，脑子里的事情是多么杂……

送老监察出大门的时候，高书记的一只手放在他拱着腰的肩膀上，说：

"你最近该在家里睡觉了吧？"

"唔，他们把我挤回家了。"

"你前两年太过分了。人嘛，完全没个正常的家庭生活了。那么现在你老伴该满意你了吧？"

"说良心话，俺老伴几时也没啥。我们一块几十年了，我知道她，她嘴坏心好，不像王以信那号人，嘴好心坏。"

"你真能狠透铁，现在又抓王以信了。好，下回一定解决水渠村的问题。"

九

农历十月里，地净场光。终南山穿上了雪衣，水渠村外的小河也结冰了。每年，当雁群嗷嗷地从陕北长城以外的内蒙古草原回到水渠村外的麦田上的时候，农村的冬季工作也开始了。今年是全民整风，大鸣大放大辩论，来势汹涌，在各种人的心理上都引起了强烈的反应。

乡上到水渠村来了两个人。老监察无论如何也没想到乡党委高书记会亲自参加水渠村的整风。真带劲！

老监察的眼睛发亮了，皱纹脸有了光气。走路感到脚轻了，好像鞋底上安了弹簧。他注意到王学礼和韩老六的面部表情开始呈现不稳定，他们的脸色发暗，说话时舌根僵硬了。只有王以信装得镇静，面不改色，还对高书记说：早应当整整社员里头的歪风邪气了，要不，他王以信就和老监察一样，要退坡了。嘿，装得真像！他甚至于还对高书记说：他是多么同情老监察受村内一些落后群众的打击，弄得党小组很难在生产队里发挥作用，造成他当队长的工作不利等等。另一方面，他在担粪、挖渠的时候，对挨近他的社员嘱咐："看见了没？阵势摆下了！说话留点神，防顾自己的身子着。好汉不吃现亏！"在刚刚低低说完这些话以后，他会突然提高嗓子，大声呐喊："同志们加油干呐！咱六队要实行灌溉化啦！"

啊！水渠村啊！水渠村啊！你是一个小小的幽静的村庄。在本县的油印地图上，你只占小米粒大小的位置啊！生人从村巷里走过，看见瓦房、草棚、晒太阳的老人、玩耍的孩子、洗衣服的女人，看见饲养室前高大的草垛、泥墙上挂着成行的犁杖、黑板报上兴修水利的号召……哪知道你竟会这样复杂？

整风开头的鸣放阶段，有三晚上的社员大会沉闷。男人们嘴里喷出旱烟，呛得女人们咳嗽。头天晚上有五个人提出些鸡毛蒜皮的意见，譬如拉牲口套磨子，饲养员没给；分配活路时，生产组长态度成问题。有一个老婆婆听说可以给公家人提意见，就提出夏天到水渠村工作过的曹"同志"买鸡蛋，没按张良镇的市价给钱。第二天晚上，发言的人集中在老监察身上，还是种洋芋的事，"三包"合同的事和大红马的事。难道就立了案了吗？一有工作人员到村里就说这些事情吗？还没到整改阶段，有人就分析：狠透铁对合作化积极只是为了自己，坦白地说，为了当队长，而不是为了社员……老汉红了脸，出气有点不匀称了；高书记给他递眼色、摆头，要他沉住点气。第三天晚上，只有几个老婆婆"鸣放"，好像有人暗地里组织来一样，她们一致诉粮食的苦，诉烧柴的苦，唉声叹气，愁光景难过。主席王以信直惋惜她们的发言："唉，你们……唉，你们才是……唉，你们尽说些什么……唉，公家……政策……你们不懂政策！"散会的时候，他对高书记说，看起来似乎"鸣放"完了。

高书记和老监察站在打粮食的土场上，月亮把他们一高一低的影子扯长投在地上。散了会的人都纷纷回家去了，光他俩在这里低声说话。老监察问：

"你看见了没？高书记。全是王以信他们在背地里捏撮。"

"我看见了。"高书记说，"这个家伙是毒！不出声的狗才咬人哩。"

"你看他多'精'吧？尽弄些老婆婆来诉咱政府的苦，他自己还装不赞成她们哩。你批判那些老婆婆们去吧，'鸣放'完了，到辩论的时光，叫也叫不到会场上来了。"

"是的，"高书记同意，"三晚上发言的，不过十来个人。每天晚上，总是那几个人说话。大多数群众一个劲儿抽烟，拿眼睛观风……"

狠透铁说："一部分好群众要看咱的决心大小，才肯往出抬大问题哩！咱的决心不像要解疙瘩的神气，人家何必空惹人呢？还有一部分社员们，吃了他水渠主义的迷药。好高书记哩，你不知道。大社调整土地的时光，他和人家楞吵楞吵。俺水渠村小，有两户富农，合作化以后，按劳力均拉，地多一点，要往地少的外村生产队调几十亩。他吵得脸红脖子粗，说俺村地近，得做、种过来哩。我坚决答应调出去了，他回来就对村里人说：'狠透铁是卖国的奸贼！'……"

"简直岂有此理！"高书记恨得咬牙说。

老监察冤情地咽了口唾沫，然后更加冤情地诉述：

"去年秋里，有一天，我不在村里，大社管理委员会到俺水渠村来查库，准备秋收分配的决算。他们，王以信领头，瞒下一个库，有三十石稻谷，意思想给社员们暗地里私分。他们说：'咱先瞒下，他狠透铁回来，生米已经做成熟饭，不赞成也没办法了。'我回来听咱那个党员吴有银和团员灵娃一说，不行！我把王以信从家里叫到队委会办公室，说：'咱水渠村只能实行社会主义，不能实行旁的主义！你这是害咱全水渠村的群众，我不容情！'他当下没二句话说。我到大社补报了那三十石稻谷。从那以后，唉！连当初十一户初级社的老人手，也嫌我太过分了。好高书记，我能迁就他们吗？农民嘛，合作化才二年，就能把私心去净哩？咱领导人只能往正路上领他们，不能帮助他们发展私心嘛，可是王以信他们，千方百计，帮助社员发展私心！你说他们是拥护合作化，还是破坏合作化？你说！"

高书记感慨地说：

"农民啊！农民啊！他们是一大河水，有推山倒海的力量，全看你怎样引导他们哩。主要怪王以信，不怪群众啊！"

高书记感慨着，又问：

"大社和支部怎样处理这件事来呢？"

"他们在队长联席会上批评了王以信，表扬了我！支书和主任亲热地拍我的肩膀，那个喜欢啊！他们恨不得抱住亲我，说我是大公无私的好同志！"

"他们没到水渠村来召集群众会表扬你？"

"他们没。你说，我能要求大社到水渠村召集群众会表扬我吗？或者我能自己召集会表扬自己吗？把一个很好教育大伙的机会，白白放过去了。"老监察说着，深深叹了一口气。"我不受表扬，一样过日子。表扬了我，也多长不出几斤肉。要紧的是弄清是非，教育群众嘛。"

高书记说："不要紧，既然你撑住了，现在还不算太晚。这回，一定要把水渠村这大包脓挤掉！乡党委有决心！"

他们研究怎样才能发动群众。有两个办法。一个是正面教育，打破群众的顾虑和消除群众的怀疑，继续鸣放。这个办法是比较费时的。高书记认为：工作进度会远远地落在其他队的后面。另一个办法是把粮食舞弊揭出来，撕掉他们的假面具。但是又怎样揭发呢？除了把来娃他妈肚里的话掏出来。老婆婆的工作也许不那么难做，只是"逆鬼"来娃这个盖子难揭，他沉重地死压着他妈。

老监察重新想起他对大社监察主任建议的办法，就是把王以信拿到大社监察委员会上去挤。高书记笑，说这是最没出息的办法；而且挤出来的东西，常常不容易肯定它的准确性。他说不管怎样困难，也要坚持群众路线。他说群众有落后的一面，被坏分子利用了；他们利用群众看问题的局限性，蒙蔽了大伙，产生了盲目信任。正是因为这样，所以更不能绕开水渠村的群众。一切事情当着群众的面办，就任何人也蒙蔽不了他们了。必须打通来娃他妈这一关，然后把事情摊开……

老监察从心里敬佩高书记。同样的道理，高书记比大社监察主任说得既明了又透彻。监察主任只说怕开成顶牛会，没说通过群众办事的道理。但是老汉沉思默想了一阵，还是灰心地摇头。

"难，"他说，"你能把一块石头说得走路，也不能把逆鬼说顺。能说顺的话，人家就不叫来娃逆鬼了。"

高书记不相信地笑。他问来娃的详细情形。有什么困难？可不可以帮助他呢？应该表现出关心群众，不应该经常摆出教育人家的样子，给人家上课。

"他只短个媳妇，咱能帮助他吗？"

"可以嘛。可以说将来能帮助他解决这个问题。"

"啊呀呀！我的高书记呀！"老监察惊讶地说，"这个困难咱可帮助他解决不了呀！要是我炕上坐个闺女或小寡妇，罢罢罢，为了社会主义，我说服得叫她跟逆鬼过去。……"

"你总是一碰到困难，就想起自我牺牲。难道不可以灵活一些吗？"

"咱诚实人，能撒谎吗？"

"你说咱们对农民讲，将来要用机器种地，这是撒谎吗！"

"这不是撒谎。"

"那么将来能帮助来娃解决婚姻问题，怎么能算撒谎呢？对落后的人，光用大道理是教育不过来的，一定要用事实来教育。我们揭发了王以信他们的粮食舞弊，群众大吃一惊，村子里出现了热火朝天的局面，就是对来娃这类落后分子很好的教育。逆鬼的态度能不起变化吗？他不是光因为订好亲的媳妇不跟他，才不满意新社会吗？"

"也许会变……"

"同志，一定会变！没有不起变化的人！不满意《婚姻法》使他变坏了，明白了王以信是坏人，信不得，又能把他变好一点。要叫来娃懂得：在我们这个社会，谁越逆，越没有女人愿意跟他。逆鬼不逆了，还没女人愿意跟他过吗？他的劳力不是挺强吗？"

"呀呀！老天特别关照他，又高又壮，一个担两个的。"

"现在大多数农村妇女，不挑劳动美挑什么呢？何必一定要你炕上坐个闺女或小寡妇呢？"

老监察在他霜白头上拍一掌，说：

"哎！咱的死脑筋就是拐不过这个弯儿。愚忠！"

于是高书记教给老监察应该怎样和来娃他妈谈话……

十

第二天，一个阳烫烫的初冬的上午，老监察笑嘻嘻地走进来娃的稻草棚土院子。来娃他妈在院子地上打稻帘子。看见老监察走进来，怕惹是非的善老婆婆不胜其烦地说：

"你又来哩！你真狠透铁！你再说，咱没在学礼家街门外套磨子嘛！套是套来，在王以厚家磨子上套来。"

老监察带听不听地走在跟前，笑说：

"那事没了算哩！共产党实事求是哩，不屈情人。我今儿来闲串，没事。"

老婆婆手打帘子，翻眼盯老监察。老监察在她跟前蹲了下来，伸手帮她整稻草。

"来娃哪里去了？"

"饲养上铡草去了。铡了三天了。"

"好彪小伙子！就是短个媳妇。眼下有人给他瞅对象哩没？"

"唉唉！好监察哩！咱茅庵草舍，哪个女人愿进咱的门哩？"

"不，大嫂子，不尽然。你说有一般十八九的姑娘，想进城，想对干部、学生和工人的象，那我信哩。你说年纪大些的那号二婚女人，我坚决地不信。为啥哩？她们专意爱的好劳动人嘛。"

老婆婆皱纹脸上堆起笑纹。老监察往日来千方百计动员她揭发王以信，给她上课，说来说去，尽说些关于大公无私、集体主义的话。他今天说的话和说话的神气，使她解除了戒备。她倒并不是对王以信有好感，她只是不愿把自己卷在是非里去。现在她问：

"那么，监察，你看俺来娃还能对下象吗？"

"怎么对不下象？"老监察说，"来娃就是一样缺点。"

"啥缺点？"

"别扭！人家叫我狠透铁，我不避讳；为啥哩？咱是做啥都狠嘛！人家叫他逆鬼，他不高兴。叫他把逆字去了，就好哩。"

"好监察哩！你不知情！'有婆娘的摸不着没婆娘的心'这话实实的！"

"怎么？"

"俺来娃硬是打光棍把人打成那样的。你没听说吗？'十个光棍九个倔。古怪，独来独往，爱抬杠，你说东来他偏西'……哼，有个媳妇你看吧，可顺乎哩！我心里常说，谁跟俺来娃过了，享一辈子福。俺来娃可不能叫她受一点点症……"

"是吗？"

"可不呢？我肚里怀了十个月的人，我还不知情吗？"

"唉！"老监察深深地被来娃他妈的这几句真情实话感动了。明白她希望人家给她说媳妇，老汉情不自禁，畅快地说，"是这，有办法了。俺女儿说窟陀村有个女人，二十九哩。男人是中学教师，把这女人苦苦扎哩，才离下婚。这女人立志要寻个好劳动人哩。等运动完了，我去看一下子。"

老监察刚刚露了点口气，就觉得不对劲了，站起来要走了。但是来娃他妈，现在她已经变得和老监察十分要好，强拉硬扯，要他多蹲一阵，多说一阵话。她爱和他说话。

"你喝不喝？暖瓶里有水，"

"不。"老监察坚决要走，因为高书记嘱咐他：不可第一次谈话就扯得太深，不要给群众一种套弄的印象。老监察托词要到乡上去开会，走脱了。

老汉高兴得要跳起来了。一口气跑八里路，到乡上找高书记汇报。急什么呢？高书记不是说隔过一天就回水渠村来吗？不，老监察心里烫热，按捺不住干劲；在这一点上，他永远是年轻人。

高书记正在主持工作汇报会，老汉求乡上的炊事员把他叫出来。

"啊呀！高书记！"他说，"你眼睛亮堂堂的，算卦比瞎子还灵。"

老汉把他和来娃他妈谈话的经过备细叙述了一遍。

"灵！你这个方法灵！"他不断地赞赏，"我这回可朝你学得点本事了。我从前总是给人家上课，教育人家，恨铁不成钢，恨人家不像自己一样大公无私。这回我明白了，应该注意每个人落后的原因。我从前看见来娃，就转过脸去不喜理他，心里想：政府给你多少好处？光光一个新《婚姻法》，你的媳妇不跟你了，你就和政府结下冤仇？你还算人？没想咱越不理他，他越离咱远。"

"对，你很有自我批评精神。"高书记笑说，"不过你是不是说溜嘴了？我看你说得太具体了。窟陀村真有那样一个女人吗？"

"真有。这是我临时想起来的，只是不知这阵对下象了没？"

"你真有意思！是这样，来娃不会等你运动完了的。"

"等粮食舞弊揭破了，我就到窟陀村跑一趟。只要咱懂得这个道理，咱喜愿帮助群众克服困难……"

啊！多么好的心肠啊！高书记的眼睛表现出他心里是这样想；然后

他吩咐老监察先回家去，等着来娃母子进一步的表示。"如果没有什么表示，那就是来娃听他妈说了，认为是圈套，那就是吃了说得太具体的亏。你明日再去，一看老婆儿对你的态度，就知道了。"

老监察在回水渠村的路上，一边走一边想：

"对着哩！还是高书记稳。我只往一面想，也许逆鬼听他妈一说，叫不要理我哩。这样，又用什么方法破这案呢？"

他很后悔，自己五十多岁的人，还像年轻人一样拿不稳，说到劲头上就不能控制自己的急性子了。他的确不应该说得太具体："窟陀村有个女人，二十九岁，离婚下的……"等等。他应该严格遵守高书记的指示，一回比一回具体，从社会问题上说明婚姻之事的意义。但他为了早日破案，迫不及待，头一回就答应帮助来娃找对象。要是他从前不曾多次动员过来娃他妈揭露王以信，来娃也不会怀疑这是圈套。

"嗯！"老监察用手掌打击他的霜白脑袋，恨自己，"你什么时候才学会完全按上级党的指示办事呢？朽才！"

他很难受地回到水渠村，走进街门，听见一个男人和他老伴说话的声音。听见老汉的脚步声，一个出门要低头的彪形大汉，从房门出来了。好！来娃已经在这里等他了。

来娃三十来岁的脸上堆着高兴的笑容，迎接高低只达到他胸脯的老监察。

"俺妈说，你说窟陀村有个女人……"

"唔，"老监察承认，眯着笑眼看来娃。"有个女人。把你急成这个样儿？"

来娃不好意思地笑。

"离婚下的，有啥毛病吗？"

老监察使劲忍住他心里往上涌的快乐，沉住气说：

"有。不识字、个儿大腰粗、脸上有些粉刺疙瘩……"

"好大叔哩！你甭和我说笑，那算啥毛病？"

"这是对中学教师说的，你当然……"

"咱就取个劳动美……"

韩老六又进了街门，他已经来过三回了。这回来娃和老监察正说到好处，忍不住冒了火：

"你怎么这么不识好歹？"

"队长叫你去哩！"

"队长的老子叫，也不能等一下吗？"

韩老六非常害怕老监察针刺一般的眼睛，怯生生地退出去了，脸色很灰，好像丢了魂灵。老监察故装疑惑地问来娃：

"韩老六寻你做啥？"

来娃脸上换了一副凶狠相。他咬了咬牙，坚决地说：

"他妈的！说了吧！省得那龟子孙见天在屁股上盯我了。他们做下犯法的事，你不知道吗？你常寻俺妈做啥？你不是寻把柄吗？咱进屋里谈，省得人家隔墙听。"

当老监察领来娃一块走进屋里去的时候，他是多么畅快啊！贫农到底和党挨得近。贫农的落后是暂时的，就像一个家庭的人闹别扭一样。来娃在上张良镇集的路上，放大声骂新《婚姻法》，但他对土改、对合作化、对农业新技术等等，没有意见。他比王以信暗地里恨共产党强得多。

十一

生产队办公室里的桌上点一盏玻璃罩煤油灯。高书记、老监察、乡上的那个工作同志，还有吴有银，在屋里等待着。

队会计灵娃把韩老六叫来了。

韩老六一进门，把头上的包头巾抓在手里，表示对高书记的尊敬。所有的眼睛都集中在他有十来颗麻子的脸上，他却不敢看任何一个人的脸。他的脸一阵红、一阵白，好像西安东大街的霓虹灯。他的心里冬冬捣鼓，灵娃在他身边可以听见他心跳的声音，好像隔墙院子敲什么东西。人在这种时候，就像被捏在手里的鸟一样惊慌。

"韩老六，"高书记开言，"你说说你今年夏天做过什么对不起你自己的事情没有？"

"今年夏天？……"韩老六仰着脸看房顶想着。

"甭装蒜哩！"老监察忍耐不住，喜欢单刀直入解决问题，说，"拿自家一个贫农，不坦白等啥？人吃五谷生百病，还能没错吗？"

"坦白也可以，不坦白也可以，两条路由你走。"吴有银威吓地说。

不知经过一种什么变化，突然间哇的一声，韩老六栽倒在脚地上就哭。大伙一惊，以为他发了什么羊疯；镇静一看，原来他爬在脚地向高书记磕头。他一边啜泣一边说：

"咦咦咦，咱没站稳贫农的立场。……咦咦咦，高书记恩宽咱。咱受了人家的愚弄。……人家是队长，人家不提咱敢吗？咦咦咦……"

高书记叫他站起，跟乡上的那个工作同志到另一个屋里详细谈去。

如果说韩老六有点假哭，现在灵娃叫来一个真哭的人了。大伙在办公室等着，就听见王学礼在街门外巷子里的哭声。他这哭声把水渠村许多惊愕的人召集起来了，跟着他涌进街门的人塞满了院子。

这是一个标准的上中农，树叶掉下来怕打破头。他妈七十高寿，吃斋念佛，他多少也受些影响，赶集在路上拾得块手巾，也要沿路打听是谁的。他不知道自己吃了什么疯狗肉，竟听信了王以信的迷惑，闯下这么大的乱子。他依稀觉得仿佛是吃了对合作化心怀不满的亏……

王学礼一进办公室的门限，就倒到脚底下了，好像谁把他浑身的骨头抽光了，变成了软体人。你瞧他那份咽咽呜呜的啼泣吧，真正如丧考妣。高书记叫大伙把他扶起来，他又倒下去了，再扶起来，又倒下去了。最后，高书记叫把他扶得背靠墙蹲着，他那满涂着鼻涕和眼泪的脸孔不敢面对人，脑袋倒吊下去。门窗外面，院里拥挤的人在窃窃私语，说做梦也梦不见王学礼会做下这荒唐事。……

过了一阵，王学礼突然神经病人一样，大吼大叫地说："以信呀！以信呀！你的心太毒辣了呀！你这下可把叔叔给扎了呀。你刀捅我，也不该给我搭这张贼皮呀！我在水渠村怎么活人呀？我怎么上张良镇赶集呀？"他说着，好像想钻到床板底下去的样子，有点神经失常。

高书记说："你安静点！王以信到底给你怎么说的？"

"他说：'咱给自家弄些粮食。'我说：'那不是偷盗吗？他说：'这是咱地里长的粮食，穷鬼借合作化的名分儿哩。'……"

"啊呀呀！"老监察对高书记说，"你看王以信说这话可憎不可憎？"

高书记问王学礼："难道你自己一点错误也没吗？全怪王以信吗？"

"有错！咱有错！好我的高书记，怎么能说没错呢？咱看见劳动好的贫农分粮食比咱多，眼红啊。要是王以信不那么说，咱光心里难受一下也就算了。……"

"啊啊，"老监察感叹说，"学礼，你走路怕踩死蚂蚁嘛，光光为了放不下私有制的老心思，怎敢做下这狰的事？"

"以信说有他，他保险……"

"他吃了饭饱（保）！"老监察痛恨地说，"你平素心善，为啥王以信和韩老六在队委会上一唱一和打击我，你悄悄的呢？"

"……"王学礼低下头，逃脱老监察的目光。过了一忽儿，他抬起头，用求饶的泪眼望着老监察，"老哥！饶了兄弟这一回。现时，我才明白王以信的毒辣了。他也不在乎几石粮食。他是把老六和我的脸抹黑，俺俩就得死心塌地向着他，他的队长就能当稳。现时我才明白这是王以信的心情儿……"

高书记、老监察、吴有银、工作人员和其他的屋子里的人，都被王学礼的揭发惊得面对面互相看着。

树叶掉下来怕打破头的人，一旦卷进严重的事件里头，有时候会变成很厉害的人。谁也没估计到，院里的人也没防备，王学礼走时在院里跑起来。人们以为他去跳井，谁知他看见王以信从街门被叫进来，叔叔扑去打侄儿的耳光。

"吧！吧！……"两下子。

"你狗日的！"愤恨已极的王学礼骂道，"你为你自己，把叔叔往黑洞填？你算人吗？"

现在轮到王以信了。这是个硬家伙。他初进屋的时候，挨过耳光的脸比猪肝红；但是过了一阵，那充血的脸变成只是比平时略微灰暗一些而已。他有一个人的形状，胸中却配着一副野兽心肠，就好像生下来的怪胎那样。在他来以前，老监察说："那人？你把他屁股上的肉剜一块去，他也不服软！"现在，王以信承认王学礼和韩老六所说的一切。他因他的败露仅仅在心里惋惜以下几点：第一，挪动粮食的时候，不该粗心大意，以为来娃他妈不在意；第二，王学礼太紧张，竟忘了娃子在村巷里耍，到时候要馈；第三，凤鸣媳妇该死，为什么让老婆子上楼；第四，不该瞧不起来娃，应该早给他从什么地方说个媳妇……总之，他并不认识他的下场的必然性，还以为这是偶然的疏忽哩。该死的家伙，直挺挺地站在脚地，低垂着上眼皮。老监察气愤地问他，他连一句话也没有，只是个眨眼皮。

"谁是卖国的奸贼？嗯？你说！曹工作人员来，你把我支使到稻地里看水！为了掩盖你犯罪，不管我老汉死活！嗯？"

老监察气得浑身哆嗦，眼睛发直，似乎要昏过去。不行，把王以信弄走吧！看见他那样子，想起受过的打击，老汉要气死过去的。等他最激动的刹那过去以后再说吧。

全水渠村的人惊呆了。大社主任和支部书记，也惊呆了。最后弄清楚：王以信勾结副队长王学礼和保管委员韩老六，盗窃了十二石麦子。方式是在粮食入库的时候甩开监察委员，在向队会计报账的时候，捏下这个数目，然后又把麦子从队仓库转移到王学礼的正屋楼上的……

水渠村沸腾了。几天几夜地连续开会，被欺骗的人们急了眼，不等敲锣就到齐了。找不到一个大屋子来容纳所有的人。在门窗外面，院里挤满了人，人们从别人肩膀上往屋子里看。只有土改那年冬天，有过这个热潮。这才是真正的大鸣大放哩，韩老六和王学礼在一次又一次的坦白和检讨以后，也加入了揭露王以信的"鸣放"洪流。人们把狠心叔叔当队长的时候，王以信怎样活动分队，怎样反对调整土地，怎样准备瞒库私分，老底子都揭出来了，记录有一厚本。所有那些因为不明真相，长时间抱着怀疑和观望态度的人，现在都站出来朝狠透铁这边说话了。什么狠透铁无能！现在，全水渠村的每个人都明白过来了，完全是王以信故意把老汉捣昏的。没明没夜为社员劳神，再加上防顾王以信捣鬼，老队长怎么能不精神紧张，颠三倒四呢？全村人都说老汉冤情，许多人批判自己脑子里的被王以信利用的本位主义和落后思想；"鸣放"会发展到后来，竟然有许多人更大胆揭露王以信在合作化以前向他们讨过土改以前放的账。原来在土改的时候，他为了隐瞒他的成分，曾经向欠他债的人一个一个都封了嘴，声明不要了，只要替他守秘密就行了；可是查田定产以后一宣布成分不变了，他就重新开始讨债了。他承认他说过不要利息的话，不承认他说过连本金都不要的话。这是什么上中农？高书记和乡上那个工作同志一算他的高利贷剥削，超过土改时他每年总收入的25%了。他是富农！啊！漏了网的是狡猾的鱼！高书记立刻写了封报告，派人送到县委去。

三天以后，县委批准了这个成分的改变。在县检察院派来人的第二天，县公安局逮捕破坏合作化的不法富农、主谋盗窃犯王以信。

全社八个行政村，十二个生产队的社员，男男女女，老老少少，从几条路上涌到水渠村。小小的水渠村从来也没有过这样多的人。要知道，这不是来参观先进事物的啊。不是密植的粳稻生长得出类拔萃啊；不是饲养室工作搞得干净利落啊；不是各户社员的家庭积肥值得全社效仿啊；不是兴修水利有移山倒海的气魄啊……不，不是这些露脸的事儿！人们是来参加捕人的群众大会的。

六队（水渠村）觉悟了的社员，许多人脸上有一种羞愧之色。那些为了向外队调配土地的事，曾经积极拥护王以信楞吵的人，更有些灰。尽管有"知错改错不算错"的好俗话可以供人们利用，人总是有羞耻心的。

只有老监察特别！真正狠透铁！他把这当光荣事。他拖着一条风湿腿，满村拐来拐去两头跑——从灵娃和来娃监视王以信的地方跑到正在布置的大会场。他总是怕临时有什么事情弄出差错来，节外生枝。

他一边颠簸，一边给六队那些面带羞愧之色的好社员鼓励：

"甭灰！灰啥！去了肚里的病，咱好好选个团结一致的队委会，咱争先进！"

给老汉这么一说，那些曾经随声附和冤枉过老汉的人更加羞愧。而老汉把他们从前在会上"批判"他的那些气人的话，早丢到宇宙空间去了，仿佛那已经是上一个时代的事了。对他来说，一切为了未来，一切属于未来，这"未来"在这个五十三岁的老者，主要地还指他死后的社会发展哩。至于"现在"这个概念，对于他永远是奋斗的同义语。在地主马房里睡了多半辈子的他，奋斗是他的本能；如果世界上有享受和奋斗的分工，他分工负责奋斗！而"过去"对他，充满了贫困、落后、愚蠢和不幸，他有一种忘怀"过去"的内在要求。这就是那旧棉袄里裹着的一颗朴素的心。被地主无情奴役的重劳动，使他身体的外形不好看，这并不妨碍他心灵的美。

满村乱逛的人群集合在第二生产组的大场上了。县公安局来的人宣读了逮捕证以后，绑了王以信。

当王以信的婆娘指着娃子骂老监察的时候，老汉生这个无知妇道的气；现在，当他看见王以信的婆娘因男人很快要离开她母子而流泪的时候，老汉心软了。王以信不仅陷害了韩老六和王学礼，也陷害了他的妻子和娃子。老汉用烟锅指着土台上被绑起来的王以信教训说：

"你到县里好好守法，守毕法，回来当老实社员！实在话！"

然后请高书记讲话。

一阵掌声以后，全场男女老少的眼睛都盯着乡党委书记。老监察的眼睛也盯着高书记，看他能讲些什么高深的道理。

乡党委书记咳嗽了一声，清了清喉咙，然后高声地演说：

"水渠村是个民主改革不彻底的村子，有漏网的富农。用土改时大家最熟口的一句话说，就是羊群里有狼。但已经不是狼的面目了；而是诡计多端地换了羊的面目，混过关隐藏下来了。换一句话说，就是人民里头保存了敌人。敌人总是要兴风作浪的。他不是以敌人的姿态，而是以人民的姿态兴风作浪哩。通常人们把它看成人民内部矛盾，看不成敌我矛盾。常说'不团结问题'，工作中是有许多不团结问题嘛，因为人们平素各项任务繁忙，或者领导水平低，怀疑不到老根本上去。

所以这敌我矛盾，就以人民内部矛盾的名义，长期在水渠村纠缠着，弄得这里的党员、团员很苦。"

成千听众的脸上，表现出钦佩党委书记的表情。狠透铁钦佩得连老皱脸也歪起来了。

老汉无论如何也没想到：乡党委书记在讲了一些分析漏网富农破坏的话以后，用大部分时间在成千人面前表扬他。高书记提到往外队调剂土地的事情，瞒产准备私分的事情，称赞他的光荣孤立。高书记说：有些人看见形势对个人不利的时候，就放弃了对党对人民的忠诚，而老监察则是真正的无限忠诚。这样的同志在被迷惑了的群众中孤立，是暂时的。即使在群众中孤立的时候，他也代表着群众的真正利益。

老监察听了这些投心的话，心里那个舒服呀，过去受过多大的冤情，都是不值得放在心里的。

会后，高书记在队委会办公室教育大社主任和支部书记。

"看你们弄这事玄不玄？光看表面，不管实际；光听汇报，不深入检查——玄不玄？我们乡党委不注意小村的工作，不分析落后村的具体原因，当然也有责任。我们长期地误以为水渠村问题，根子在东西头不团结。从表面看问题真害死人哩！不过你们以前总汇报六队落后，换了队长以后，你们又汇报说不那么落后了。这可太成问题了吧？"

大社主任和支部书记脸通红，满头大汗。他们除了接受这个惨痛教训，还对狠透铁表示深深的抱歉和敬佩，说他们也要学习得能狠透铁才好；他们说老汉精神上有一种先天的素质，使他嗅出异己阶级的味道……

老监察很亲切地对支书和社主任说：

"全怪王以信小子，不怪你们。你们多忙？我忙的时候，不是也把种洋芋的事、三包合同的事和红马的药方子忘了吗？我不出这些岔子，他王以信小子也不好迷惑社员呀。"

十二

水渠村的群众运动，很快地转变成为生产高潮。社员们鸡一叫就起来了，往稻地里担粪，给复种的小麦盖被窝。天亮的时候，人们互相看见，出了汗水的头上，都冒热气。早饭以后，温暖的太阳照着平原的时候，全部劳动力又拉到打井的地方去了。因为狠心叔叔提出：要把水渠村剩余的旱地，全部变成稻地。要这样，全仗河水是不行的，必须寻地下水！

狠透铁的威信空前得高，他重新当选了生产队长。虚假的都是张狂的，也是一时的；真实的都是朴素的，也是永久的。所有这一切变化，都不是老汉预先想这样做的。客观现实规律分配他担任什么角色，他就担任什么角色。他只有一点：老老实实工作，结结实实活人！任何歪风也吹不动他的！

老伴一听到他重新当选的消息，满脸泛滥了泪水，到处寻高书记，如同发生了巨大的不幸。她引起水渠村人的惊愕：为什么呢？

"好高书记哩！饶了他吧！"老伴找到了党委书记，哭得板着嘴说。

"什么？"

"叫他多活几年吧！俺娘俩……"

"不明白什么意思……"

"他才歇了一年，风湿疼还没好利，叫他多歇上一年……"

高书记抱着水渠村变成先进队的强烈希望，看老队长。老长气得皱纹脸发胀了。

"回去！回去！啥话？我倒霉的时候，你和我可好；我运气刚翻过来，你又咶呐开了！回去！甭咶呐了！一九五八年，看咱水渠村是什么样子吧！好娃他妈哩，等咱村的党员人数够上成立一个支部的时候，我再到

281

狠透铁（一九五七年纪事）

饲养上喂牲口，歇养风湿疼呀！"

对老汉没一点办法的老伴，只好亲切地恨他说：

"你狠透铁，你不要命！"

老队长嘻嘻笑着，和高书记一块走了。

一九五八年三月十二日皇甫村

一九五九年五月至六月，在延安两次修改

九月，皇甫村第三次修改